Diogenes Taschenbuch 21465

detebe

Evelyn Waugh

Mit Glanz und Gloria

Roman

Aus dem Englischen von Matthias Fienbork

Diogenes

Titel der Originalausgabe:
›Put Out More Flags‹

Hinweis des Autors
Die im 3. Kapitel beschriebene militärische Operation ist reine Phantasie. Weder dort noch an irgendeiner anderen Stelle des Buches wird, direkt oder indirekt, eine bestehende Einheit Seiner Majestät Streitkräfte dargestellt. Sämtliche Figuren sind frei erfunden. E. W.

Deutsche Erstausgabe

80/87/36/1
ISBN 3 257 21465 0

»Wer sich bei einer Abschiedsfeier betrinkt, sollte ein Lied anstimmen, um zu neuer Kraft zu finden ... Aber ein trunkener Soldat sollte noch viele Getränke bringen lassen und noch mehr Fahnen hissen, um seine militärische Größe zu steigern.«

Chinesischer Philosoph
nach Lin Yutang,
›The Importance of Living‹

»Eine kleine Ungerechtigkeit des Herzens läßt sich mit Wein überwinden, aber eine große Ungerechtigkeit der Welt läßt sich nur durch das Schwert überwinden.«

Epigramme des Chang Ch'ao
nach Lin Yutang,
›The Importance of Living‹

Widmungsbrief an

MAJOR RANDOLPH CHURCHILL

Fourth Hussars, Member of Parliament

Lieber Randolph,

Ich befürchte, daß diese Seiten für Deine glühende und lebhafte Natur womöglich nicht ganz akzeptabel sind. Sie handeln hauptsächlich von einem Geistervolk, von den Überlebenden jener Welt, die wir beide vor zehn Jahren noch miterlebt haben, aus der Du Dich in das Firmament des aktiven Politikers aufgeschwungen hast, in der meine Phantasie freilich noch immer gerne verweilt. Die Torheiten von Basil Seal und Ambrose Silk finde ich anregender als den scharfen Verstand des Generalstabs. Diesen Figuren fühlt sich heute niemand mehr verbunden, schon vor dem Krieg waren sie vergessen, doch in Nischen und Ecken lebten sie fröhlich weiter, und, wie wir alle, sind auch sie durch das rohe Eindringen der zeitgenössischen Geschichte in ihren Gewohnheiten durcheinandergebracht worden. Hier nun sind sie, in jenem seltsamen, ruhigen Zeitabschnitt vor der Churchillschen Erneuerung, der damals Der Große Langweiler-Krieg hieß.

Bitte akzeptiere sie also mit den aufrichtigsten Empfehlungen

Deines ergebenen Freundes

E. W.

ERSTES KAPITEL

Herbst

I

In der Woche vor Ausbruch des Zweiten Weltkriegs – Tage des Spekulierens und der Besorgnis, die nur mit Ironie als die letzten Tage des Friedens bezeichnet werden können – und an jenem Sonntagmorgen, als alle Zweifel schließlich beseitigt und alle unzutreffenden Vorstellungen korrigiert worden waren, dachten drei reiche Frauen zuallererst an Basil Seal. Es waren seine Schwester, seine Mutter und seine Geliebte.

Barbara Sothill befand sich in Malfrey. In den letzten Jahren hatte sie an ihren Bruder so selten gedacht, wie die Umstände es eben erlaubten, doch als sie an diesem historischen Septembermorgen ins Dorf ging, war er die größte ihrer Sorgen.

Sie und Freddy hatten soeben die Rede des Premierministers im Radio mitgehört. »Es ist das Böse, das wir bekämpfen«, hatte er gesagt, und als Barbara das Haus hinter sich ließ, in dem sie den größten Teil ihrer achtjährigen Ehe verbracht hatte, fühlte sie sich persönlich herausgefordert und bedroht, als habe sich der milde Herbsthimmel schon jetzt mit kreisenden Feindflugzeugen verfinstert, deren Schatten auf die sonnenüberfluteten Wiesen fielen.

Die Schönheit von Malfrey hatte etwas Frauliches und Sinnliches. Andere großartige Häuser bewahrten sich etwas Jungfräulich-Bescheidenes oder Männlich-Trutziges, aber Malfrey hatte kein Geheimnis vor dem Himmel. Es war vor über zweihundert Jahren gebaut worden, in einer Zeit von Triumphen und Prunk, und lag ausgestreckt da, in gelassener Pracht, wunderbar, wehrlos und provozierend, eine Kleopatra unter den Häusern; jenseits der See, sagte sich Barbara, war ein kleinlicher und neidischer Geist, ein armselig asketischer Geist, ein Wesen aus dem Tannenwald, im Begriff, die Zerstörung ihres Heims zu planen. Malfreys wegen liebte sie ihren prosaischen und ein wenig albernen Mann; Malfreys wegen hatte sie sich auch von Basil zurückgezogen und mit ihm den Teil ihrer selbst aufgegeben, den sie, in jener Atrophie, die für alle fruchtbaren Ehen typisch ist, hatte verkümmern und absterben lassen.

Bis zum Dorf, die Lindenallee entlang, war es eine halbe Meile. Barbara ging zu Fuß, weil Freddy, gerade als sie in den Wagen steigen wollte, sie mit den Worten aufgehalten hatte: »Für Vergnügungsfahrten ist jetzt kein Benzin mehr da!«

Freddy trug Uniform, fühlte sich in der zehn Jahre alten Hose höchst unbehaglich. Am Tag zuvor hatte er sich im Stab der Yeomanry* gemeldet und war für zwei Tage wieder nach Hause gefahren, um seine Sachen zusammenzusuchen, die in den zwei Jahren, seit er das letzte Mal an einer Reserveübung teilgenommen hatte, bei Scharaden und Picknicks zweckentfremdet verwendet worden waren und nun im ganzen Haus an den unmöglichsten Stellen herumlagen. Besonders seine Pistole hatte ihm Kopfzerbrechen bereitet. Mit den Worten »Ist ja alles ganz lustig, aber deswegen kann ich vors Kriegsgericht kommen« hatte er den ganzen Haushalt auf die Suche geschickt, bis das Kindermädchen sie schließlich hinter der Spielzeugkommode fand. Barbara war jetzt auf der Suche nach seinem Fernglas, das sie, wie sie sich vage zu erinnern meinte, dem Führer der Pfadfindergruppe geliehen hatte.

Die Straße unter den Linden führte direkt ins Dorf. Die kunstvoll gearbeiteten schmiedeeisernen Parktore saßen auf roh behauenen Steinen, und die beiden Parkwächterhäuser grenzten direkt an den Dorfanger. Genau gegenüber stand die Kirche, rechts und links daneben zwei Wirtshäuser, das Pfarrhaus, der

* Freiwillige Kavallerietruppe (A. d. Ü.)

Kaufmannsladen und eine Reihe von grauen Cottages; auf der etwa rechteckigen Grasfläche in der Mitte erhoben sich drei mächtige Kastanien. Das Dorf war eine Sehenswürdigkeit, zu Recht, aber ungern berühmt, seit kurzem von allzu vielen Wanderern besucht, durch Freddys lokalen Einfluß aber noch verschont von Ausflüglerbussen. Ein Omnibus hielt hier, dreimal täglich an Werktagen, jedoch viermal an Dienstagen, wenn im Nachbarort Markt war, und in diesem Jahr hatte Freddy unter den Kastanien eine Eichenbank für die Fahrgäste aufstellen lassen.

Hier wurden Barbaras Gedanken von einem ungewohnten Anblick unterbrochen. Sechs schwermütige Frauen saßen nebeneinander da und starrten unentwegt auf die verschlossenen Türen des ›Sothill Arms‹. Einen Augenblick war Barbara verwirrt. Dann erinnerte sie sich. Das waren Frauen aus Birmingham. Am Freitagabend waren, nach einer Tagesreise mit Bahn und Bus, fünfzig Familien in Malfrey eingetroffen, durstig, verschwitzt, desorientiert und gereizt. Barbara hatte die fünf traurigsten Familien zu sich genommen und den Rest im Dorf und bei den Bauern der Umgebung einquartiert.

Pünktlich am nächsten Tag hatte die Haushälterin, eine Veteranin aus der Zeit der alten Mrs. Sothill, gekündigt. »Ich weiß nicht, wie wir ohne Sie zurechtkommen sollen«, sagte Barbara.

»Es sind die Beine, Madam. Ich bin nicht mehr kräftig genug. Bislang habe ich es gerade so geschafft, aber jetzt, mit den vielen Kindern überall . . .«

»In Kriegszeiten kann man doch nicht verlangen, daß alles leicht geht. Wir müssen Opfer bringen. Das hier ist unser Beitrag zur Vaterlandsverteidigung.«

Aber die Frau blieb hartnäckig. »Meine Schwester ist ja in Bristol verheiratet«, sagte sie. »Ihr Mann war in der Reserve. Jetzt, wo er eingezogen ist, braucht sie vielleicht meine Hilfe.«

Eine Stunde später waren die anderen drei Dienstmädchen mit schiefen Gesichtern erschienen.

»Edith und Olive und ich haben's uns überlegt. Wir wollen Flugzeuge machen. Bei Brakemore werden Mädchen eingestellt, heißt es.«

»Es wird für euch aber eine furchtbar schwere Arbeit sein!«

»Ooch, es ist nicht die Arbeit, Madam. Es sind die Birminghamer Frauen. Wie es in ihren Zimmern aussieht!«

»Es ist ja alles noch sehr fremd für sie am Anfang. Wir müssen ihnen nach Kräften helfen. Wenn sie sich erst einmal eingerichtet und an unsere Art gewöhnt haben ...« Doch schon während sie es aussprach, merkte sie, daß es aussichtslos war.

»Bei Brakemore sollen ja Arbeiterinnen gesucht werden«, sagten die Dienstmädchen.

Mrs. Elphinstone, die Köchin, war loyal. »Ich bin aber nicht verantwortlich für die Mädchen«, sagte sie. »Anscheinend denken sie, daß Krieg eine Mordsgaudi ist.«

Es waren ja schließlich die Küchenhilfen und nicht Mrs. Elphinstone, die mit den zusätzlichen Essern fertigwerden mußten, dachte Barbara ...

Benson war ehrlich. Die Frauen aus Birmingham machten ihm keine Sorgen. Aber James würde in ein paar Wochen zur Armee gehen. Es wird ein schwieriger Winter werden, dachte Barbara.

Die Frauen, die auf dem Anger beieinanderhockten, waren nicht Barbaras Gäste, doch auf ihren Gesichtern erkannte sie den gleichen Ausdruck von Enttäuschung und Trotz. Eher aus Pflichtbewußtsein als aus Umsicht trat sie auf sie zu und fragte, ob sie gut untergebracht seien. Sie hatte sie als Gruppe angeredet, und alle waren viel zu verlegen, um zu antworten. Sie sahen dumpf an ihr vorbei, in Richtung auf den geschlossenen Dorfkrug. Oje, dachte Barbara, wahrscheinlich fragen sie sich, was mich das angeht.

»Ich wohne da oben«, sagte sie und zeigte auf das Tor. »Ich habe mich um Ihre Einquartierung gekümmert.«

»Wirklich?« rief eine der Mütter. »Dann können Sie uns ja vielleicht sagen, wie lange wir hier noch bleiben müssen.«

»Genau«, sagte eine andere.

»Ich glaube«, sagte Barbara, »daß sich niemand darüber den Kopf zerbrochen hat. Man wollte euch vor allem da herausbekommen.«

»Dazu haben sie kein Recht«, rief die erste Mutter. »Man kann uns hier doch nicht zwangsweise festhalten.«

»Aber ihr wollt doch bestimmt nicht, daß ihr mit euren Kindern ausgebombt werdet, oder?«

»Wo wir nicht erwünscht sind, da wollen wir auch nicht bleiben!«

»Genau«, meinte die Jasagerin.

»Aber *natürlich* seid ihr erwünscht.«

»Ja, so wie Bauchschmerzen.«

»Genau.«

Ein paar Minuten lang diskutierte Barbara mit den Flüchtlingen, bis sie spürte, daß sie nichts anderes erreicht hatte, als den ganzen Haß, der gerechterweise Hitler hätte gelten sollen, auf sich selbst gezogen zu haben. Dann machte sie sich wieder auf den Weg zum Pfadfinderführer, wo sie, ehe sie das Fernglas an sich nehmen konnte, die Geschichte der Birminghamer Lehrerin anhören mußte, die bei ihm einquartiert war und sich weigerte, beim Abwasch zu helfen.

Als sie auf dem Heimweg den Anger überquerte, sahen die Mütter nicht zu ihr hin.

»Hoffentlich vergnügen sich die Kinder ein bißchen«, sagte sie, entschlossen, sich in ihrem eigenen Dorf nicht schneiden zu lassen.

»Sie sind drüben in der Schule. Die Lehrerin spielt mit ihnen.«

»Der Park ist ja immer offen, wenn ihr wollt, könnt ihr reingehen.«

»Dort, wo wir herkommen, gab es auch einen Park. Sonntags hat eine Kapelle gespielt.«

»Also, eine Kapelle kann ich leider nicht bieten. Aber man sagt, daß es ganz schön ist, besonders unten am See. Nehmen Sie die Kinder mit, wenn Sie Lust haben!«

Als Barbara gegangen war, sagte die älteste Mutter: »Wer sie wohl ist? Eine Art Aufseherin vermutlich, so würdevoll, wie sie daherkommt. Und wie sie uns in den Park eingeladen hat. So, wie sie darüber spricht, könnte man denken, daß er ihr gehört.«

Bald wurden die Türen der beiden Wirtshäuser geöffnet, und die schockierten Dörfler sahen von überall eine Prozession von Müttern zusammenströmen und sich auf die Schankräume zubewegen.

Beim Lunch hatte er sich entschieden. Freddy ging sofort nach dem Essen hoch und zog sich Zivilkleidung an. »Werde mir von meinem Mädchen was Bequemes herauslegen lassen«, sagte er in dem Tonfall, in dem er gewöhnlich Witze machte. Es war diese Art von Humor, die Barbara in den acht glücklichen Jahren mit ihm herauszuhören gelernt hatte.

Freddy war groß, männlich, hatte früh gelichtetes Haar und wirkte auf den ersten Blick fröhlich, doch im Grunde war er ein Misanthrop, der über jenen verschlagenen, raffinierten Selbsterhaltungstrieb verfügte, der unter Reichen als Weisheit gilt. Seine Trägheit ging mit soviel grundsätzlicher Übellaunigkeit einher, daß seine Umgebung ihn mit Respekt behandelte. Er vermochte die meisten Menschen zu täuschen, nicht jedoch seine Frau und deren Familie.

Er hatte nicht nur einen besonderen Gesichtsausdruck, wenn er Witze machte, sondern auch dann, wenn er über seinen Schwager Basil sprach, einen Ausdruck, der wohl vornehme Mißbilligung vermitteln sollte, gemildert durch seinen Respekt vor Barbaras Loyalität. Tatsächlich jedoch deutete er auf Verdrießlichkeit und Schuldbewußtsein hin.

Die Geschwister Seal hatten, aus einem Grund, der allen anderen Menschen nie klar war, alle anderen Menschen stets mit Geringschätzung behandelt. Freddy konnte Tony nicht leiden. Er fand ihn oberflächlich und weich, war aber bereit, ihm gewisse Qualitäten zuzugestehen. Niemand bezweifelte, daß ihm eine glänzende Karriere im diplomatischen Dienst bevorstand. Irgendwann einmal würden alle ungeheuer stolz auf Tony sein. Basil aber war seit frühester Kindheit eine Quelle von Peinlichkeiten und Vorwürfen gewesen. Freddy hätte, wenn es nach ihm gegangen wäre, ein schwarzes Schaf in der Familie Seal durchaus tolerieren können, jemand, der ›nie erwähnt‹ würde, dem er hin und wieder eine großzügig helfende Hand ausstrekken würde, ohne daß davon irgend jemand (außer Barbara) erfahren würde, jemand, von dessen Qualitäten er vielleicht sogar überzeugter wäre als der Rest der Welt. Solch ein Verwandter hätte Freddys Selbstwertgefühl in erheblichem Maße stärken können. Doch nachdem er die Seals näher kennengelernt hatte, stellte er fest, daß Basil keineswegs nie erwähnt wurde, sondern, im Gegenteil, bei fast der Hälfte ihrer Unterhaltungen das Gesprächsthema war. Zu jener Zeit war man immer bereit, genüßlich seine jeweils letzte Ungeheuerlichkeit zu erörtern, hoffte man immer auf irgendeinen großen Erfolg für ihn in der nahen Zukunft und beantwortete die Kritik, die alle anderen an ihm übten, mit Verachtung. Und Basil selber betrachtete Freddy erbarmungslos, mit Augen, die er in der Zeit seines Werbens und in den ersten Ehejahren an Barbara wiedererkannt hatte.

Zwischen Basil und Barbara gab es eine beunruhigende Ähnlichkeit. Auf eine sanftere und tödlichere Weise war auch sie unbändig, und der Charme, der ihn gefangennahm, blitzte in grober und habgieriger Form auch in Basil auf. Die Mutterrolle und die ruhige Pracht von Malfrey hatten Barbara verändert. Jetzt passierte es nur noch sehr selten, daß sich das kleine wilde Tier in ihr an der Oberfläche zeigte. Aber es war dort, im Innern versteckt, und von Zeit zu Zeit spürte er, wie es nach langen Phasen der Abwesenheit wieder hervorlugte, ein Paar funkelnder Augen, die ihn von der Tunnelbiegung her wie einen Feind beobachteten.

Barbara selber gab sich in bezug auf Basil keinerlei Illusionen hin. Nach Jahren von Enttäuschungen und Vertrauensbrüchen war sie, jedenfalls der rationale Teil ihrer selbst, zu der Überzeugung gelangt, daß er nichts taugte. Im Kinderzimmer hatten sie zusammen Piraten gespielt, und das Spiel war aus. Basil spielte allein Piraten. Von ihrem Glauben an ihn löste sie sich nahezu förmlich, doch wie ein Kult noch Jahrhunderte überdauern wird, nachdem seine Mythen offenbart und seine Glaubensquellen vergiftet worden sind, so steckte tief in ihr noch immer jene frühe Anhänglichkeit, die in dem kleinen Bodensatz von Aberglauben jetzt kaum mehr zu spüren war, so daß sie sich an diesem Morgen, als die Welt um sie herum ins Wanken zu geraten schien, Basil wieder zuwandte. So, wie in dem Augenblick, wo ein Erdbeben eine moderne Stadt heimsucht und die Bürgersteige sich auftun und die Kanalisationsrohre sich verbiegen und die großen Bauwerke erzittern und zusammenstürzen, Männer mit Melonen und schmucken Konfektionsanzügen plötzlich zur Magie der Urzeit zurückkehren und die Finger kreuzen, um der Betonlawine Einhalt zu gebieten.

Dreimal während des Mittagessens hatte Barbara von Basil gesprochen, und nun, da sie und Freddy Arm in Arm auf der Terrasse spazierengingen, sagte sie: »Ich glaube, er hat all die Jahre nur darauf gewartet.«

»Wer hat worauf gewartet?«

»Basil, auf den Krieg.«

»Ah ... Na, irgendwie gilt das ja wohl für uns alle ... Mit dem Garten wird es schwierig werden. Ich nehme an, daß wir für ein paar Männer Zurückstellung beantragen können, weil sie in der Landwirtschaft tätig sind, aber das wäre wohl nicht ganz korrekt.«

Es war Freddys letzter Tag in Malfrey, und er wollte ihn sich mit Gesprächen über Basil nicht verderben. Es stimmte, daß die Yeomanry nicht einmal zehn Meilen entfernt stationiert war. Es stimmte auch, daß sie nicht so bald in Marsch gesetzt würde. Sie war erst kürzlich mechanisiert worden, d. h. man hatte ihnen die Pferde weggenommen; wenige von ihnen hatten jemals einen Panzer gesehen; er würde in den kommenden Monaten ständig hin- und herfahren; er wollte auf Fasanenjagd gehen; und wenn dies auch kein endgültiger Abschied war, so fand er doch, daß er von Barbara mehr Gefühl verlangen durfte, als sie zeigte.

»Freddy, sei nicht dämlich.« Sie trat ihm heftig gegen das Schienbein, denn sie hatte schon früh in ihrer Ehe festgestellt, daß Freddy es gern hatte, wenn sie privat fluchte und Tritte austeilte. »Du weißt ganz genau, was ich meine. Basil brauchte einen Krieg. Für den Frieden ist er nicht geeignet.«

»Das stimmt. Es ist schon ein Wunder, daß er nicht im Gefängnis sitzt. Wenn er in eine andere Klasse hineingeboren worden wäre, dann säße er jetzt.«

Barbara kicherte plötzlich.

»Weißt du noch, wie er Mutters Smaragde an sich nahm, damals, als er nach Azanien fuhr? Das wäre ja nie passiert, wenn wir hier einen Krieg gehabt hätten, bei dem er hätte mitkämpfen können. Er hat schon immer bei irgendwelchen Kämpfen mitgemacht.«

»In La Paz in einer Schnapsbude wohnen und zusehen, wie sich die Generäle gegenseitig abknallen, bezeichnest du das ...«

»Und Spanien.«

»Journalist und Waffenschmuggler.«

»Er ist schon immer ein verhinderter Soldat gewesen.«

»Also, viel dafür getan hat er nicht. Während er sich herumtrieb, haben wir anderen uns in der Territorialarmee und in der Yeomanry ausbilden lassen.«

»Tolle Ausbildung hast du gehabt, Darling!«

»Wenn es mehr von uns gegeben hätte und weniger vom Typ Basil, dann wäre es nie zum Krieg gekommen. Man kann Ribbentrop nicht verdenken, daß er uns für dekadent hielt, als er Leute wie Basil herumspazieren sah. Ich glaube kaum, daß sie bei der Armee Verwendung für ihn haben. Er ist sechsunddreißig. Vielleicht bekommt er irgendeinen Job bei der Zensurbehörde. Er scheint sich ja in vielen Sprachen auszukennen.«

»Siehst du«, sagte Barbara, »Basil wird man mit Orden überhäufen, während deine komische alte Yeomanry noch immer in einem denkmalgeschützten Schloß herumhockt und auf einen Panzer wartet.«

Auf dem See schwammen Enten, über die sie Freddy reden ließ. Sie führte ihn seinen Lieblingspfaden entlang. Es gab einen romantischen Pavillon, in dem Freddy, aus alter Gewohnheit, oft auf amouröse Gedanken kam, so auch diesmal. Und die ganze Zeit dachte sie an Basil. Sie sah ihn als Figur aus den Kriegsbüchern, die sie gelesen hatte. Sie sah ihn als den Infanterieleutnant Siegfried Sassoon, der frühmorgens in einem morastigen Schützengraben die Stellung hält, die Augen auf seine Armbanduhr gerichtet, gespannt auf die Stunde Null wartend. Sie sah ihn als Compton Mackenzie, umgeben von Olivenbäumen und Marmorfiguren, Spinne im Netz einer levantinischen Verschwörung, die eine Monarchie zu Fall bringen sollte, sie sah ihn als T. E. Lawrence und als Rupert Brooke.

Freddy, befriedigt, kam auf die Jagd zu sprechen. »Zu den ersten Jagden werde ich niemand vom Regiment dazubitten«, sagte er. »Aber ich sehe eigentlich nicht, warum wir nicht ein paar Mann um Weihnachten herum zur Schnepfenjagd einladen sollten.«

2

Lady Seal befand sich in ihrem Haus in London. Sie hatte zum Schutz vor Luftangriffen weniger Vorkehrungen getroffen als die meisten ihrer Freunde. Ihr kostbarster Besitz, ein kleiner Carpaccio, war nach Malfrey in sichere Verwahrung gegeben worden. Die Miniaturen und die Emailarbeiten aus Limoges lagen in der Bank. Das Sèvres-Porzellan war in Kisten verpackt und im Keller verstaut worden. Ansonsten hatte sich in ihrem Salon nichts verändert. Die schweren alten Vorhänge mußten, damit das Licht nicht nach draußen drang, nicht mit häßlichen schwarzen Papierstreifen versehen werden.

Die Fenster zum Balkon standen jetzt offen. Lady Seal saß in einem eleganten Rosenholzstuhl und blickte hinunter auf den Platz. Sie hatte gerade die Rede des Premierministers gehört. Ihr Butler näherte sich vom anderen Ende des Zimmers her.

»Soll ich das Radio wegnehmen, Mylady?«

»Ja bitte. Er hat sehr gut gesprochen, wirklich sehr gut.«

»Es ist alles so traurig, Mylady.«

»Sehr traurig für die Deutschen, Anderson.«

Das stimmt wirklich, dachte Lady Seal. Neville Chamberlain hatte eine erstaunlich gute Rede gehalten. Sie hatte ihn nie besonders leiden können, weder ihn noch seinen Bruder – wenn überhaupt, dann hatte sie den Bruder vorgezogen, aber beide waren unerfreuliche, langweilige Figuren. An diesem Morgen aber hatte er sehr lobenswerte Worte gesprochen, als wäre er sich seiner Verantwortung doch noch bewußt geworden. Sie würde ihn mal zum Lunch einladen. Aber vielleicht hatte er ja viel zu tun. Im Krieg hatten die unwahrscheinlichsten Leute immer viel zu tun, erinnerte sie sich.

Ihre Gedanken gingen zurück zu dem anderen Krieg, der bis dahin bloß »Der Krieg« gewesen war. Niemand, der ihr nahestand, hatte daran teilgenommen. Christopher war zu alt und Tony noch zu jung gewesen. Ihr Bruder Edward hatte als Brigadekommandeur angefangen – auf der Militärakademie hielt man große Stücke auf ihn –, aber unerklärlicherweise war aus seiner Karriere nicht viel geworden. 1918 war er noch immer General in Daressalam. Doch der Krieg war eine traurige Zeit gewesen; viele Freunde in Trauer, und Christopher wütend über die Koalition. Es war für sie alle sehr bitter gewesen, sich mit Lloyd George abzufinden, aber Christopher hatte mit den anderen das patriotische Opfer gebracht. Wahrscheinlich wußte nur sie, wieviel es ihm ausmachte. Am schlimmsten war die Zeit nach dem Waffenstillstand gewesen, als Adelstitel wie Semmeln verkauft wurden und ein von den Bedingungen her völlig unmöglicher Friedensvertrag abgeschlossen wurde. Christopher hatte immer gesagt, daß sie auf lange Sicht dafür würden büßen müssen.

Das häßliche, damals noch ungewohnte Heulen der Alarmsirenen erhob sich über London.

»Das war das Warnsignal, Mylady.«

»Ja, Anderson, ich habe es gehört.«

»Werden Sie sich nach unten begeben?«

»Nein, jedenfalls nicht gleich. Schaffen Sie das Personal nach unten und sehen Sie zu, daß es sich ruhig verhält.«

»Werden Sie Ihre Gasmaske benötigen, Mylady?«

»Ich denke nicht. Sir Josephs Informationen zufolge ist die Gefahr eines Gasangriffs doch sehr gering. Ich glaube sowieso, daß es nur eine Übung ist. Lassen Sie sie auf dem Tisch liegen.«

»Wünschen Sie noch etwas, Mylady?«

»Nein, das ist alles. Sorgen Sie dafür, daß die Dienstmädchen nicht nervös werden.«

Lady Seal trat auf den Balkon hinaus und blickte zum klaren Himmel empor. Sie werden ihr blaues Wunder erleben, wenn sie *uns* angreifen, dachte sie. Höchste Zeit, daß diesem Mann da eine Lektion erteilt wird. Seit Jahren macht er nichts als Ärger. Gedankenverloren kehrte sie zu ihrem Stuhl zurück. *Ich* jedenfalls habe mich über diesen vulgären v. Ribbentrop nie aufgeregt. Ich würde ihn nie einladen, auch wenn Emma Granchester, diese dumme Gans, uns alle bekniet hat, freundlich zu ihm zu sein. Hoffentlich kommt sie sich heute morgen lächerlich vor.

Lady Seal erwartete den Beginn des Luftangriffs mit Contenance. Sie hatte Anderson gesagt, daß es wahrscheinlich nur eine Übung war. Nichts anderes sagte man dem Personal. Sonst würden sie noch in Panik geraten, die Mädchen wohlgemerkt, nicht Anderson. Im Grunde war Lady Seal jedoch klar, daß der Angriff stattfinden würde. Den Deutschen, die immer großspurig auftreten und angeben und effizient tun, würde es ähnlich sehen. Was Lady Seal im Geschichtsunterricht gelernt hatte, waren schlichte Erzählungen von der Verteidigung des Rechts vor der Übermacht des Bösen gewesen, und die Namen der Stätten, an denen ihr Vaterland ehrenvoll gekämpft hatte, fügten sich in ihren Ohren zu einer klangvollen Melodie – Crécy, Agincourt, Cadiz, Blenheim, Gibraltar, Inkerman, Ypern. England hatte gegen die verschiedensten Feinde gekämpft, mit den verschiedensten Verbündeten, oft unter dunklen Vorwänden, doch immer rechtens, tapfer und am Ende siegreich. In Paris etwa hatte Lady Seal oft Stolz darüber empfunden, daß ihr Volk nie die Gewohnheit angenommen hatte, Straßen nach militärischen Erfolgen zu benennen. Das mochte bei den kurzlebigen und rein professionellen Triumphen der Franzosen durchaus angebracht sein, doch zuzulassen, daß diese großartigen Beweise einer gottgegebenen Rechtschaffenheit, und nichts anderes waren die Siege Englands, von Modeateliers und Chiropodisten in Form von postalischen Anschriften benutzt würden, das wäre eine Charakterlosigkeit gewesen, zu der sich nicht einmal die Radikalen hergegeben hätten. Deutlich vor ihren Augen sah sie die Stahlstiche in ihrem Klassenzimmer, wie Gemälde bei einer Wohltätigkeitsveranstaltung – Sydney vor Zutphen, Wolfe vor Quebec, Nelson vor Trafalgar (nicht dabei in dieser Serie war freilich Wellington vor Waterloo, wegen der Nähe Blüchers, der sich mit typisch preußischer Unverfrorenheit in den Vordergrund gedrängt hatte, um sich in dem Ruhm zu sonnen, den der andere errungen), und dieser beachtlichen Kollektion (Lady Seal fand, daß sie jener Ansammlung von Portraits reicher und ehrwürdiger Männer ähnelte, die auf dem Paradeplatz in Cowes aufgenommen worden waren und nun, mit den dazugehörigen Personenerklärungen, in Wandelgängen und Billardzimmern hingen) wurde an jenem Morgen eine neue und nicht sehr überzeugende Figur hinzugefügt – Basil Seal.

Der letzte Krieg hatte sie wenig gekostet. Eigentlich nichts, außer erheblichen Investitionen im Ausland und dem Ruf ihres Bruders Edward als Stratege. Nun konnte sie ihrem Vaterland einen Sohn offerieren. Tony hatte schlechte Augen und eine Karriere. Freddy war nicht von ihrem Blut und war nicht aus heroischem Holz geschnitzt, aber Basil, ihr launischer und verdorbener und zutiefst enttäuschender Basil, dessen unerklärlicher Geschmack an ordinärer Gesellschaft ihn in den letzten zehn Jahren so oft in Schwierigkeiten gebracht hatte, Basil, dessen Jugendsünden so ganz anders waren als die seines Onkels Edward, Basil, der ihre Smaragde gestohlen und allen Verdacht auf die arme Mrs. Lyne gelenkt hatte, Basil, dessen Eigenheiten in der Wehrhaftigkeit Englands aufgingen – er trat nun endlich sein Erbe an. Sie würde Jo bitten müssen, ihm eine Offiziersstelle in einem anständigen Regiment zu verschaffen.

Schließlich, sie saß noch immer gedankenverloren da, ertönte die Entwarnung.

Sir Joseph Mainwaring wollte sich an diesem Tag mit Lady Seal zum Lunch treffen. Es war eine Verabredung, die schon zu Beginn der vorangegangenen Woche getroffen worden war, noch ehe sie wissen konnten, daß der Tag, den sie ausersehen hatten, in den Kalendern der Welt bis in alle Ewigkeit gekennzeichnet sein würde. Er war pünktlich wie immer, wie er es in den langen Jahren ihrer Freundschaft die unzähligen Male immer gewesen war.

Sir Joseph war kein Kirchgänger, es sei denn, er war in einem dieser sehr raren, sehr erlauchten Häuser zu Gast, wo man noch zum Gottesdienst ging. An diesem Sonntagmorgen aber wäre es nicht abwegig gewesen, seine Verfassung als eine Art Ergriffenheit zu beschreiben, die einem religiösen Schauder recht nahe kam. Es wäre übertrieben gewesen, ihn als geläutert zu bezeichnen, und doch hatten die Morgenstunden etwas vage Läuterndes gehabt, und in seiner Haltung lag eine ungewohnte Heiterkeit, als hätte er sich über eine Schachtel Alka-Seltzer hergemacht. Er fühlte sich zehn Jahre jünger.

Lady Seal brachte diesem alten Tolpatsch eine tiefe persönliche Zuneigung entgegen, die bei seinen vielen Freunden ungewöhnlich war, und ein Vertrauen, das unbegreiflich, aber doch recht üblich war.

»Wir sind ganz unter uns«, sagte sie, als sie ihn begrüßte. »Die Granchesters wollten eigentlich auch kommen, aber er mußte zum König.«

»Es könnte nichts Schöneres geben. Tja, wir alle werden jetzt wieder viel zu tun haben. Ich weiß noch nicht genau, was ich machen werde. Morgen früh bin ich in Downing Street, und danach werde ich eine klarere Vorstellung haben. Vermutlich eine Art Beraterfunktion für das Kriegskabinett. Es tut gut, wieder im Mittelpunkt des Geschehens zu stehen, läßt einen zehn Jahre jünger werden. Spannende Zeiten, Cynthia, spannende Zeiten!«

»Darüber wollte ich auch mit Emma Granchester sprechen. Wir müssen bestimmt viele Komitees gründen. Im letzten Krieg waren es die belgischen Flüchtlinge. Diesmal werden es vermutlich die Polen sein. Wirklich schade, daß es nicht Leute sind, deren Sprache man versteht.«

»Nein, diesmal keine Belgier. Es wird in mancherlei Hinsicht ein anderer Krieg sein. Ein zermürbender Wirtschaftskrieg, glaube ich. Luftschutzmaßnahmen und dergleichen waren natürlich notwendig. Die Radikalen haben es ja nachgemacht. Aber man kann wohl davon ausgehen, daß es keine Luftangriffe geben wird, jedenfalls nicht in London. Vielleicht in den Häfen. Gestern habe ich aber im ›Beefsteak‹ ein hochinteressantes Gespräch mit Eddie Beste-Bingham geführt. Wir haben eine kolossal nützliche Erfindung namens R. D. F.* Damit werden wir sie fernhalten können.«

»Lieber Jo, du weißt immer von so vielversprechenden Dingen. Was ist R. D. F. denn?«

»Ich bin nicht ganz sicher. Es ist streng geheim.«

»Die arme Barbara hat Evakuierte in Malfrey.«

»Wie entsetzlich! Das hübsche, verträumte Malfrey! Stell dir bloß vor: Birminghamer Volksschüler im eleganten Grinling-Gibbons-Zimmer! Was für ein dummes Zeug, Cynthia. Du weißt, ich bin der letzte, der sich zu vorschnellen Prophezeiungen hinreißen läßt, aber eines können wir wohl als gesichert annehmen. Es wird keine Luftangriffe auf London geben. Die Deutschen werden die Maginot-Linie nie überwinden. Die Franzosen werden die Stellung dort halten, nötigenfalls in alle Ewigkeit, und die deutschen Flugplätze liegen viel zu weit ab,

* Radio Detection Finder = Radar (A.d.Ü.)

als daß die Luftwaffe uns angreifen könnte. Falls doch, werden wir sie mit R. D. F. von unserem Himmel verjagen.«

»Jo«, sagte Lady Seal, als sie beim Kaffee saßen. »Ich möchte mit dir über Basil sprechen.«

Wie oft hatte Sir Joseph in den vergangenen zwanzig Jahren diesen gewichtigen Satz gehört, der in den verschiedensten Stimmungen und Tonlagen ausgesprochen wurde, aber immer, unweigerlich, wenn nicht zu Langeweile, so doch zu einer Verringerung der Lebendigkeit und Wärme ihrer Unterhaltung überleitete. Nur in diesen mütterlichen Konferenzen war Cynthia Seal nicht mehr ganz die perfekte Begleiterin, nur in diesen Momenten gab sie nicht, sondern verlangte sozusagen eine kleine Luxussteuer auf den Reichtum ihrer Freundschaft.

Wenn Sir Joseph danach gewesen wäre, hätte er eine graphische Darstellung der Häufigkeit und Intensität dieser Gespräche zeichnen können. Da war, vom Kinderzimmer über die Schule bis zur Universität, eine stetig ansteigende Kurve gewesen, als er sich zu jeder neuen Phase von Basils frühreifer Entwicklung beifällig hatte äußern müssen. In jenen Tagen hatte er Basil als offenbar außergewöhnlich brillanten und gutaussehenden jungen Mann akzeptiert, bei dem die Gefahr bestand, daß er verdorben wurde. Dann, gegen Ende von Basils zweitem Studienjahr am Balliol College, war eine Serie von kleinen seismischen Störungen zu verzeichnen gewesen, und Cynthia Seal wurde abwechselnd von sprachloser Verblüffung und beredtem Schmerz ergriffen. Dann die erste Katastrophe, und bald darauf der Tod Christophers. Von nun an hatte die Kurve unstete Auf- und Abwärtsbewegungen beschrieben, je nachdem, welche Höhe- oder Tiefpunkte die Schlechtigkeit Basils erreichte, doch im Laufe der Jahre war ein erfreuliches Sinken des mittleren Niveaus zu registrieren gewesen. Mindestens sechs Monate hatte er den Namen des Jungen schon nicht mehr gehört.

»Ah«, sagte er, »Basil, mhh?«, während er versuchte, dem

Gesichtsausdruck seiner Tischgefährtin einen Hinweis zu entnehmen, ob er objektiv oder verständnisvoll sein oder sie beglückwünschen sollte.

»Du hast mir in den vergangenen Jahren so oft geholfen.«

»Ich hab's versucht«, sagte Sir Joseph und erinnerte sich kurz an die zahlreichen erfolglosen Bemühungen zugunsten von Basil. »Der Junge hat viele Qualitäten.«

»Seit heute morgen geht es mir viel besser, wenn ich an ihn denke, Jo. In letzter Zeit bezweifle ich manchmal, ob wir für Basil jemals etwas Passendes finden werden. Er ist schon so oft an der falschen Stelle gelandet. Aber dieser Krieg scheint uns unsere Verantwortung abzunehmen. Im Krieg ist Platz für jeden, für jeden *Mann.* Basil hat mit seiner Persönlichkeit immer Schwierigkeiten gehabt. Das hast du oft genug gesagt, Jo. Im Krieg kommt es auf Persönlichkeit nicht mehr an. Es gibt nur noch Männer, stimmt's?«

»Ja«, sagte Sir Joseph unschlüssig. »Ja. Basil hatte ja schon immer eine sehr ausgeprägte Persönlichkeit. Er dürfte jetzt fünfunddreißig oder sechsunddreißig sein. Das ist ziemlich alt für jemand, der als Soldat anfangen will.«

»Unsinn, Jo. Im letzten Krieg haben sich Männer von fünfundvierzig und fünfzig zur Armee gemeldet und sind so tapfer gestorben wie alle anderen auch. Ich möchte, daß du mit den Oberstleutnants der Garderegimenter sprichst, um herauszufinden, wo er am besten hinpassen würde ...«

Im Laufe der Zeit hatte Cynthia Seal eine Menge enormer Forderungen in Basils Namen gestellt. Diese nun, die sie mit so viel arroganter Selbstverständlichkeit vorbrachte, empfand Sir Joseph als die ärgerlichste. Doch er war ein alter und treuer Freund und überdies ein vielbeschäftigter Mann, der aus langjährigen Erfahrungen im Dienste der Öffentlichkeit sehr wohl wußte, wie man Pflichten umging. »Natürlich, meine liebe Cynthia, aber versprechen kann ich nichts ...«

3

Angela Lyne kehrte per Bahn aus Südfrankreich zurück. Normalerweise fuhr sie um diese Zeit nach Venedig, doch in diesem Jahr, wo allenthalben über nichts anderes gesprochen wurde als die internationale Politik, war sie bis zum letzten Moment und noch darüber hinaus in Cannes geblieben. Die Franzosen und Italiener, die sie getroffen hatte, meinten, es würde keinen Krieg geben. Dies sagten sie vor dem deutsch-sowjetischen Pakt mit Überzeugung, danach mit doppelter Überzeugung. Die Engländer sagten, es würde Krieg geben, aber nicht sofort. Nur die Amerikaner wußten, was kommen würde, und wann. Nun reiste sie in ungewohnter Unbehaglichkeit durch eine Nation, die sich mit den verdrießlichen Parolen *il faut en finir* und *nous gagnerons, parce que nous sommes les plus forts* zum Handeln anschickte.

Es war eine ermüdende Fahrt. Der Zug hatte bereits acht Stunden Verspätung. Der Speisewagen war während der Nacht in Avignon verschwunden. Angela mußte sich mit ihrem Mädchen ein Zweibettabteil teilen und froh sein, daß sie überhaupt ein Abteil bekommen hatte. Mehrere ihrer Bekannten waren geblieben, da sie warten wollten, bis sich die Lage entspannen würde. Platzreservierungen konnte niemand garantieren, und die Franzosen schienen ihre Höflichkeit für die Dauer der Kämpfe eingemottet zu haben.

Angela hatte auf dem Tischchen vor sich ein Glas Mineralwasser. Sie nippte daran und sah hinaus auf die vorbeiziehende Landschaft, in der sich auf jeder Meile ein Zeichen für die Veränderungen im Lande fand. Hunger und die miserable Nacht entrückten sie ein wenig der Realität, und ihr meist rasches und geordnetes Denken paßte sich den Bewegungen des Zuges an, der bald schaukelnd dahineilte, bald zu kriechen schien, als tastete er sich von Punkt zu Punkt unsicher voran.

Ein Fremder, der an ihrem offenen Abteil vorübergegangen wäre, hätte sich wohl gefragt, woher sie kam und was sie machte, und er hätte sie wohl für eine Amerikanerin gehalten, vielleicht die Einkäuferin eines bedeutenden New Yorker Modegeschäfts, deren momentane Geistesabwesenheit auf die kriegsbedingten Schwierigkeiten beim Heimtransport ihrer ›Kollektion‹ zurückzuführen war. Sie war außerordentlich elegant angezogen, doch wie jemand, dessen Kleidung eher etwas mitteilen als Aufmerksamkeit erregen soll. Nichts von dem, was sie trug, vermutlich auch nichts in dem schweinsledernen Schmuckkästchen über ihrem Kopf, war von einem Mann oder für einen Mann ausgesucht worden. Ihr Chic hatte eine ganz persönliche Note. Sie gehörte offensichtlich nicht zu denjenigen, die immer rastlos hinter den neuesten Dingen herhetzen, ehe sie, ein paar Wochen später, in billigen Imitationen auf die Märkte der Welt geworfen werden. Ihre Person war Zeugnis und Kritik aufeinanderfolgender Moden, Jahr für Jahr sozusagen protokolliert in klarer und charakteristischer Handschrift. Hätte der neugierige Reisende länger hingeblickt – was er, ohne aufdringlich zu wirken, durchaus hätte tun dürfen, so gedankenverloren war Angela – dann wäre er bei seiner Suche in dem Moment aufgehalten worden, in dem er ihr Gesicht studiert hätte. Alles an ihr – das Gepäck, das sich über und neben ihr auftürmte, der Sitz ihrer Frisur, ihre Schuhe, ihre Fingernägel, der leichte Parfümhauch, der sie umgab, das Mineralwasser und der broschierte Balzac-Band auf dem Tischchen vor ihr – alle diese Dinge verrieten das, was sie (wäre sie tatsächlich jene Amerikanerin gewesen, die sie zu sein schien) als »Persönlichkeit« bezeichnet hätte. Das Gesicht jedoch war stumm. Es hätte aus Jade sein können, so glatt und kühl und leblos war es. Ein Fremder hätte sie stundenlang beobachten können, so wie ein Spion oder Liebhaber oder Reporter vor einem verschlossenen Haus herumlungert, ohne ein Licht zu sehen und ohne hinter den Fensterläden auch nur die leiseste Bewegung zu hören, und je schärfer sein Blick, desto verwirrter und verstörter wäre er dann weitergegangen, den Korridor entlang. Hätte er die nackte Wahrheit über diese anscheinend kosmopolitische, leidenschaftslose, langweilige Frau erfahren, dann hätte er wohl nie mehr versucht, sich ein Bild von seinen Mitmenschen zu machen. Denn Angela Lyne kam aus Schottland, war das einzige Kind eines Glasgower Millionärs – eines jovialen, schlitzohrigen Millionärs, der als Junge in einer Straßenbande angefangen hatte –, sie war die Frau eines Hobbyarchitekten, die Mutter eines kräftigen und nicht besonders gutaussehenden Sohnes (von dem man sagte, er sei seinem Großvater aus dem Gesicht geschnitten), und in ihrem Leben hatte sie sich in so tiefe Passionen verstrickt, daß von dieser goldenen Tochter Fortunas unter ihren Freunden nur selten ohne den Zusatz die ›arme‹ Angela Lyne die Rede war.

Nur in einem Punkt hätte der zufällige Beobachter recht gehabt. Angelas Äußeres sollte nicht auf Männer wirken. Zuweilen wird ja die Frage aufgeworfen – und Boulevardblätter veranstalten Meinungsumfragen, um eine endgültige Antwort darauf zu finden –, ob eine Frau, die ganz allein auf einer einsamen Insel ist, darüber nachdenkt, wie sie angezogen ist. Was ihre eigene Person betraf, so hatte Angela auf diese Frage schließlich eine endgültige Antwort gegeben. Ihr Äußeres war Hobby und Zeitvertreib geworden, bei dem sie sich selbst genügte und nur sich selbst wahrnahm. Sie beobachtete ihre Bewegungen in den Spiegeln der kultivierten Welt, so wie ein Häftling die Possen einer Ratte beobachtet, die er an den Kerker gewöhnt hat. (Bei ihrem Mann waren es Grotten, die den Platz der Mode einnahmen. Er besaß inzwischen sechs davon, die er in verschiedenen Gegenden Europas gekauft hatte, teils in Neapel, teils in Süddeutschland, und mühsam, Stein auf Stein, nach Hampshire abtransportiert hatte.)

Schon seit sieben Jahren, damals war sie fünfundzwanzig und gerade zwei Jahre mit ihrem Dandy-Ästheten verheiratet, war die ›arme‹ Angela Lyne in Basil Seal verliebt. Es war eine dieser Affären, die, als harmloses Abenteuer beginnend und von den Freunden sorglos als amüsanter Skandal akzeptiert, irgendwie von einem Gorgonenblick versteinert und mit einer unerträglichen Dauerhaftigkeit ausgestattet zu sein schienen; als hätten die spöttischen Schicksalsgötter beschlossen, in einer Welt kapriziöser und rasch wechselnder Verbindungen ein bleibendes, abschreckendes Exempel der natürlichen Eigenschaften von Mann und Frau zu statuieren, ihrer grundsätzlichen Fähigkeit, miteinander zu verschmelzen; ein Verpackungsetikett mit der Aufschrift »Achtung! Gefährliche Chemikalien!« – eine Warnung, wie die Autowracks, die manchmal an gefährlichen Kurven aufgestellt werden – so daß die unkritischsten Leute erschraken und mit den Worten zurückwichen: »Also wirklich, irgendwie haben die beiden etwas Schmutziges an sich.«

Es war eine Beziehung, die ihre Freunde gewöhnlich als ›morbid‹ bezeichneten, womit sie ausdrücken wollten, daß Erotik eine untergeordnete Rolle spielte, denn Basil hatte nur etwas für sehr alberne Mädchen übrig, und es waren ja ganz andere Dinge, die ihn und Angela verbanden.

Cedric Lyne, der in seiner barocken Abgeschiedenheit lustlos vor sich hin kramte und mit Verblüffung die Entwicklung seines lärmenden Sohnes beobachtete, sagte sich (mit einem Minimum an Aufwand), daß eine derartige Affäre keinesfalls von Dauer sein könnte. Für Angela schien es keine Hoffnung auf Erlösung zu geben. Nur der Tod, so meinte sie verzweifelt, würde sie trennen können. Sogar der Geschmack des Mineralwassers erinnerte sie an Basil, an die zahllosen Nächte der vergangenen sieben Jahre, als sie bei ihm gesessen hatte, während er sich betrank und immer verworrener redete und sie von ihrem Mineralwasser nippte und auf den Moment wartete, schnell und hart gegen seine Eitelkeit loszuschlagen, bis er, inzwischen noch betrunkener, ihre Attacken zurückschlug, sie unter den Tisch redete und schließlich stumpfsinnig davonging.

Sie wandte sich dem Fenster zu, als der Zug die Geschwindigkeit verringerte und an Waggons voller Soldaten vorbeifuhr. *Il faut en finir, nous gagnerons parce que nous sommes les plus forts.* Ein hartgesottenes Volk, diese Franzosen. Vor zwei Tagen hatte ein Amerikaner in Cannes von den meuternden Regimentern erzählt, die im letzten Krieg dezimiert worden waren. »Schade, daß sie diesmal nicht jemand wie den alten Pétain haben, der sie befehligt«, hatte er gesagt.

Die Villa in Cannes war verschlossen, der Schlüssel lag jetzt beim Gärtner. Vielleicht würde sie nie wieder dorthin zurückkehren. In diesem Jahr war es in ihrer Erinnerung nur der Ort, an dem sie vergeblich auf Basil gewartet hatte. Er hatte telegrafiert: »Internationale Lage verbietet Vergnügungsreise.« Sie hatte ihm das Geld für die Reise geschickt, aber er hatte nicht geantwortet. Der Gärtner würde schon das Beste aus dem Gemüse machen. Ein hartgesottenes Volk, die Franzosen; Angela fragte sich, warum das als Qualität galt. Vor hartgesottenen Eiern hatte sie sich immer geekelt, selbst bei Picknicks im Kindergarten; sie sind hart, legen zuviel Wert aufs Kochen und werden für ihre Küche zu sehr gelobt. Wenn gesagt wurde, man schwärme für Frankreich, dann hieß das, man schwärme fürs Essen. Unsere Ahnen betrachteten den Bauch als den Sitz der tieferen Gefühle. Angela hatte auf der Kanalfähre einmal gehört, wie ein Handlungsreisender sich auf Dover und die englische Küche freute: »Ich kann diese französische Pampe einfach nicht runterkriegen.« Ein verbreiteter Vorwurf, dachte Angela, der der französischen Kultur in den letzten zwei Generationen immer wieder gemacht wurde – »Pampe«, verdorbene Zutaten aus Spanien und Amerika und Rußland und Deutschland, versteckt in einer Sauce aus algerischem Weißwein. Frankreich war mit seiner Monarchie gestorben. Man konnte nicht einmal mehr gut essen jetzt, außer in den Provinzen. Alles lief auf das Essen hinaus. »Der Kummer verzehrt ihn.« ... Basil behauptet, in Afrika einmal ein Mädchen verzehrt zu haben. Und an Angela zehrte er nun schon sieben Jahre. Wie der Spartanerknabe und der Fuchs ... Die Spartaner, die sich vor der Schlacht bei den Thermopylen das Haar kämmten. Weil Alkibiades sein Haar abgeschnitten hatte, um akzeptabler zu erscheinen, Angela hatte das nie verstanden. Was dachten die Spartaner wirklich über ihr Haar? Basil würde sein Haar schneiden lassen müssen, wenn er zur Armee ging. Basil, der Athener, würde an den öffentlichen Tischen der Spartaner sitzen müssen, mit tadellos ausrasiertem Nacken, wo bislang sein dunkles Haar ungepflegt über den Kragen gefallen war. Basil im Thermopylen-Paß ...

Angelas Mädchen kam von einem Schwatz mit dem Schaffner zurück. »Er glaubt, die Schlafwagen fahren nur bis Dijon. Wir sollen in die Sitzwagen umziehen. Eine Gemeinheit, wo wir doch bezahlt haben, Madam!«

»Tja, wir haben jetzt Krieg. Wir werden uns wohl mit einer ganzen Menge abfinden müssen.«

»Wird Mr. Seal zur Armee gehen?«

»Würde mich nicht überraschen.«

»Er wird anders aussehen, Madam, nicht?«

»Sehr anders.«

Sie schwiegen beide, aber Angela, kraft untrüglicher Intuition, wußte genau, was ihr Mädchen dachte. Sie dachte: ›Angenommen, Mr. Seal erwischt es. Wäre eigentlich das Beste für alle Beteiligten.‹

... Flaxmansche* Griechen, in den Felsen der Thermopylen sterbend darniedergestreckt; verwirrte Vogelscheuchen, über den Stacheldraht im Niemandsland hinwegkriechend. Bis daß

* John Flaxman (1755–1826), engl. Bildhauer (A.d.Ü.)

der Tod uns scheidet ... In der losen Assoziationskette, die sich durch Angelas Phantasie zog, kam immer wieder derselbe, einende Gedanke vor, wie ein Wachtposten an der Front – der Tod. Der ›Gevatter Tod‹ jener Holzschnitte des sechzehnten Jahrhunderts, der die Gefangenen erlöst und die Wunden der Gefallenen wäscht. Der Tod mit Frack und Schnurrbart, der verschwiegene Totengräber, der sein schwarzes Grabtuch über alles Verwesende und Häßliche breitet; Tod, der makabre Liebhaber, in dessen Umarmung man alle irdische Liebe vergißt; Tod für Basil, damit Angela wieder leben kann ... das waren ihre Gedanken, während sie von ihrem Mineralwasser trank, doch niemand, der die ruhige und sinnierende Maske ihres Gesichts sah, wäre je darauf gekommen.

4

Rupert Brooke, Old Bill, der Unbekannte Soldat – so sahen ihn drei liebende Frauen, doch Basil, der in Poppet Greens Atelier verspätet frühstückte, blieb hinter diesen Idealen erheblich zurück. Er war an diesem Vormittag nicht in Form, teils, weil er am Abend zuvor mit Poppets Freunden ausgiebig gezecht hatte, teils aber auch deswegen, weil er bei Poppet mit einem Gesichtsverlust zu kämpfen hatte, als er seine Behauptung erklären wollte, es werde keinen Krieg geben. Das hatte er in der vorangegangenen Nacht gesagt, nicht als Vermutung, sondern als Tatsache, die nur ihm selbst und einem halben Dutzend führender Deutscher bekannt sei. Die preußischen Militärs, hatte er gesagt, würden riskante Unternehmungen so lange tolerieren, wie sie ihre Trümpfe nicht aufdecken müßten. Dies habe er direkt von v. Fritsch. Die Reichswehr habe der Nazipartei während der Säuberungen vom Juli 1936 das Rückgrat gebrochen. Hitler und Göring und Goebbels und Ribbentrop habe sie weiterhin als Marionetten behalten, solange sie nützlich seien. Die Wehrmacht sei, wie alle Armeen, außerordentlich pazifistisch. Sobald sich herausstellen werde, daß Hitler den Krieg wolle, werde man ihn erschießen. Im Restaurant in der Charlotte Street hatte Basil dieses Thema nicht nur einmal, sondern wiederholt erläutert, und weil Poppets Freunde ihn nicht kannten und es nicht gewohnt waren, mit Leuten Umgang zu haben, die sich guter Beziehungen zu den Oberen rühmten, hatte Poppet sich in der Bewunderung, die einem anderen galt, mitgesonnt. Basil war es nicht gewohnt, daß man ihm aufmerksam zuhörte, und war entsprechend entrüstet, als seine Äußerungen auf Kritik stießen.

»Na«, rief Poppet, von der Gasheizung her, »wann greift die Armee denn nun ein und erschießt Hitler?«

Sie war ein erstaunlich törichtes Mädchen und hatte als solches sofort Basils Aufmerksamkeit erregt, als sie sich drei Wochen zuvor bei Ambrose Silk kennenlernten. Mit ihr hatte er die Zeit verbracht, die er Angela in Cannes versprochen hatte. Für sie hatte er die zwanzig Pfund ausgegeben, die Angela ihm für die Fahrkarte geschickt hatte. Selbst jetzt, ihr einfältiges Gesicht spöttisch verzogen, konnte sie bei Basil mit einem weichen Herz rechnen.

Zeugnis ihrer Einfalt waren die zahlreichen fertigen und unfertigen Gemälde, die ihr Atelier füllten. Vor achtzig Jahren hätte sie Ritter in voller Rüstung gemalt, Damen mit Trauerflor, vor fünfzig Jahren ›Nocturnen‹, vor zwanzig Jahren Harlekine und Weiden. Jetzt, im Jahre 1939, waren es körperlose Köpfe, grüne Pferde und lilafarbenes Gras, Algen, Muscheln und Pilze, sauber gemalt, konventionell nach Art von Dali arrangiert. Die Leinwand, an der sie gerade arbeitete, war ein großformatiger, akkurat gezeichneter, jedoch knallgelber Kopf der Venus von Milo, vor einem Hintergrund von Bullaugen und Gerstenzucker.

»Mein Lieber«, hatte Ambrose gesagt, »man kann geradezu hören, wie ihre Phantasie beim Malen knarrt, wie ein uraltes Korsett bei einer alten Vettel.«

»Sie werden London zerstören. Was soll ich bloß machen?« klagte Poppet. »Wo soll ich bloß hingehen? Das ist das Ende meiner Malerei. Ich hätte Lust, Parsnip und Pimpernell* zu folgen« (zwei großen Dichtern aus ihrem Freundeskreis, die kürzlich nach New York entflohen waren).

»Den Atlantik zu überqueren ist gefährlicher als in London zu bleiben«, sagte Basil. »Es wird keine Luftangriffe auf London geben.«

»Um Gottes willen, sag so etwas nicht.« Noch während sie sprach, heulten bereits die Sirenen. Poppet stand starr vor Schreck da. »O Gott«, sagte sie, »du hast es geschafft. Jetzt sind sie da.«

»Tadellose Zeitplanung«, sagte Basil fröhlich. »Das ist schon immer Hitlers starke Seite gewesen.«

Poppet begann sich anzukleiden und brach dabei in eine fruchtlose Flut von Vorwürfen aus. »Du hast gesagt, es wird keinen Krieg geben. Du hast gesagt, die Bomber werden nie kommen. Jetzt werden wir alle sterben, und du sitzt einfach da und redest und redest.«

»Ein Luftangriff ist doch genau das Richtige für einen surrealistischen Maler. Man hätte viele Möglichkeiten bei der künstlerischen Komposition – Gliedmaßen und Objekte an ungewohnter Stelle, weißt du.«

»Hätte ich dich bloß nie kennengelernt! Wäre ich bloß zur Kirche gegangen! Ich bin in einem Kloster erzogen worden. Früher wollte ich Nonne werden. Wenn ich bloß Nonne geworden wäre. Ich sterbe. Ach, wenn ich bloß eine Nonne wäre. Wo ist bloß meine Gasmaske? Ich werd' noch verrückt, wenn ich meine Gasmaske nicht finde!«

* Petersil und Pimpinelle (A. d. Ü.)

Basil lag auf dem Diwan und beobachtete sie fasziniert. Ihm gefiel es, Frauen in Momenten des Erschreckens sich so bewegen zu sehen. Überhaupt machte es ihm immer viel Spaß, Frauen in einer unvorteilhaften Lage zu sehen. So konnte er etwa zur Spargelzeit einen Tropfen zerlassener Butter auf dem Kinn einer Frau beobachten, der sie verunstaltete und sie lächerlich aussehen ließ, während sie noch immer sprach und lächelte und den Kopf drehte, ohne zu wissen, wie sie auf ihn wirkte.

»Jetzt entscheide dich aber mal, wovor du eigentlich Angst hast«, meinte er ungeduldig. »Wenn du vor Bomben Angst hast, dann lauf hinunter in den Luftschutzraum. Wenn du Angst vor Gasangriffen hast, dann schließ das Oberlicht und bleib hier oben. Ich jedenfalls würde mir um die Gasmaske keine Sorgen machen. Wenn überhaupt, dann verwenden sie Arsengas, und dagegen hilft die Gasmaske nicht. Du wirst sehen, Arsendämpfe sind zuerst ganz harmlos. Erst nach ein paar Tagen stellt man fest, daß man das Gas eingeatmet hat. Doch dann ist es schon zu spät. Nach allem, was wir wissen, findet schon in diesem Augenblick ein Gasangriff statt. Wenn sie hoch genug fliegen und das Zeugs vom Wind weitertreiben lassen, brauchen sie nicht näher als zwanzig Meilen heranzukommen. Die Symptome sind, sobald sie sich zeigen, ziemlich ekelhaft ...«

Aber Poppet war schon aufgesprungen, Hals über Kopf die Treppe hinunterstürzend, leise vor sich hin wimmernd.

Basil zog sich an, wobei er nur einmal innehielt, um Poppets Venuskopf mit einem Schnurrbart zu versehen, und trat dann auf die Straße.

Die sonntägliche Leere in South Kensington wurde an diesem Vormittag durch die Sorge vor Luftangriffen noch verstärkt. Ein Mann mit Stahlhelm rief Basil von der anderen Straßenseite aus zu: »In Deckung! Ja, Sie dort!«

Basil überquerte die Straße und sagte leise zu ihm: »M. I. 13.«

»Was?«

»M. I. 13.«

»Ich kapier' nicht ganz.«

»Sollten Sie aber«, sagte Basil streng. »Sie wissen doch bestimmt, daß Angehörige von M. I. 13 jederzeit überall hin dürfen.«

»Klar doch, 'tschuldigung«, sagte der Luftschutzwart. »Ich hab erst gestern angefangen. Schon der zweite Alarm, wirklich komisch.« Während er sprach, wurde Entwarnung gegeben. »So ein Theater«, sagte er.

Basil fand, daß dieser Bursche für einen Beamten in den ersten Stunden des Krieges viel zu fröhlich war. Die Hinweise auf die Schrecken des Gases waren bei Poppet umsonst gewesen. Sie hatte ihm in ihrer Panik kaum zugehört. Er hätte eine aufmerksamere Zuhörerschaft verdient. »Keine Sorge«, sagte er. »Vielleicht atmen Sie schon in diesem Moment Arsendämpfe ein. Achten Sie in ein paar Tagen mal auf Ihren Urin!«

»Hhmm, was haben Sie gesagt, wo kommen Sie her?«

»M. I. 13.«

»Hat das was mit Gas zu tun?«

»Das hat mit fast allem zu tun. Guten Tag.«

Er wandte sich zum Gehen um, doch der Luftschutzwart folgte ihm. »Riecht man das denn nicht oder so?«

»Nein.«

»Und hustet man nicht oder so?«

»Nein.«

»Und Sie glauben, sie haben es abgeworfen, gerade eben in dieser Minute, und sind schon weg und denken, daß wir tot sind?«

»Mein Lieber, *ich* glaube das nicht. Es ist Ihre Aufgabe als Luftschutzwart, das herauszufinden.«

»Hmm.«

Ein zweites Mal wird er mich nicht auf der Straße anblaffen, dachte Basil.

Nach der Entwarnung kamen verschiedene Freunde von Poppet in ihrem Atelier zusammen.

»Ich hatte *kein bißchen* Angst. Ich war so überrascht über meinen Mut, daß mir ganz schwindlig war.«

»*Angst* hatte ich nicht. Ich war bloß sauer.«

»*Ich* habe mich richtig gefreut. Schließlich haben wir ja alle jahrelang gesagt, daß das gegenwärtige System zum Untergang verurteilt ist, stimmt's? Ich meine, wir haben immer die Wahl gehabt zwischen einem Konzentrationslager und einem Luftangriff. Ich habe einfach nur dagesessen und gedacht, wieviel besser es wäre, bei einem Luftangriff zu sterben, als mit Gummiknüppeln verprügelt zu werden.«

»*Ich* hatte Angst«, sagte Poppet.

»Liebe Poppet, du hast immer *furchtbar* normale Reaktionen. Erchman hat dir wirklich gut getan!«

»Naja, ich weiß nicht, ob sie diesmal so normal waren. Ich habe nämlich tatsächlich gebetet.«

»Was, wirklich? Das ist ja schlimm.«

»Du solltest darüber mal mit Erchman sprechen!«

»Wenn er nicht in einem Konzentrationslager sitzt.«

»Wir werden alle in Konzentrationslagern sitzen.«

»Wenn irgend jemand noch einmal das Wort Konzentrationslager erwähnt«, sagte Ambrose Silk, »dann werde ich wirklich ungemütlich!« (»Er hatte eine unglückliche Liebesaffäre in München«, erklärten Poppets Freunde einander, »dann fanden sie heraus, daß er Halbjude ist, und das Braunhemd wurde abgeholt.«) »Wir sollten uns lieber Poppets Bilder ansehen und den Krieg vergessen. Das hier«, sagte er, vor der Venus innehaltend, »das ist meiner Ansicht nach gut. Meiner Ansicht nach ist das gut, Poppet. Der Schnauzbart . . . man sieht, du hast eine der

Grenzen in der Kunst überschritten und fühlst dich stark genug, um witzig zu sein. Genauso wie diese herrlich dramatischen alten Kastanien in Parsnips *Guernica Revisited.* Du wirst langsam erwachsen, meine liebe Poppet!«

»Vielleicht hat ja ihr alter Abenteurer die Hand mit im Spiel.«

»Der arme Basil, traurig genug, daß er mit sechsunddreißig noch immer ein *enfant terrible* ist, aber von der jüngeren Generation als eine Art verwahrloster Bulldog Drummond angesehen zu werden ...«

Ambrose Silk war älter als Poppet und ihre Freunde. Er war vielmehr Altersgenosse von Basil, mit dem ihn seit der Studentenzeit eine undurchsichtige, von gegenseitigem Spott geprägte Bekanntschaft verband. Im Oxford jener Tage, Mitte der zwanziger Jahre, als der letzte der ehemaligen Soldaten sein Examen abgelegt hatte und die ersten der puritanischen, politisch bewußten Studenten entweder noch nicht angefangen oder sich zumindest noch nicht bemerkbar gemacht hatten, in jener Zeit der weiten Hosen und Rollkragenpullover und nächtlich vor dem ›Spread Eagle‹ in Thame geparkten Autos hatte es nur wenig Ablenkung gegeben. Eine gewisse geistige Extravaganz im Streben nach Vergnügungen war die einzige Gemeinsamkeit von Freunden gewesen, die sich in den folgenden Jahren in alle vier Winde zerstreuten. In jener Zeit hatte Ambrose auf dem Hindernisrennen von Christ Church eine lächerliche Figur abgegeben, und Peter Pastmaster war in einem Ballhaus in Reading als Frau verkleidet aufgetreten. Alastair Digby-Vane-Trumpington, der kindische Experimente unternahm, um herauszufinden, wie weit die verschiedenen wollüstigen Debütantinnen bei ihm gehen würden, hatte bei seinem regelmäßigen Bier in Mickleham noch immer Zeit, um Ambroses sehnsüchtigen Träumen, in die Oxforder Regattamannschaft aufgenommen zu werden, kritiklos zuzuhören. Heute hatte Ambrose, außer zu Basil, nur noch wenig Kontakt zu seinen alten Freunden. Er glaubte, man habe ihn fallengelassen, und manchmal, in Momenten der Eitelkeit, präsentierte er sich dem richtigen Publikum als Kunstmärtyrer, als jemand, der dem Mammon keine Zugeständnisse machte. »Ich kann nicht so weit gehen wie ihr«, hatte er einmal zu Parsnip und Pimpernell gesagt, als sie darauf hinwiesen, er könne nur dann ein wertvoller Schriftsteller sein, wenn er zum Proletarier werde (ein Begriff, der, wie sie großzügig meinten, nichts mit Herkunft zu tun habe. Sie wollten damit nur zum Ausdruck bringen, daß er sich irgendeinen schlechtbezahlten Hilfsarbeiterjob suchen sollte). »Ich kann nicht so weit gehen wie ihr, lieber Parsnip und lieber Pimpernell. Jedenfalls wißt ihr aber, daß ich mich der Oberschicht nie verkauft habe.« In dieser Stimmung sah er sich als Figur in einem Traum, eine unendlich lange vornehme Straße entlanggehend. Alle Haustüren stehen offen, und die Butler rufen: »Kommen Sie rein! Schmeicheln Sie unserer Herrschaft, und wir werden Ihnen zu essen geben!«, aber Ambrose ging immer weiter geradeaus. »Ich gehöre eben in das Zeitalter des Elfenbeinturms«, sagte er.

Es war sein Pech, daß er von fast allen als Schriftsteller anerkannt wurde, außer von denjenigen, mit denen er am meisten Umgang hatte. Poppet und ihre Freunde betrachteten ihn als Überlebenden aus dem Yellow Book. Je gewissenhafter er bemüht war, sich der Strömung der Zeit anzupassen und sich den griesgrämigen jungen Proletariern der neuen Epoche anzuschließen, desto antiquierter wirkte er. Allein schon seine äußere Erscheinung, die an die grelle Eleganz des jungen Disraeli erinnerte, machte ihn zu einer auffälligen Figur unter ihnen. Basil wirkte mit seiner selbstverständlichen Ungepflegtheit schon weniger auffällig.

Ambrose wußte das, und genüßlich wiederholte er den Ausdruck »alter Abenteurer«.

5

Alastair und Sonia Trumpington zogen im Durchschnitt einmal pro Jahr um, angeblich aus wirtschaftlichen Gründen. Zur Zeit wohnten sie in der Chester Street. Wohin sie auch zogen, sie nahmen die für sie charakteristische, unnachahmliche Unordnung mit sich. Vor zehn Jahren hatten sie in einer feinen Gegend gewohnt, ohne besonders darauf hingearbeitet zu haben, einfach so, weil ihnen danach war. Heute wohnten sie, ohne es zu bedauern, ja ohne sich der Veränderung recht bewußt geworden zu sein, in einer abgelegenen Nische, in der das Strandgut der wilden zwanziger Jahre, hin und her geworfen von der mächtigen See, getrocknet und ramponiert am Strand herumlag und auch dem emsigsten Strandläufer entgehen mußte. Sonia bemerkte zuweilen, wie seltsam es doch sei, daß heutzutage in den Zeitungen nie von jemand gesprochen werde, den man kenne. Sie waren früher solche Quälgeister gewesen, hatten einen nie in Ruhe gelassen.

Wenn Basil in England war, besuchte er sie regelmäßig.

Eigentlich, sagte Alastair, seien sie deswegen in eine so entsetzlich überfüllte Wohnung gezogen, um zu verhindern, daß er sich bei ihnen einquartierte.

Wo sie auch wohnen mochten, Basil fand instinktiv den Weg zu ihnen, eine Fähigkeit, die Verärgerung hervorrief bei den häufig wechselnden Nachmietern, die, noch ehe Basil Zeit gehabt hätte, sich auf die veränderte Situation einzustellen, nachts oft aufwachten und hörten, wie Basil draußen an den Abflußrohren hochkletterte und angetrunken zum Schlafzimmerfenster hereinsah oder morgens irgendwo reglos herumlag. Jetzt, an diesem katastrophalen Morgen, zog es Basil mit schlafwandlerischer Sicherheit zu ihnen, und er fand zu ihrer Haustür, ohne seine Schritte bewußt gelenkt zu haben. Er ging sofort nach oben, denn, wo immer sie wohnten, schlug das Herz des

Haushalts in Sonias Schlafzimmer, als wäre es der Ort einer nicht endenwollenden Rekonvaleszenz.

An Sonias Levées (es gab bis zu drei oder vier Levées täglich, denn Sonia legte sich, wann immer sie zu Hause war, ins Bett) hatte Basil fast zehn Jahre lang immer wieder einmal teilgenommen, seit den Tagen ihrer beginnenden, blendenden Schönheit, als sie, als nahezu einzige unter den keuschen und tapferen Bräuten Londons, gemischte Gesellschaften in ihr Badezimmer lud. Es war etwas Neues, d.h. eigentlich die Wiederbelebung eines goldeneren Zeitalters, und wie alles, was Sonia tat, geschah auch dies ohne den Wunsch nach Berühmtheit. Sie hatte gern Gesellschaft, sie lag gerne in der Badewanne. Meistens waren drei oder vier atemlose und alberne junge Männer dabei, die in den Dampfschwaden Black Velvets kippten und so taten, als wären diese Empfänge etwas völlig Normales.

Basil fand, daß sich wenig an ihrer Schönheit geändert hatte und nichts an dem Durcheinander von Briefen, Zeitungen, halbgeöffneten Päckchen und halbleeren Flaschen, jungen Hunden, Blumen und Früchten, das ihr Bett umgab, auf dem sie saß und stickte (es war eine ihrer Lieblingsbeschäftigungen, alljährlich ganze Quadratkilometer von Seide mit exquisiten Stickereien zu bedecken).

»Basil, Darling, willst du zusammen mit uns in die Luft fliegen? Wo ist denn deine gräßliche Freundin?«

»Hat Angst bekommen.«

»Sie war ein Biest, Darling, eines deiner schlimmsten! Sieh dir mal Peter an. Ist es nicht verrückt?« Peter Pastmaster saß, in Uniform, am Fußende ihres Bettes. Aus Gründen, an die er sich inzwischen nicht mehr erinnerte, hatte er für kurze Zeit einmal in der Kavallerie gedient. Die Ernte jener frühen Saat war plötzlich, von einem Tag zum andern, aufgegangen. »Ist es nicht lächerlich, wieder von vorne anzufangen und mit jungen Gardeleutnants beim Lunch zu sitzen?«

»Von wegen jung, Sonia! Du solltest uns mal sehen. Das Durchschnittsalter eines Leutnants liegt bei etwa vierzig, der Oberst war bei Ende des letzten Kriegs General, und unsere Mannschaften sind entweder abgehärtete Portiers oder schwergewichtige Kammerdiener.«

Alastair trat vom Badezimmer aus herein. »Na, was macht die Kunst?« Er öffnete die Flaschen und fing an, in einem hohen Becher Starkbier und Champagner zu mixen. »Blackers?« Sie hatten diese bittere und kräftigende Arznei schon immer getrunken.

»Erzähl uns alles vom Krieg«, sagte Sonia.

»Tjaaa...«, fing Basil an.

»Nein, Darling. So hab ich's nicht gemeint. Nicht alles. Nicht, wer siegen wird und warum wir kämpfen. Erzähl uns, was die Leute so machen. Laut Margot soll es im letzten Krieg ja geradezu paradiesisch gewesen sein. Alastair will Soldat spielen.«

»Seit die Wehrpflicht eingeführt wurde, hat diese Sache viel von ihrem Reiz verloren«, sagte Basil. »Und dieser Krieg wird nicht von Soldaten entschieden.«

»Armer Peter«, sagte Sonia, als spräche sie zu einem ihrer jungen Hunde. »Es wird nicht dein Krieg sein, Sweetheart!«

»Mir auch recht«, sagte Peter.

»Basil wird bestimmt die tollsten Abenteuer erleben. Hat er ja schon im Frieden immer. Weiß der Himmel, was er im Krieg so treiben wird!«

»Zu viele Leute mischen da mit«, sagte Basil.

»Du Ärmster! Ich glaube, keiner von euch ist so aufgeregt wie ich.«

Der Name des Dichters Parsnip, beiläufig erwähnt, ließ die große Parsnip-Pimpernell-Debatte wieder aufleben, die Poppet Green und ihre Freunde quälte. Es war ein Problem, das, nicht unähnlich dem Problem Schleswig-Holstein im letzten Jahrhundert, anscheinend keinen logischen Schluß erlaubte, da, einfach ausgedrückt, die Prämissen in sich widersprüchlich waren. Als Freunde und Kollegen waren Parsnip und Pimpernell nicht voneinander zu trennen. Darin waren sich alle einig. Doch Parsnips Kunst florierte am besten in England, sogar in einem zum Kampf rüstenden England, während die Kunst Pimpernells den friedlichen und fruchtbaren Boden der Vereinigten Staaten brauchte. Die sich ergänzenden Qualitäten, die, wie viele glaubten, erst in der Verbindung einen Dichter ergaben, drohten die Partnerschaft nun zu sprengen.

»Ich sage ja nicht, daß Pimpernell der *bessere* Dichter ist«, meinte Ambrose. »Ich sage bloß, ich *persönlich* finde ihn nahrhafter. Und deswegen finde ich *persönlich*, daß es richtig ist, daß sie weggehen.«

»Ich habe aber immer den Eindruck gehabt, daß Parsnip viel mehr von seiner Umgebung abhängig ist.«

»Ich versteh dich schon, Poppet, aber ich bin anderer Meinung ... Kann es nicht sein, daß du nur an *Guernica Revisited* denkst und die Christopher-Sequenz vergißt ...«

Und so hätte das ästhetisierende Hin und Her in der üblichen Weise weitergehen können, doch an diesem Tag befand sich ein zorniges, rothaariges, bebrilltes Mädchen von der Londoner Wirtschaftshochschule im Atelier. Sie glaubte an den Totalen Volkskrieg. Ein unerbittliches Mädchen, das allen unsympathisch war und sich verdächtig nach Trotzkistin anhörte.

»Was ich nicht verstehe«, sagte sie (und was dieses Mädchen nicht verstand, war meistens eine Sache, die Poppets Freunden außerordentlich peinlich war), »was ich nicht verstehe, ist, wie diese beiden behaupten können, sie seien Zeitgenossen, wenn sie vor dem bedeutendsten Ereignis der zeitgenössischen Geschichte davonlaufen. Sie waren ja soo zeitgenössisch in bezug auf Spanien, als niemand ihnen damit drohte, Bomben auf *sie* zu werfen.«

Das war eine heikle Frage, eine, die im Militärjargon ›ein Schocker‹ genannt wird. Jeden Augenblick, so spürten alle im Atelier, würde dieses gräßliche Mädchen das Wort ›Eskapismus‹ verwenden, und in das Schweigen, das ihrem Ausbruch gefolgt war, während alle anderen grübelten und sich eine mögliche Gegenattacke ausdachten, platzte auch tatsächlich der unverzeihliche Angriff: »Das ist doch reinster Eskapismus!«

Das Wort schreckte das Atelier auf, so wie der Ruf ›Betrug!‹ einen Spielsalon aufschreckt.

»Das ist aber starker Tobak, Julia!«

»Na und, was antwortest du darauf?«

Die Antwort, dachte Ambrose, er wüßte schon, was er antworten könnte. Da war vieles, was er von seinen Freunden gelernt hatte und als Zitat vorbringen könnte. Er könnte sagen, daß der Krieg in Spanien »zeitgemäß« war, weil er ein Klassenkampf sei. Der gegenwärtige Konflikt sei, da Rußland seine Neutralität erklärt habe, bloß eine Phase im kapitalistischen Verfallsprozeß. Das würde die Rothaarige befriedigt, zumindest aber zum Schweigen gebracht haben. Aber eigentlich war es nicht die richtige Antwort. Er suchte nach tröstlichen historischen Analogien, doch jedes Beispiel, das ihm einfiel, sprach für die Rothaarige. Sie würde sie ja auch kennen, dachte er, und sie mit all ihrer intellektuellen Schlagfertigkeit vorbringen – Sokrates, der mit Xenophon zur Küste marschiert, Vergil, der die römische Militärherrschaft sanktioniert, Horaz, der die Süße des patriotischen Heldentods besingt, die Troubadoure, die in den Krieg reiten, Cervantes auf der Galeere vor Lepanto, Milton, der sich für das Gemeinwohl bis zur Erblindung abrackert, sogar George IV., den Ambrose verehrte, so wie andere George I. verehrten, glaubte, bei Waterloo gekämpft zu haben. All diese und eine Vielzahl anderer couragierter zeitgenössischer

Figuren erschienen vor Ambroses geistigem Auge. Cézanne war 1870 desertiert, aber der Cézanne des alltäglichen Lebens war eine höchst unattraktive Figur gewesen. Überdies war er ein Maler, den Ambrose unerträglich langweilig fand. Auf dieser Ebene ließ sich keine Antwort finden.

»Du bist bloß sentimental«, sagte Poppet, »wie eine alte Jungfer, die bei den Klängen einer Militärkapelle feuchte Augen bekommt.«

»In Rußland gibt es doch auch Militärkapellen, oder? Auf dem Roten Platz bekommen vermutlich noch viel mehr alte Jungfern feuchte Augen, wenn sie am Lenin-Mausoleum vorbeigehen.«

Mit Rußland kann man sie immer in die Enge treiben, dachte Basil. Sie können sich gegenseitig immer in die Enge treiben. Das ist die Sackgasse für jede Diskussion.

»Die Frage ist, werden sie besser schreiben, bloß weil sie nicht mehr in Gefahr sind?« sagte jemand.

»Werden sie dem Volke dienen?« sagte ein anderer.

Es war die alte Diskussion, die nach der Zwischenbemerkung des ruppigen Mädchens schnell wieder auflebte. Ambrose blickte traurig zu der gelbsüchtigen, schnauzbärtigen Venus hinüber. Er fragte sich, was er auf dieser Galeere eigentlich verloren hätte.

Sonia versuchte, Margot ans Telefon zu bekommen und alle Anwesenden bei ihr zum Lunch einzuladen.

»Ein unangenehmer Mann sagt, daß heute nur offizielle Gespräche vermittelt werden.«

»Sag, daß du von M. I. 13 bist«, sagte Basil.

»Ich bin von M. I. 13 ... was das wohl bedeutet? Darling, ich glaube, es klappt ... Tatsächlich ... Margot, hier ist Sonia, ich würde dich schrecklich gern besuchen, um ...«

Venus gab ihm seinen Blick zurück, blind, wie aus Butter geformt. Parsnip und Pimpernell, der Rote Platz und das Braune Haus, die Diskussion war in vollem Gange. Was hatte das alles nur mit ihm zu tun?

Die Kunst und die Liebe hatten ihn an diese unwirtliche Stätte geführt.

Liebe zu einer langen Reihe von Einfaltspinseln – Rugbyspielern, Catchern, Matrosen; zarte, aussichtslose Liebe, deren Lohn bestenfalls eine gelegentliche Episode von grober Sinnlichkeit war, der bei Tageslicht Schmach, Beleidigungen und Habgier folgten.

Ein Weichling. Eine alte Tunte. Eine gewisse Art, sich zu kleiden, eine gewisse Sprechweise, ein elegantes, witziges Auftreten, das bewundert und imitiert worden war, ein flinker, geschlechtsloser Humor, die Kunst, diejenigen, die er verachtete, zu blenden und zu verwirren – das war sein gewesen, und nun war es die billige Münze von Komödianten. Es gab nur noch wenige Restaurants, die er besuchen konnte, ohne Gefahr zu laufen, ausgelacht zu werden, und dort war er, wie vor Zerrspiegeln, von übertriebenen Nachahmungen und Karikaturen seiner selbst umgeben. Hatten sich die großartigen Leidenschaften von Griechenland und Arabien und der Renaissance auf diese Weise abgenutzt? Haben sie affektiert gelächelt, wenn Leonardo vorbeiging, und haben sie die spartanischen Krieger mit affektierter Grazie nachgeahmt? Wurde vor den Zelten Saladins gekichert? Sie verbrannten die Tempelritter auf dem Scheiterhaufen; ihre Liebschaften zumindest waren ungeheuerlich und fruchtbar, es forderte den Zorn Gottes heraus, wenn ein Mann seinen Pflichten, grausam zu sein und zu unterdrükken, nicht nachkam. Beddoes war in Einsamkeit gestorben, von eigener Hand. Wilde war, berauscht und schwatzhaft, in das Dunkel getrieben worden, bis zum Schluß jedoch eine tragische Figur, in ihrer eigenen Dämmerung noch weithin sichtbar.

Aber Ambrose, dachte Ambrose, wie steht's mit ihm? Geboren nach seiner Zeit, in einer Epoche, die ihn zur Type machte, zu einer komischen Figur, wie jene Schwiegermütter aus dem Katalog der Witzfiguren des Jahrhunderts; verwandt mit den kichernden Bürschchen unter den Laternen der Shaftesbury Avenue. Und Hans schließlich, der nach so langem Suchen so etwas wie Ruhe versprochen hatte, Hans, der so einfach und herzlich war wie ein kräftiger, junger Terrier, Hans war den unbekannten Greueln eines faschistischen Konzentrationslagers ausgeliefert.

Das große gelbe Gesicht mit dem darübergezeichneten Schnurrbart konnte Ambrose nicht trösten.

Im Atelier war ein junger Mann in wehrpflichtigem Alter. Seine Einberufung stand unmittelbar bevor. »Ich weiß nicht, was ich machen soll«, sagte er. »Natürlich könnte ich den Kriegsdienst aus Gewissensgründen immer verweigern, aber ich habe kein Gewissen. Es wäre eine Verleugnung all dessen, wofür wir eingetreten sind, wenn ich sagte, ich hätte ein Gewissen.«

»Ja, Tom«, sagten sie, um ihn zu trösten, »wir wissen, daß du kein Gewissen hast.«

»Aber wenn ich kein Gewissen habe«, meinte der junge Mann, »warum in drei Teufels Namen macht es mir dann so viel aus, zu sagen, daß ich doch eines habe?«

»... Peter ist hier, und Basil auch. Wir sind alle in bester Stimmung und ganz kriegerisch. Können wir zum Lunch kommen? Basil sagt, heute nacht wird es einen großen Luftangriff geben, vielleicht wäre es also das letzte Mal, daß wir uns sehen ... Wie bitte? Ja, ich hab Ihnen doch gesagt, daß ich von (wie hieß das gleich, Basil?), daß ich von M.I. 13 bin. (Da ist eine komische Frau in der Leitung und fragt, ob das ein Privatgespräch sei.) ... Also gut, Margot, wir kommen alle bei dir vorbei. Das wird phantastisch ... hallo, hallo. Ich glaube, diese blöde Frau hat uns getrennt.«

Ich liebte die Natur, und neben der Natur die Kunst. Die Natur im Rohzustand ist selten sanft; blutige Zähne und Klauen; Matrosen in Toulon, nach Wein und Knoblauch riechend, mit starken braunen Nacken, eine Zigarette auf der Unterlippe, in unverständlichen, verächtlichen Argot fallend.

Die Kunst: hierher hatte ihn die Kunst geführt, in dieses Atelier, zu diesen unmanierlichen und langweiligen jungen Leuten, zu diesem absurden gelben Gesicht unter diesen Perlen.

Es war ein sinnenfreudiges Leben gewesen, damals, in den Tagen Diaghilews. In Eton hatte er Gedichte von Lovat Frazer gesammelt. In Oxford hatte er, begleitet von einem Gesumme auf papierumwickelten Kämmen, mit einem Megaphon in der Hand *In Memoriam* rezitiert. In Paris war er häufig Gast bei Jean Cocteau und Gertrude Stein gewesen. Dort hatte er sein erstes Buch geschrieben und herausgebracht, eine Untersuchung über die Neger von Montparnasse, die in England von Sir William Joynson-Hicks indiziert worden war. Und so führte der Pfad des Vergnügens allmählich hinab in die Welt der schicken Photographen, Bühnenbilder für Cochrane und Cedric Lyne mit seinen neapolitanischen Grotten.

Dann hatte er seinen Entschluß gefaßt, hatte den Pfad der Sinnenlust verlassen und sich bewußt für Strenge und Heldentum entschieden. Es war das Jahr des amerikanischen Börsenkrachs, eine Zeit heroischer Entschlüsse, die Zeit, als Paul versuchte, in ein Kloster aufgenommen zu werden und David sich vor einen Zug warf. Ambrose war nach Deutschland gefahren, wohnte in einem Arbeiterviertel, lernte Hans kennen, fing ein Buch an, ein düsteres, abstruses, nicht endenwollendes Buch, eine Buße für vergangene Laster; das unvollendete Manuskript lag irgendwo in Mitteleuropa in einem Koffer, und Hans war hinter Stacheldraht, oder noch schlimmer, hatte vielleicht nachgegeben, was bei seiner naiven, unbekümmerten Art nur allzu wahrscheinlich war, befand sich wieder unter den Braunhemden, ein Mann mit einem Zeichen hinter seinem Namen, nie wieder würde man ihm vertrauen können, aber er war gut genug für die Front, gut genug, um als Kanonenfutter in die Schlacht geworfen zu werden.

Die Rothaarige stellte wieder unbequeme Fragen. »Aber Tom«, sagte sie, »wenn es richtig ist, das Leben des Arbeiters in einer Konservenfabrik zu teilen, warum ist es dann nicht richtig, mit ihm in die Armee einzutreten?«

»Julia ist der Typ, der immer das Friedensfähnlein schwenkte.«

»Na und«, sagte Julia.

Ars longa, dachte Ambrose, ein kurzes, aber graues Leben.

Alastair schloß seinen elektrischen Rasierapparat an der Lampe auf Sonias Schreibtisch an, um ja nichts zu verpassen. Früher einmal hatte er Peter in Uniform auf einem Hofball gesehen und ihn bedauert, weil das bedeutete, daß er hinterher nicht in einen Nachtclub würde mitkommen können. Damals hatte er ihn zum ersten Mal in Khaki gesehen und ihn wie ein kleiner Junge beneidet. Alastair hatte noch viel von einem Schuljungen an sich. Er begeisterte sich für Wintersport, Segeln, Squash und den Smalltalk in der Bar ›Bratt's‹. Er hielt sich an gewisse unreife Kleidungsvorschriften, etwa an die, daß man in London Melone zu tragen hatte, bis die Pferderennwoche in Goodwood vorbei war. Er hatte eine klare, persönliche Vorstellung von Pennälerehre. Er fand, daß diese Vorurteile typisch für ihn waren; gleichwohl begegnete er anderen durchaus unvoreingenommen. Die unerhörte Geringschätzung, mit der Basil ihnen begegnete, akzeptierte er kritiklos. Er hielt sich sein Ehrgefühl, wie man sich ein teures und seltenes Haustier hält, so wie Sonia sich tatsächlich einen schrecklichen Monat lang ein kleines Känguruh namens Molly gehalten hatte. Er wußte, daß er auf seine Weise ebenso exzentrisch war wie Ambrose Silk. Als Einundzwanzigjähriger war er ein Jahr lang der Geliebte von Margot Metroland gewesen; es war eine Lehrzeit, die viele seiner Freunde absolviert hatten. Das war inzwischen vergessen, doch damals wußten alle ihre Bekannten davon. Alastair hatte aber nie darauf angespielt, selbst Sonia gegenüber nicht. Seit der Hochzeit war er Sonia alljährlich eine Woche lang untreu, und zwar während des Golfturniers von ›Bratt's‹ in Le Touquet, meistens mit der Frau eines anderen Clubmitglieds. Er hatte keine Skrupel dabei, weil er fand, daß diese Turnierwoche mit den alltäglichen Loyalitäten und Verpflichtungen irgendwie nichts zu tun hatte. Wo die Gesetze nicht galten, wurde über die Stränge geschlagen. Zu allen anderen Zeiten war er ein treuer Ehemann.

Dem Militärdienst am nächsten gekommen war Alastair im Kadettenkorps von Eton; während des Generalstreiks war er in einem geschlossenen Wagen durch die ärmeren Viertel von London gefahren, um aufwieglerische Versammlungen zu sprengen, und hatte dabei mehrere unschuldige Bürger niedergeknüppelt. Das war sein einziger Beitrag zur Innenpolitik gewesen, denn obwohl er mehrmals umgezogen war, hatte er immer in Wahlkreisen mit eindeutiger Mehrheit gewohnt. Er war freilich immer davon ausgegangen, daß er, sollte etwas so Absurdes und Altmodisches wie ein großer Krieg ausbrechen, in bescheidener, aber entschlossener Weise daran teilnehmen würde. Er hatte keinerlei Illusionen über seine Fähigkeiten, war aber zu Recht davon überzeugt, daß er den Feinden des Königs ein ebenso gutes Ziel bieten würde wie jeder andere auch. Doch nun war er geradezu erschüttert, als er feststellte, daß sein Land sich im Kriegszustand, er selbst aber im Pyjama war und mit einer Karaffe Black Velvet und ein paar zufälligen Besuchern einen normalen Sonntagvormittag verbrachte. Peters Uniform verstärkte seine Unruhe noch. Es war, als hätte man ihn am

Heiligen Abend beim Ehebruch oder Mitte Juni vor ›Bratt's‹ mit einem Filzhut erwischt.

Er studierte Peter mit der verzückten Aufmerksamkeit eines kleinen Jungen: jedes Uniformteil, die Reitstiefel, das Koppel, die emaillierten Rangabzeichen. Er war enttäuscht, aber irgendwie auch erleichtert, daß er keinen Säbel sah; er hätte es nicht ertragen, wenn Peter einen Säbel getragen hätte.

»Ich weiß, ich sehe gräßlich aus«, sagte Peter. »Der Adjutant hat diesbezüglich kein Blatt vor den Mund genommen.«

»Du siehst süß aus«, sagte Sonia.

»Angeblich trägt man doch zum Koppel kein Kreuzbandelier«, meinte Alastair.

»Aber technisch gesehen tragen wir noch immer einen Säbel.«

Technisch gesehen. Peter trug einen Säbel, technisch gesehen.

»Darling, was meinst du, salutieren die Posten, wenn wir an Buckingham Palace vorbeigehen?«

»Gut möglich. Belisha ist es wohl nicht gelungen, das abzuschaffen.«

»Wir gehen sofort los. Ich ziehe mich rasch an. Bin ganz gespannt.«

Und so liefen sie von Chester Street zum Buckingham Palace. Sonia und Peter voraus, Alastair und Basil ein, zwei Schritte dahinter. Die Posten salutierten, und Sonia zwickte Peter, als er den Gruß erwiderte, in den Arm. Alastair sagte zu Basil:

»Das werden wir wohl auch bald machen.«

»Freiwillige sind in diesem Krieg nicht gefragt, Alastair. Man wird die Leute einziehen, wenn Bedarf besteht, ohne Anwerbungsparaden mit Musik. Man hat nicht einmal die Ausrüstung für diejenigen, die gerade ausgebildet werden.«

»Wen meinst du mit ›man‹?«

»Hore-Belisha.«

»Wen interessiert denn, was der will«, sagte Alastair. Für ihn gab es kein »man«. England befand sich im Krieg; er, Alastair

Trumpington, befand sich im Krieg. Es war nicht Sache von Politikern, ihm zu sagen, wann oder wie er zu kämpfen habe. Aber das konnte er nicht in Worte kleiden, jedenfalls nicht in Worte, über die Basil sich nicht lustig gemacht hätte. Also lief er schweigend hinter Peters martialischer Gestalt her, bis Sonia beschloß, ein Taxi zu nehmen.

»Ich weiß, was ich will«, sagte Basil. »Ich will einer dieser Leute sein, von denen man 1919 sprach; einer dieser harten Burschen, die Erfolg hatten im Krieg.«

6

Obgleich es ganz normal war, daß Freddie Sothill, Sir Joseph Mainwaring und andere, die von Zeit zu Zeit aufgeboten wurden, um eine Lösung für das chronische Problem der Zukunft Basils zu finden, von ihm in einer Sprache redeten, die ansonsten für die südwalisischen Grubenarbeiter reserviert war (wertloses und arbeitsscheues Pack), so hatte die Jobbeschaffung der einen oder anderen Art doch eine große Rolle in Basils Leben gespielt, denn die meisten seiner Launen wurden ja dadurch erklärt und entschuldigt, daß er kein eigenes Vermögen besaß. Tony und Barbara waren, gemäß väterlichem Testament, in den Genuß eines ansehnlichen Vermögens gelangt, doch Sir Christopher Seal war kurz nach Basils erster größerer Schandtat gestorben. Wenn überhaupt vorstellbar ist, daß jemand, der ein Vierteljahrhundert das Amt des Chief Whip bekleidet hat, angesichts menschlicher Verderbtheit noch zu erschüttern ist, dann könnte durchaus Scham seinen raschen Tod herbeigeführt haben, so dicht lagen die Ereignisse beeinander. Wie dem auch sei, Sir Christopher enterbte auf dem Sterbebett in nachgerade melodramatischer Weise seinen jüngeren Sohn, dessen Zukunft nun völlig in den Händen seiner Mutter lag.

Lady Seals beste Freunde – und sie hatte viele Freunde – hätten ihr gewiß nicht mehr als die übliche Umsicht zugetraut, doch es hätte schon übernatürlicher Kräfte bedurft, um mit Basils ersten Schritten als Erwachsener fertig zu werden. Die Vorgehensweise, für die sie sich entschied, war bestenfalls phantasielos und ihr, wie viele ähnliche Pläne, von Sir Joseph Mainwaring empfohlen worden. Sie bestand, in seinen Worten, darin, »dem Jungen Brot und Butter zu geben und ihn die Marmelade selber finden zu lassen«. Das hieß, konkret ausgedrückt, daß Basil, anständiges Betragen vorausgesetzt, jährlich vierhundert Pfund bewilligt wurden, die er selbst aufzustocken gehalten war, falls er einen aufwendigeren Lebensstil pflegen wollte.

Dieses Arrangement erwies sich von Anfang an als Katastrophe. Viermal in den letzten zehn Jahren hatte Lady Seal Basils Schulden beglichen. Einmal unter der Bedingung, daß er bei ihr im Haus wohnte, einmal unter der Bedingung, daß er ins Ausland ginge, einmal unter der Bedingung, daß er heiratete, einmal unter der Bedingung, daß er nicht heiratete. Zweimal war ihm die Unterstützung gestrichen worden, zweimal war er wieder in Wohlwollen aufgenommen worden. Einmal hatte man ihn für tausend Pfund jährlich in einer Anwaltskanzlei in der City untergebracht, mehrere Male hatte man mit einer beträchtlichen Summe Geldes vor seinen Augen herumgewedelt, als Belohnung, falls er sich ernsthaft einer Karriere als Geschäftsmann zuwenden wollte; einmal hatte er kurz davor gestanden, eine Sisalfarm in Kenia zu übernehmen. In all diesen Wechselfällen des Schicksals hatte Sir Joseph Mainwaring den Part eines politischen Gesandten im Umgang mit einem unbotmäßig tributfordernden Sultan gespielt, und zwar in einer Art und Weise, die jeder seiner wohlwollenden Gesten einen bitteren Beigeschmack gab und den Wert der von ihm dargebrachten Geschenke verringerte. In den dazwischenliegenden Zeiten der

Unabhängigkeit, in denen man sich nicht um ihn kümmerte, hatte Basil sich allein durchs Leben geschlagen und nacheinander all die Stellungen bekleidet, die jungen Männern von seiner Qualifikation offenstanden. Für ihn war es nie sehr schwer gewesen, Arbeit zu finden. Die Schwierigkeit hatte immer darin bestanden, sie zu behalten, denn er betrachtete potentielle Arbeitgeber als Gegner bei einem Geschicklichkeitsspiel. Basil verwendete seine ganze Energie und Findigkeit darauf, diesen Gegner zur Kapitulation zu verleiten. Sobald man ihn ins Vertrauen zog, verlor er das Interesse. Genauso unternehmen junge Engländerinnen alle möglichen Anstrengungen, um an einen Mann zu kommen, und kaum sind sie verheiratet, glauben sie, sich nicht mehr bemühen zu müssen.

Basil war Leitartikler beim *Daily Beast* gewesen, hatte in der privaten Umgebung von Lord Monomark gearbeitet, hatte auf Kommissionsbasis Champagner verkauft, Filmdialoge geschrieben und im Radio den ersten einer geplanten Reihe von Vorträgen gehalten. Danach hatte er, auf der sozialen Stufenleiter inzwischen etwas gesunken, als Presseagent einer Zirkusartistin gearbeitet und einmal eine Touristengruppe zu den italienischen Seen begleitet (eine Zeitlang gab er die Geschichte dieser Reise zum besten, deren Höhepunkt, nach einem Crescendo kleinerer Ärgernisse, darin bestanden hatte, daß Basil alle Fahrkarten und Pässe zusammengeschnürt und in den Gardasee geworfen hatte. Er war dann ganz allein mit dem Frühzug abgereist und hatte fünfzig mittellose Briten, von denen keiner auch nur eines Wortes in einer fremden Sprache mächtig war, der Obhut jener Gottheit überlassen, die für gestrandete Reisende zuständig ist. Seines Wissens waren sie noch immer da unten).

Von Zeit zu Zeit verschwand er aus der zivilisierten Welt und kam mit Geschichten zurück, denen niemand wirklich Glauben schenkte – bei der bolivianischen Geheimpolizei wollte er gearbeitet und dem Herrscher von Azanien bei der Modernisierung seines Landes geholfen haben. Basil pflegte gewissermaßen seine eigenen Feldzüge zu führen, seine eigenen Ultimaten zu stellen, seine eigene Propaganda zu verbreiten und sich mit einer selbstverordneten Verdunkelung zu umgeben. Er war eine ungebärdige Minderheit in einer Welt träger Zivilisten. In seinem eigenen Leben hatte er sich an ein System von Drohung, Beschwichtigung, Aufwiegelung und Erpressung gewöhnt, welches, abgesehen davon, daß es nur seinem eigenen unmittelbaren Vergnügen diente, ähnlich funktionierte wie die Diplomatie der Nazis.

Als Erfolg galt ihm, wie der Nazi-Diplomatie, eine friedliebende, ordentliche und ehrbare Welt. In der neuen, geschäftigen, verschlossenen, chaotischen Welt, die sich in den ersten Kriegstagen entwickelte, fühlte Basil sich erstmals in seinem Leben benachteiligt. Ihm kam es vor wie in Lateinamerika während eines Aufstandes, wobei er selbst nicht Engländer, sondern Lateinamerikaner war.

Ende September war Basil in einer etwas verdrießlichen Stimmung. Die Angst vor Luftangriffen schien sich fürs erste gelegt zu haben, und diejenigen, die freiwillig aus London weggegangen waren, kehrten langsam wieder zurück, wobei sie so taten, als seien sie nur mal auf dem Land gewesen, um dort nach dem Rechten zu sehen. Auch die Frauen und Kinder der Armen fuhren in ihre evakuierten Wohnungen zurück. In den Zeitungen hieß es, daß die Polen sich behaupteten, daß ihre Kavallerie tief nach Deutschland vorstoße, daß der Feind schon nicht mehr genug Motorenöl habe, daß Saarbrücken in ein, zwei Tagen an die Franzosen fallen werde. Luftschutzwarte durchstreiften die entlegensten Weiler des Königreichs auf der Suche nach Bauerntölpeln, die etwa mit glimmenden Pfeifen von der Gastwirtschaft nach Hause zurückkehrten. Londoner, die ihre Zeit brauchten, um sich auf den heimischen Herd einzustellen, stolperten in der Dunkelheit von einer Vergnügungsstätte zur anderen und tasteten sich zu ihrem Ziel durch, indem sie sich an den Uniformknöpfen der Türsteher orientierten. Drehtüren aus schwarzem Glas führten in ein Märchenland, wie wenn man als Kind zu Weihnachten mit verbundenen Augen in das Zimmer mit dem angezündeten Christbaum geführt worden wäre. Die Liste derjenigen, die auf der Straße zu Schaden kamen, wurde immer länger, und man erzählte sich Schauergeschichten von Straßenräubern, die alte Herren noch auf den Stufen der Clubs überfielen oder sie am Hay Hill zu Brei schlugen.

Jeder, den Basil traf, war im Begriff, sich einen Job zu verschaffen. Einige hatten, bewußt oder unbewußt, eine Versicherung gegen Arbeitslosigkeit abgeschlossen, indem sie in der Vergangenheit zu irgendeiner militärischen Einheit gegangen waren. Leute wie Peter etwa, der in früher Jugend, einem Wunsch seiner Eltern folgend, ein paar kostspielige Jahre in der Berufsarmee verbracht hatte, und Leute wie Freddy, der, neben seinen Ämtern als Richter oder Landrat – normale Pflichten eines Landgentlemans – zur Yeomanry gegangen war. Sie alle waren nun in Uniform, und ihre Probleme waren gelöst. Später, im Nahen Osten untätig herumsitzend, sollten sie neiderfüllt an jene denken, die die Frage, bei welcher Truppengattung sie dienen wollten, bewußter und überlegter entschieden hatten, doch im Augenblick waren sie beneidenswert gelassen. Die übrigen waren von der Leidenschaft ergriffen, in irgendeiner Form der Allgemeinheit zu dienen, wie unattraktiv die Arbeit auch sein mochte. Die einen warteten als Rettungsmannschaften stundenlang auf allfällige Opfer von Luftangriffen. Andere betätigten sich als Feuerwehrleute, wieder andere als kleine Angestellte in einer Behörde. Keine dieser ehrenvollen Aufgaben vermochte Basil übermäßig zu reizen.

Er war genau der Typ Mann, der, hätte sich das Leben in England so abgespielt, wie es in Abenteuerromanen immer dargestellt wird, in diesem kritischen Moment der internationalen

Lage herbeigerufen worden wäre. Er wäre zu einer obskuren Adresse in Maida Vale gebracht und dort einem hageren, narbigen Mann mit harten, grauen Augen vorgestellt worden; er wäre einer der Männer hinter den Kulissen, einer der Männer, deren Namen der Öffentlichkeit und der Presse nicht bekannt sind, an denen man auf der Straße vorbeigeht, ohne sie zu erkennen, ein Name, der nur dem innersten Kreis des Kabinetts bekannt wäre und den Geheimdienstchefs in aller Welt ... »Setzen Sie sich, Seal. Seit dieser Affäre in La Paz im Jahre 32 haben wir Ihre Bewegungen mit Interesse verfolgt. Sie sind ein Gauner, aber ich denke, daß Sie genau der Typ Gauner sind, den die Nation im Moment braucht. Kann ich davon ausgehen, daß Sie zu allem bereit sind?«

»Ja.«

»Ich wußte, daß Sie so antworten würden. Ihr Auftrag lautet wie folgt. Sie finden sich um 16.30 Uhr am Flugplatz Uxbridge ein, dort bekommen Sie Ihren Paß ausgehändigt. Sie reisen unter dem Namen Blenkinsop. Sie sind Tabakpflanzer aus Lattakia. Eine Zivilmaschine wird Sie, über mehrere Zwischenstationen, nach Smyrna fliegen, wo Sie sich im Hotel Miramar einquartieren und auf weitere Anweisungen warten. Ist das klar?«

Das war klar, und Basil, dessen Leben bislang viel mehr Ähnlichkeit mit einer Abenteuergeschichte gehabt hatte als das Leben der meisten anderen Menschen, hatte eine solche Aufforderung tatsächlich halb erwartet. Stattdessen wurde er von Sir Joseph Mainwaring zum Lunch in den ›Travellers' Club‹ eingeladen.

Die Luncheons, zu denen Basil mit Sir Joseph Mainwaring im ›Travellers'‹ zusammengekommen war, hatten seinen sozialen Abstieg seit Jahren wie Monumente gesäumt. Da waren die vier Luncheons seiner Schuldenregelungen, der Luncheon seiner politischen Kandidatur, der Luncheon seiner beiden ehrbaren Berufe, der Luncheon der angedrohten Trennung von Angela

Lyne, der »Luncheon der gestohlenen Smaragde«, der »Luncheon der Schlagringe«, der »Luncheon des letzten Schecks« – ein jeder Luncheon hätte Thema und Titel eines populären Romans sein können.

Bislang hatten diese Sitzungen in einer stillen Ecke unter vier Augen stattgefunden. Der Luncheon des Garderegiments war alles in allem eine würdigere Veranstaltung, bei der es darum ging, Basil dem Oberstleutnant der Artillerie vorzustellen, einem Offizier, von dem Sir Joseph fälschlicherweise annahm, er habe etwas für ihn übrig.

Der Oberstleutnant kannte Sir Joseph gar nicht und war überrascht und ein wenig beunruhigt über die Einladung, denn sein Mißtrauen beruhte nicht, wie man annehmen würde, auf einer zutreffenden Einschätzung von Sir Josephs Fähigkeiten, sondern paradoxerweise auf einer Furcht vor ihm als Politiker und Geschäftsmann. Für den Oberstleutnant waren die Politiker allesamt nicht so sehr Schafsköpfe als vielmehr Scharlatane. Er empfand sie alle, sogar Sir Joseph, als raffinierte, intrigierende Renaissancefiguren. Bedeutende berufliche Karrieren waren nur mit ihnen möglich, und wer sich mit ihnen überwarf, der fiel in Schimpf und Schande. Für einen unbedeutenden Soldaten – und wenn für diesen Titel überhaupt jemand in Frage kam, dann war es der Oberstleutnant – gab es nur einen sicheren Weg, und der bestand darin, Männern wie Sir Joseph aus dem Weg zu gehen. Traf man dennoch aufeinander, so empfahl es sich, ihnen mit Bluff und außerordentlich reserviert zu begegnen. Infolge seiner freundschaftlichen Loyalität zu Cynthia Seal befand Sir Joseph sich also in der mißlichen Lage, einen Mann, der ihm aus tiefstem Herzen unsympathisch war, einem anderen Mann vorzustellen, der ihm selbst sehr ähnliche Gefühle entgegenbrachte. Es war eine Konstellation, die, jedenfalls auf den ersten Blick, keine günstigen Ergebnisse zu versprechen schien.

Basil, wie Lord Monmouth, »ließ sich nie herab, sorgfältig Toilette zu machen«; der Oberstleutnant betrachtete ihn angeekelt. Das bunte Trio begab sich gemeinsam zu Tisch.

Der Soldat und der Staatsmann legten die Serviette über die Knie und ließen, damit bestellt werden konnte, Schweigen aufkommen, in das Basil munter hineinplatzte:

»Wir sollten unbedingt was mit Liberia unternehmen, Herr Oberstleutnant!«

Der Oberstleutnant warf ihm jenen entrüsteten Blick zu, mit dem ein guter Soldat eine Diskussion der allgemeineren Aspekte des Krieges immer betrachtet.

»Die, die es angeht, haben die Sache bestimmt im Griff«, sagte er.

»Sagen Sie das nicht!«, meinte Basil. »Ich glaube nicht, daß man sich damit auseinandergesetzt hat«, und in den nächsten zwanzig Minuten legte er dar, warum und auf welchem Wege Liberia unverzüglich annektiert werden sollte.

Die beiden älteren Herren widmeten sich schweigend ihren Tellern. Schließlich bekam Sir Joseph durch die beiläufige Erwähnung Rußlands die Möglichkeit, sich zu äußern.

»Bei Prophezeiungen jeglicher Art bin ich immer mißtrauisch«, sagte er. »Aber von einer Sache bin ich überzeugt. Rußland wird noch vor Ende des Jahres auf der Seite unserer Gegner in den Krieg eintreten. Das wird Italien und Japan veranlassen, sich auf unsere Seite zu stellen. Dann ist es nur noch eine Frage der Zeit, wann unsere Blockade sich auswirken wird. Alle möglichen Dinge, von denen Sie und ich noch nie gehört haben, wie Mangan und Bauxit, werden den Krieg für uns entscheiden.«

»Und die Infanterie.«

»Und die Infanterie.«

»Man bringe einem Mann Marschieren und Schießen bei. Man gebe ihm den richtigen Offizier. Alles andere macht er von ganz allein.«

Dies schien Basil der passende Augenblick zu sein, seine eigenen Probleme zur Sprache zu bringen. »Und wer ist Ihrer Ansicht nach ein richtiger Offizier?«

»Der Offizierstyp.«

»Seltsam«, so Basil wieder, »daß von Leuten aus der Oberschicht immer angenommen wird, sie seien gute Führer. Das traf früher wohl zu, als die meisten von ihnen dazu erzogen wurden, sich um Grundbesitz und Pächter zu kümmern. Aber heute leben drei Viertel von Ihrem Offizierstyp in der Stadt. *Ich* habe keine Pächter.«

Der Oberstleutnant sah Basil voller Abscheu an. »Ja, ja, ganz recht.«

»Haben Sie denn Grundbesitz?«

»*Ich?* Nein. Mein Bruder hat die Bruchbude schon vor Jahren verkauft.«

»Na bitte!«

Es war sonnenklar für Sir Joseph, und es dämmerte Basil, daß der Oberstleutnant beleidigt war.

»Seal war eine Zeitlang konservativer Kandidat in Westengland«, sagte Sir Joseph, entschlossen, eine mögliche Ursache für Voreingenommenheit aus dem Wege zu räumen.

»In den letzten Jahren haben sich ziemlich merkwürdige Leute als Konservative bezeichnet. Machen einem nichts als Ärger, wenn Sie mich fragen.« Und weil er fand, daß er etwas unhöflich gewesen war, fügte er gewandt hinzu: »War nicht gegen Sie gerichtet. Sind 'n prima Kerl. Kenne Sie überhaupt nicht.«

Basils politische Kandidatur war ein Thema, über das man besser nicht ausführlich sprach. Sir Joseph gab dem Gespräch daher eine andere Richtung. »Natürlich werden die Franzosen ein paar Zugeständnisse machen müssen, wenn sie wollen, daß Italien mitmacht. Müßten Djibouti aufgeben oder so.«

»Warum sollten sie?« fragte der Oberstleutnant verdrossen. »Wer will denn, daß Italien mitmacht?«

»Zum Ausgleich für Rußland.«

»Wie denn? Warum denn? Wo denn? Ich verstehe überhaupt nichts.«

»Ich auch nicht«, sagte Basil.

Die Drohung, aus einer so unwillkommenen Ecke Unterstützung zu bekommen, bewirkte, daß der Oberstleutnant sofort die Stellung aufgab. »Ach, Sie auch nicht?« sagte er. »Na, Mainwaring wird's schon wissen. Ist ja seine Aufgabe.«

Sir Joseph, durch diese Worte freundlicher gestimmt, verbrachte den Rest der Zeit damit, einige der Zugeständnisse aufzuzählen, die die Franzosen seiner Ansicht nach den Italienern durchaus machen könnten – Tunesien, Französisch-Somaliland, der Suezkanal. »Korsika, Nizza, Savoyen auch?« fragte Basil. Nein, das nicht, fand Sir Joseph.

Um nicht als Verbündeter Basils dazustehen, hörte sich der Oberstleutnant diese Vorschläge, einen Alliierten zu verstümmeln, schweigend und empört an. Zu diesem Lunch hatte er eigentlich nicht kommen wollen. Daß er zu tun habe, wäre eine absurde Feststellung gewesen, aber er hatte mehr zu tun als je zuvor in seinem ganzen Leben, und er betrachtete die zwei Stunden, die er sich mittags gönnte, als Zeit, um sich zu erholen. Er verbrachte sie gern mit Menschen, denen er von allem berichten konnte, was er am Vormittag getan hatte, mit Menschen, die die Bedeutung und Unvergleichlichkeit seiner Arbeit zu würdigen wußten; entweder so, oder mit einer hübschen Frau. Er verließ den ›Travellers'‹ so schnell, wie es die Höflichkeit zuließ, und kehrte in sein Offizierskasino zurück. Ihn quälte, was er gehört hatte, und besonders die Erinnerung an jenen ungepflegten jungen Radikalen, dessen Namen er nicht verstanden hatte. Das zumindest, dachte er, hätte ihm an Sir Josephs Tisch doch erspart bleiben können.

»Na, wie sieht's aus, Jo? Alles geregelt?«

»Geregelt ist genaugenommen nichts, Cynthia, aber ich habe Bewegung in die Dinge gebracht.«

»Hoffentlich hat Basil einen guten Eindruck gemacht.«

»Das hoffe ich auch! Leider hat er ein paar unschöne Dinge gesagt.«

»Ach je. Und wie geht's weiter?«

Sir Joseph hätte gern gesagt, daß es so nicht weitergehen würde. Daß Basil sich bestenfalls freuen könnte, wenn er in Vergessenheit geriete. Vielleicht in einem Monat oder so, wenn man den Lunch vergessen haben würde ... »Es liegt jetzt an Basil, Cynthia. Ich habe ihn vorgestellt. Jetzt muß er die Sache schon selbst verfolgen, wenn er wirklich zu einem Regiment will. Aber seit du diese Sache zur Sprache gebracht hast, frage ich mich, ob es wirklich das Beste ...«

»Man hat mir gesagt, daß es nicht Besseres für ihn gibt«, sagte Lady Seal stolz.

»Das stimmt; in gewisser Hinsicht gibt es nichts Besseres für ihn.«

»Dann wird er die Sache eben weiter verfolgen«, sagte diese phantasielose Mutter.

Der Oberstleutnant kochte in seinem Dienstzimmer leise vor sich hin. Ein Offizier – nicht ein junger Offizier, sondern ein älterer Reservist – hatte ihn gerade sprechen wollen, ohne Handschuhe, an den Füßen Wildlederschuhe; die darauffolgende Explosion hatte ihm gutgetan. Das Vor-sich-hin-Kochen war ein Ausdruck von Zufriedenheit, eine Art geistiges Schnurren; es war eine Stimmung, die seine Untergebenen als eine gute Stimmung erkannten. Er war der Ansicht, daß nicht viel schiefgehen konnte, solange jemand wie er an der Spitze des Regiments stand (eine Ansicht, die merkwürdigerweise auch der pflichtvergessene Offizier vertrat). In dieser Stimmung wurde ihm gemeldet, daß ein Herr in Zivil, ein Mr. Seal, ihn zu sprechen wünsche. Der Name war ihm fremd, ebenso, zumindest auf den ersten Blick, Basils Äußeres, denn Angela hatte weder Mühen noch Kosten gescheut, um ihn für dieses Bewerbungsgespräch korrekt auszustaffieren. Das Haar war frisch geschnitten, er trug einen steifen weißen Kragen, eine Melone, eine dünne goldene Uhrkette und andere Attribute der Ehrbarkeit, und er hatte einen neuen Regenschirm dabei. Angela hatte mit Basil auch die Worte einstudiert, mit denen er das Gespräch beginnen sollte. »Ich weiß, daß Sie sehr beschäftigt sind, Herr Oberstleutnant, doch ich hatte gehofft, Sie würden ein paar Minuten für mich erübrigen können. Ich möchte Sie um Ihren Rat fragen ...«

Bis dahin lief alles ganz gut. »Sie wollen zur Armee?« fragte der Oberstleutnant. »Äh, heutzutage muß man wohl damit rechnen, daß viele Leute von außen kommen. Neue Bataillone werden massenhaft aufgestellt, selbst hier in der Brigade. Vermutlich wollen Sie zur Infanterie. Sinnlos, heutzutage noch zur Kavallerie zu gehen. Diese ganzen Kraftfahrzeuge. Könnte man ja genausogut hingehen und Autos fahren und damit basta. Dieser Krieg soll ja ein Motorisierungskrieg, ein Luftkrieg und ein Handelskrieg sein. Alles Quatsch. Jeder Krieg ist ein Infanteriekrieg. Ist schon immer so gewesen.«

»Ja. Ich habe auch an die Infanterie gedacht.«

»Vorzüglich. In einigen Regimentern soll es großen Bedarf an Offizieren geben. Sie werden sich vermutlich nicht hochdienen wollen, ha! ha! Darüber war in der letzten Zeit ja eine Menge Unsinn zu hören. Nicht, daß es einigen dieser Herren, die ich hier gesehen habe, groß schaden würde. Aber ein Bursche Ihres Alters sollte sich bei der Reserve melden und angeben, in welchen Regimentern er gern dienen würde – es gibt eine ganze Reihe von Linienregimentern, die auf ihre Weise ganz nützliche Arbeit leisten – und dann zusehen, daß man vom jeweiligen Regimentskommandeur angefordert wird.«

»Genau. Darüber wollte ich ja mit Ihnen sprechen, Sir. Ich hatte gehofft, *Sie* ...«

»Ich ...?« Allmählich wurde diesem schwerfälligen Geist klar, daß Basil, jener ungepflegte junge Mann, der ihm tags zuvor auf so ungeheuerliche Weise seine Mittagspause verdorben hatte, dieser Radikale, der die Effizienz des Offizierstyps bezweifelt hatte, tatsächlich in sein Regiment aufgenommen werden wollte.

»Ich habe mir immer gesagt«, meinte Basil, »daß, wenn ich schon zur Infanterie müßte, ich am ehesten in Ihr Regiment eintreten würde. Hier geht es nicht so altmodisch zu wie bei den Grenadieren, und hier gibt es auch nicht diese gekünstelt regionalen Bindungen wie bei den schottischen und irischen und walisischen Regimentern.«

Wäre es bei diesem einen Affront geblieben, wäre Basil in einnehmenderer Aufmachung bei ihm erschienen, mit glänzenden Zeugnissen als Sportler, mit Manieren, in denen sich Respekt vor dem Alter aufs vollkommenste mit dem Bewußtsein gesellschaftlicher Ebenbürtigkeit verband, wäre er Herr über tausend Pachtbauern, wäre er der Neffe des Regimentskommandeurs gewesen – ein Zivilist, der im Zusammenhang mit den Garderegimentern die Ausdrücke »altmodisch« und »gekünstelt« verwendet, hätte sich allein dadurch ganz und gar unmöglich gemacht.

»Ich schlage daher vor«, fuhr Basil fort, »daß ich mich bei der Reserve melde und angebe, daß ich in Ihr Regiment will. Wären Sie damit einverstanden?«

Der Oberstleutnant fand seine Stimme wieder, doch es war eine Stimme, die er nicht ganz unter Kontrolle hatte. Es hätte die Stimme eines Mannes sein können, der einige Sekunden am Galgen aufgeknüpft und dann wieder heruntergeholt worden war. Er fingerte an seinem Kragen herum, als spürte er dort tatsächlich die Schlinge des Henkers. Er sagte: »Damit bin ich *nicht* einverstanden. Wir holen uns unsere Offiziere nicht aus der Ergänzungsreserve.«

»Na schön, aber wie komme ich denn nun in Ihr Regiment?«

»Ich fürchte, Sie haben mich irgendwie falsch verstanden. Ich habe keine freie Stelle für Sie im Regiment. Ich brauche Zugführer. Momentan habe ich sechs oder sieben Fähnriche über dreißig. Glauben Sie, daß Sie einen Zug im Gefecht führen können?«

»Ja sicher, aber das ist das letzte, was mich interessiert. Deswegen will ich ja mit diesen Linienregimentern nichts zu tun haben. Bei den Garderegimentern gibt es schließlich für Stabsoffiziere immer viele interessante Aufgaben, oder? Meine Vorstellung war, mich bei Ihnen eintragen zu lassen und mich dann nach etwas Interessanterem umzusehen. Das Regimentsleben ist ja sterbenslangweilig, aber alle sagen, daß es nützlich ist, in einem anständigen Regiment anzufangen.«

Das Henkersseil zog sich um den Hals des Oberstleutnants zusammen. Er konnte nicht sprechen. Mit einem kaum noch menschlichen Krächzer und einer vielsagenden Handbewegung zeigte er an, daß das Vorstellungsgespräch beendet war.

In seinem Büro sprach sich schnell herum, daß er mal wieder schlechtgelaunt war.

Basil fuhr zurück zu Angela.

»Wie war's, Darling?«

»Nicht so besonders. Ganz und gar nicht.«

»Ach je, und dabei hast du so rasend elegant ausgesehen!«

»Tja. Daran kann es nicht gelegen haben. Und ich war furchtbar höflich. Hab all die richtigen Dinge gesagt. Ich glaube, Jo Mainwaring, diese alte Schlange, hat mal wieder intrigiert.«

7

»Wenn wir sagen, daß Parsnip in einem kriegführenden Europa nicht schreiben kann, dann heißt das doch, daß er nicht so schreiben kann, wie er bislang geschrieben hat. Wäre es nicht besser, wenn er hierbliebe, selbst wenn es bedeutet, die Produktion für ein Jahr einzustellen, um sich *entwickeln* zu können?«

»Ich glaube nicht, daß Parsnip und Pimpernell sich entwickeln *können*. Ich meine, eine Orgel entwickelt sich doch nicht. Sie spielt bloß andere Stücke, verändert sich aber nicht. Ich glaube, Parsnip und Pimpernell haben sich als Instrument vervollkommnet.«

»Aber mal angenommen, Parsnip entwickelt sich und Pimpernell entwickelt sich nicht. Oder angenommen, sie entwickeln sich in unterschiedlicher Richtung. Was wäre dann?«

»Tja, was dann?«

»Warum braucht es zwei, um ein Gedicht zu schreiben?« fragte das rothaarige Mädchen.

»Julia, sieh das doch nicht so verkürzt!«

»Ich habe immer gedacht, daß Dichten ein Ein-Mann-Job ist, ein Teilzeitjob obendrein.«

»Aber Julia, meine Liebe, du mußt zugeben, daß du von Dichtung nicht viel verstehst!«

»Deswegen frage ich ja.«

»Geh nicht weiter auf sie ein, Tom! Sie will es ja gar nicht wissen. Sie will einem bloß auf den Wecker gehen.«

Sie saßen in einem Restaurant in der Charlotte Street beim Lunch. Sie waren zu viele für den Tisch. Wenn man die Hand nach seinem Glas ausstreckte und der Nachbar zur gleichen Zeit mit dem Messer nach der Butter langte, bekamen die Manschetten einen Fettfleck ab. Sie waren zu viele für die Speisekarte, ein mit lila Tinte beschriebener Bogen, den man gleichgültig und unentschlossen herumreichte; zu viele für den Kellner, der ihre verschiedenen Bestellungen vergaß. Sie waren bloß zu sechst, aber das war zuviel für Ambrose. Die Unterhaltung bestand aus Behauptungen und Zwischenrufen. Ambrose lebte für die Konversation und von ihr. Ihm gefiel die überaus schwierige Kunst des Gesprächs – im richtigen Augenblick zwischen Darstellung und Kommentar abzuwechseln, die Ausbrüche spontanen Parodierens, die kenntlichen und unkenntlichen Anspielungen, die wechselnden Allianzen, die Treuebrüche, die diplomatischen Revolutionen, die Stärkungen und Schwächungen von Diktaturen, die sich innerhalb einer Stunde bei Tisch ereignen konnten. Aber konnten sie sich denn ereignen? War diese exquisite und anspruchsvolle Kunst ebenfalls Teil der begrabenen Welt Diaghilews?

Seit Monaten schon hatte er niemand gesehen außer Poppet Green und ihren Freunden, und seit Angela Lyne zurückgekehrt war, hatte Basil sich ebenso plötzlich von der Gruppe zurückgezogen, wie er ihr beigetreten war, und hatte Ambrose in ungewohnter Einsamkeit zurückgelassen.

Warum, fragte er sich, ziehen wahre Intellektuelle die Gesellschaft von Schurken immer der Gesellschaft von ihresgleichen vor? Basil ist ein Philister und ein Gauner, manchmal kann er einen entsetzlich langweilen, manchmal in arge Verlegenheit bringen. Er ist jemand, für den es keinen Platz geben wird in dem zukünftigen Arbeiterstaat, und trotzdem, dachte Ambrose, sehne ich mich nach seiner Gesellschaft. Es ist eigenartig, dachte er, daß jeder Glaube ein Paradies verspricht, das für jeden einigermaßen kultivierten Menschen völlig unbewohnbar sein wird. Nanny hat mir von einem Himmel voller harfespielender Engel erzählt. Die Kommunisten erzählen mir von einer Welt voller zufriedener, nicht zum Arbeiten genötigten Fabrikarbeiter. Ich kann mir nicht vorstellen, daß Basil in das eine oder andere Paradies eingelassen wird. Religion in ihrer destruktiven Phase ist ja noch akzeptabel. Die Wüstenmönche, die jene ungläubige Hypatia in Stücke schneiden; die spanischen Anarchistenbanden, die Mönche rösten; Haßpredigten in den Kirchen; Straßenredner, die ihren Neid auf die Reichen in die Welt schreien. Die Hölle ist ganz in Ordnung. Der menschliche Geist hat genügend Phantasie, wenn es um die Erfindung von Greueln geht; wie plump er ist, zeigt sich erst, wenn er einen Himmel entwirft. Aber die Vorhölle ist genau der richtige Ort. In der Vorhölle gibt es natürliches Glück ohne die beseligende Gottesschau; keine Harfen, keine Ordensgemeinschaft, sondern Wein und Gespräche und unvollkommene, unterschiedliche Menschen. Die Vorhölle für die Ungetauften, für die frommen Heiden, die aufrichtigen Skeptiker. Bin ich für diese moderne Welt getauft worden? Jedenfalls habe ich keinen neuen Namen angenommen. All die anderen linken Schriftsteller haben proletarische Einsilber angenommen. ›Ambrose‹ ist unverzeihlich bourgeois. Parsnip hat das oft gesagt. Zum Teufel mit Parsnip. Zum Teufel mit Pimpernell. Reden diese entsetzlichen jungen Leute eigentlich nie über etwas anderes?

Sie diskutierten inzwischen über die Rechnung, wußten nicht mehr, was er oder sie gegessen hatte, reichten die Speisekarte herum, um die Preise zu überprüfen.

»Wenn du fertig bist, sag mir Bescheid.«

»Ambrose hat immer die höchste Rechnung«, rief das rothaarige Mädchen.

»Liebe Julia, sag mir bitte nicht, daß ich eine Arbeiterfamilie eine Woche lang hätte ernähren können. Ich habe noch immer einen Bärenhunger, meine Liebe. Arbeiter essen bestimmt viel mehr.«

»Kennst du die Indexziffer für eine vierköpfige Familie?«

»Nein«, sagte Ambrose wehmütig, »nein, ich kenne die Indexziffer nicht. Ich will sie auch nicht wissen. Sie würde mich nicht im geringsten überraschen. Vermutlich ist sie dramatisch niedrig.« (Warum spreche ich bloß so, als wollte ich ein Kichern unterdrücken, dabei nickend und mit den Lidern klappernd. Warum kann ich nicht wie ein Mann sprechen. Mein ist die metallische Stimme des Apuleischen Esels, der seine eigenen Worte der Lächerlichkeit preisgibt.)

Die Gesellschaft verließ das Restaurant und stand in einer zerstreuten Gruppe auf dem Bürgersteig herum, unschlüssig, wer mit wem in welcher Richtung zu welchem Zweck davongehen sollte. Ambrose verabschiedete sich und eilte davon, mit seinen lächerlichen, leichten Schritten und seinem schweren Herzen. Zwei Soldaten vor einer Kneipe machten derbe Bemerkungen, als er vorüberging. »Ich werd's eurem Feldwebel erzählen«, sagte er fröhlich, geradezu keck, und lief die Straße hinunter. Ich wäre gern einer von ihnen, dachte er. Ich würde gern mit ihnen losziehen und Bier trinken und vorbeigehenden Ästhethen derbe Worte zurufen. Was wird *mir* die Weltrevolution bringen? Wird sie mich ihnen näherbringen? Werde ich anders gehen, anders sprechen, mich mit Leuten wie Poppet Green und ihren Freunden weniger langweilen? Jetzt ist Krieg, er bietet jedem ein neues Blatt an. Ich trage das Gewicht meiner Einzigartigkeit ganz allein.

Er überquerte Tottenham Court Road und Gower Street, beim Gehen kein anderes Ziel verfolgend als das, die Luft einzuatmen. Erst als er im Schatten der Londoner Universität stand und sah, wie das massive Gebäude den Herbsthimmel beleidigte, fiel ihm ein, daß hier das Informationsministerium untergebracht war und daß sein Verleger, Mr. Geoffrey Bentley, dort als Chef einer neueingerichteten Abteilung arbeitete. Ambrose beschloß, ihm einen Besuch abzustatten.

Es war alles andere als leicht, eingelassen zu werden. Nur einmal in seinem Leben, als er in einem Filmstudio außerhalb der Stadt verabredet gewesen, war Ambrose auf derart starke Sperren gestoßen. Sämtliche Geheimnisse sämtlicher Truppenteile hätten hinter diesen dicken Quadern versteckt sein können. Ambrose durfte das Gebäude erst betreten, nachdem Mr. Bentley, der telefonisch zum Eingang gerufen worden war, ihn identifiziert hatte.

»Wir müssen sehr vorsichtig sein«, sagte Mr. Bentley.

»Wieso?«

»Zur Zeit kommen viel zu viele Leute herein. Du hast keine Vorstellung, wie viele. Das bedeutet furchtbar viel zusätzliche Arbeit für uns.«

»Was arbeitest du denn, Geoffrey?«

»Tja, meine Arbeit besteht hauptsächlich darin, Leute, die mich sprechen wollen, zu jemand anderem zu schicken, den sie nicht sprechen wollen. Autoren habe ich noch nie leiden können – außer natürlich«, fügte er hinzu, »meine persönlichen Freunde. Ich wußte gar nicht, daß es so viele von ihnen gibt. Wenn ich es mir recht überlege, dann erklärt das wohl auch, warum es so viele Bücher gibt. Und Bücher habe ich auch nie leiden können – außer natürlich die Bücher meiner persönlichen Freunde.«

Sie fuhren in einem Aufzug hoch und liefen einen breiten Korridor entlang und gingen unterwegs an Basil vorbei, der sich mit einem bläßlichen Mann mit Fez in einer fremden Sprache unterhielt, die aus einer Aneinanderreihung von Auswürfen zu bestehen schien.

»Der da gehört nicht zu meinen persönlichen Freunden«, sagte Mr. Bentley.

»Arbeitet er hier?«

»Ich glaube nicht. Niemand in der Nahostabteilung arbeitet. Sie sitzen bloß rum und palavern.«

»Die Tradition des Basars.«

»Die Tradition der Beamten. Dies hier ist mein kleines Zimmer.«

Sie kamen zur Tür eines ehemaligen Chemielabors und traten ein. In der Ecke befand sich ein Waschbecken aus weißem Porzellan, ein Wasserhahn tropfte gleichmäßig. In der Mitte des Linoleumfußbodens standen ein Kartenspieltisch und zwei Klappstühle. Mr. Bentley saß in seinem eigenen Dienstzimmer unter einer von Angelika Kauffmann bemalten Decke, umgeben von sorgsam ausgewählten Empiremöbeln. »Wir leben hier sehr primitiv, weißt du«, sagte er. »Diese da habe ich mitgebracht, damit es etwas menschlicher aussieht.«

»Diese da« waren zwei Marmorbüsten von Nollekens, denen es, wie Ambrose fand, auch nicht gelang, Mr. Bentleys Zimmer etwas Menschliches zu geben.

»Dir gefallen sie nicht? Du kennst sie aber noch von Bedford Square her!«

»Ich finde sie sehr schön. Ich erinnere mich noch gut, aber findest du nicht, lieber Geoffrey, daß sie hier ein ganz klein bißchen makaber aussehen?«

»Ja«, sagte Mr. Bentley traurig, »ja. Ich weiß, was du meinst. Eigentlich habe ich sie mitgebracht, weil sie die Beamten ärgern sollen.«

»Und? Ärgern sie sich?«

»Bis zur Weißglut. Sieh mal!« Er zeigte Ambrose ein langes, getipptes Memorandum mit der Überschrift *Unstatthaftes Vorhandensein von privaten Möbelstücken in Dienstzimmern zwecks Ergänzung des Behördeninventars.* »Zurückgeschickt habe ich dies.« Er zeigte ein noch längeres Memorandum, überschrieben *Abwesenheit von der geistigen Erholung dienlichen Objets d'Art in den Dienstzimmern der wissenschaftlichen Mitarbeiter.* »Heute habe ich dies hier bekommen.« *Der im Hinblick auf dekorative Zwecke zu beachtende Unterschied zwischen Blumen, gerahmten Photographien und anderweitigem Kleinschmuck einerseits und Massivmarmor und Mahagoni andererseits.* »Es wird immer toller, was? Im Moment ist Ruhe, aber wie du siehst, es ist mühselig, irgend etwas zu erreichen.«

»Vermutlich würde es gar nichts ändern, wenn du erklärtest,

daß die bedeutendste englischsprachige Biographie von Nollekens inspiriert worden ist.«

»Nein, glaub ich auch nicht.«

»Sind ja schlimme Leute, mit denen du hier arbeiten mußt! Du bist wirklich tapfer, Geoffrey. Ich würde es nicht aushalten.«

»Aber Ambrose, ich bitte dich, bist du nicht deswegen gekommen?«

»Nein, ich wollte mit dir sprechen.«

»Tja, jeder will mich sprechen, aber alle haben sie die Hoffnung, hier im Ministerium eingestellt zu werden. Am besten, du bewirbst dich gleich, wo du schon einmal hier bist.«

»Nein, nein.«

»Es gibt Schlimmeres, weißt du. Wir schimpfen alle auf das alte M. F. I., aber es gibt hier schon eine Reihe ganz anständiger Leute, und jeden Tag werden es mehr. Du könntest es viel schlimmer haben.«

»Aber ich will überhaupt nichts! Dieser ganze Krieg ist doch verrückt!«

»Du könntest dann ein Buch für uns schreiben. Ich bringe eine hübsche kleine Reihe heraus, ›Wofür wir kämpfen‹. Unter Vertrag habe ich einen Admiral a. D., einen anglikanischen Hilfsgeistlichen, einen arbeitslosen Hafenarbeiter, einen Negeranwalt von der Goldküste und einen HNO-Spezialisten aus der Harley Street. Der ursprüngliche Gedanke war, ein Symposium in einem Band vorzulegen, doch ich habe das ganze Thema etwas breiter anlegen müssen. Unsere Autoren hatten so unterschiedliche Vorstellungen, daß es vielleicht etwas verwirrend geworden wäre. Du würdest gut dazupassen. ›Früher war ich der Ansicht, daß Kriege verrückt sind.‹ Ist doch mal was Neues!«

»Aber ich finde noch immer, daß Kriege verrückt sind!«

»Ja«, sagte Mr. Bentley, und sein kurzlebiger Enthusiasmus ließ nach. »Ich weiß, was du meinst.«

Die Tür öffnete sich, und ein farbloser, korrekter kleiner Mann trat ein. »Ich bitte um Entschuldigung«, sagte er kalt, »ich hatte nicht erwartet, *Sie* bei der Arbeit anzutreffen.«

»Dies ist Ambrose Silk, seine Arbeiten werden Sie ja kennen.«

»Nein.«

»Nein? Er schreibt vielleicht ein Buch für unsere Reihe ›Warum wir Krieg führen‹. Das ist Sir Philip Hesketh-Smithers, der stellvertretende Direktor unserer Abteilung.«

»Entschuldigen Sie, nur eine Sekunde, ich komme wegen des Memorandums RO/1082/B4. Der Direktor ist schon ganz unruhig.«

»War das *Vernichtung von Geheimdokumenten durch Feuer*?«

»Nein, nein. Marmorschmuck.«

»Massivmarmor und Mahagoni?«

»Ja. Für Mahagoni ist Ihre Unterabteilung nicht zuständig. Das Dokument bezieht sich auf einen Betstuhl in der Abteilung Religion. Der Vertreter der Kirche von England hat dort immer die Beichte abgenommen, und der Direktor ist sehr beunruhigt. Nein, es dreht sich um diese Darstellungen.«

»Sie sprechen von meinen Nollekens.«

»Diese großen Figuren da. Sie passen nicht hierher, Bentley, sie passen wirklich nicht hierher.«

»Wem passen sie nicht?« fragte Mr. Bentley streitsüchtig.

»Dem Abteilungsleiter. Er sagt, durchaus zu Recht, daß Bildnisse mit emotionalem Bezug ...«

»Zu diesen habe ich einen sehr innigen Bezug.«

»... von Verwandten ...«

»Das sind ja Darstellungen von Verwandten.«

»Also wirklich, Bentley. Das hier ist doch bestimmt George III.!«

»Ein entfernter Verwandter«, erwiderte Mr. Bentley keck. »Mütterlicherseits.«

»Und Mrs. Siddons?«

»Eine etwas nähere Verwandte väterlicherseits.«

»Oh«, sagte Sir Philip Hesketh-Smithers. »Ach so. Das wußte ich nicht ... Ich werde das dem Direktor erklären. Aber ich bin sicher«, sagte er argwöhnisch, »daß er eine derartige Möglichkeit für ganz und gar unvorstellbar hält.«

»Geplättet«, sagte Mr. Bentley, als sich hinter Sir Philip die Tür schloß, »völlig geplättet. Schön, daß du mein kleines Duell miterlebt hast. Aber du siehst, womit wir uns herumschlagen müssen. Und nun zu dir. Ich frage mich, wo in unserem kleinen Haushalt wir dich unterbringen können.«

»Ich will aber gar nicht untergebracht werden.«

»Du wärst ein großer Gewinn. Vielleicht in der Abteilung Religion. Ich glaube, Atheismus ist dort nicht angemessen vertreten.«

Der Kopf von Sir Philip Hesketh-Smithers tauchte abermals in der Tür auf.

»Können Sie mir bitte sagen, in welchem Verwandtschaftsverhältnis Sie zu George III. stehen? Verzeihen Sie meine Frage, aber der Abteilungsleiter wird es bestimmt wissen wollen.«

»Die leibliche Tochter des Herzogs von Clarence, Henrietta, heiratete Gervase Wilbraham of Acton – damals, das muß ich Ihnen ja nicht sagen, noch eine ländliche Gegend. Dessen Tochter Gertrude heiratete meinen Großvater mütterlicherseits, der, nicht daß es irgendwie darauf ankäme, dreimal Bürgermeister von Chippenham war. Ein Mann mit erheblichem Vermögen, das inzwischen allerdings durchgebracht worden ist... Wieder geplättet, vermutlich«, fügte er hinzu, als sich die Tür schloß.

»Stimmte das?«

»Daß mein Großvater Bürgermeister von Chippenham war? Die reinste Wahrheit.«

»Und das mit Henrietta?«

»Die Familie hat es immer geglaubt«, sagte Mr. Bentley.

In einer anderen Wabe jenes großen Bienenkorbes legte Basil seinen Plan bezüglich einer Annektierung Liberias dar. »Die Zahl der deutschen Pflanzer dort übersteigt die der Briten im Verhältnis vierzehn zu eins. Sie sind als Nazi-Gruppe organisiert. Sie importieren Waffen via Japan und warten nur auf das Zeichen aus Berlin, um dort die Macht zu übernehmen. Wenn Monrovia in Feindeshand ist und dort U-Boote stationiert werden, ist die westafrikanische Küstenverbindung unterbrochen. Dann brauchen die Deutschen nur noch den Suezkanal zu sperren, wozu sie von Massawa aus jederzeit in der Lage sind, und schon ist das Mittelmeer perdu. Liberia ist unser einziger Schwachpunkt in Westafrika. Wir müssen als erste dort sein. Verstehen Sie denn nicht?«

»Doch, doch. Aber ich weiß nicht, warum Sie damit zu mir kommen.«

»Sie müssen dort propagandamäßig alles vorbereiten und dann den Amerikanern die entsprechenden Erklärungen liefern.«

»Aber warum ausgerechnet ich? Dies ist die Nahost-Abteilung. Sie sollten sich an Mr. Pauling wenden.«

»Mr. Pauling hat mich ja zu Ihnen geschickt.«

»Tatsache? Merkwürdig. Werd' ihn mal fragen.« Der unglückliche Beamte griff zum Telefonhörer und sagte, nachdem er nacheinander mit der Abteilung Film, der tschechoslowakischen Exilregierung und der Luftschutzsektion verbunden worden war: »Pauling. Ich habe hier jemand namens Seal. Er sagt, Sie hätten ihn geschickt.«

»Ja.«

»Wieso?«

»Sie haben mir ja heute vormittag diesen gräßlichen Türken geschickt!«

»Der war ein Kinderspiel dagegen.«

»Lassen Sie sich das eine Lehre sein und schicken Sie mir nie wieder einen Türken!«

»Sie werden sich wundern, was ich Ihnen alles schicke ... Ja«, er wandte sich wieder an Basil, »Pauling hat sich geirrt. Ihre Sache fällt tatsächlich in sein Ressort. Ein außerordentlich spannender Plan. Kann leider nicht mehr für Sie tun. Werd' Ihnen sagen, wer sich dafür interessieren könnte: Digby-Smith. Er ist zuständig für Propaganda und subversive Aktivitäten in Feindesland, und wie Sie schon gesagt haben, ist Liberia ja im Grunde Feindesland.«

Die Tür öffnete sich, und herein trat eine strahlende, bärtige Figur in langer, schwarzer Soutane, das Haar zu einem Knoten gebunden, am Hals ein goldenes Kreuz. Eine Art krempenloser Zylinder krönte sein ehrwürdiges Haupt.

»Ich bin der Archimandrit Antonios«, sagte er. »Ich trete ein, bitte?«

»Treten Sie ein, Euer Seligkeit, bitte, nehmen Sie Platz!«

»Ich habe Bericht gegeben, wie ich wurde ausgewiesen aus Sofia. Man sagt mir, ich soll Bericht Ihnen geben.«

»Sie sind in der Abteilung Religion gewesen?«

»Ich habe Bericht gegeben Ihren Kirchenvertretern von meiner Ausweisung. Bulgaren sagen, wegen Unzucht, aber war wegen Politik. In Sofia keine Ausweisung wegen Unzucht, außer wenn auch Politik dabei. Also bin ich jetzt Verbündeter der Engländer, weil Bulgaren sagen, wegen Unzucht.«

»Ja, ja. Ich verstehe durchaus. Aber das gehört eigentlich nicht in den Zuständigkeitsbereich dieser Abteilung.«

»Sie nicht zuständig für Bulgaren?«

»Doch, doch, aber ich glaube, Ihr Fall ist ein Problem von viel weiteren Dimensionen. Sie müssen sich an Mr. Pauling wenden. Ich werde jemand bitten, Ihnen den Weg zu zeigen. Er beschäftigt sich speziell mit Fällen wie dem Ihren.«

»So? Sie hier haben Abteilung für Unzucht?«

»Ja, man könnte es so bezeichnen.«

»Das ist gut. In Sofia nicht gibt eine solche Abteilung.«

Seine Seligkeit wurde fortgeschickt. »Und jetzt wollen Sie mit Digby-Smith sprechen, oder?«

»Will ich das?«

»Doch. Er wird an Liberia außerordentlich interessiert sein.«

Ein weiterer Bote kam, und Basil wurde weggeführt. Im Korridor wurden sie von einem kleinen, ungepflegten Mann mit Koffer aufgehalten.

»Verzeihung, wo geht's denn hier zum Nahen Osten?«

»Dort«, sagte Basil, »dort hinein. Aber Sie werden nicht viel Vernünftiges aus ihm herausbekommen.«

»Er wird sich schon interessieren für das, was ich dabei habe. Jeder ist interessiert. Es sind Bomben. Mit dem, was ich hier habe, könnte man das Dach dieses Gebäudes wegsprengen«, sagte dieser Verrückte. »Seit dieser blöde Krieg ausgebrochen ist, habe ich sie von Büro zu Büro getragen, und oft glaube ich, daß es gar nicht so schlecht wäre, wenn sie plötzlich losgingen.«

»Wer hat Sie denn zu Nahost geschickt?«

»Jemand namens Smith, Digby-Smith. Sehr interessiert an meinen Bomben war er.«

»Haben Sie schon mal mit Pauling gesprochen?«

»Pauling? Ja, ich war gestern bei ihm. War sehr interessiert an meinen Bomben. Ich sag's Ihnen doch: jeder ist interessiert. Er war es, der mich zu Digby-Smith geschickt hat.«

Mr. Bentley sprach ausführlich von der Unbill des Bürokratendaseins. »Wenn es nicht die Journalisten und die Beamten gäbe«, sagte er, »dann wäre alles ganz einfach. Anscheinend glauben sie, daß das ganze Ministerium nur für sie existiert. Strenggenommen habe ich mit Journalisten natürlich nichts zu tun – ich befasse mich mit Büchern –, aber sie werden anscheinend immer dann an mich weitergereicht, wenn sie ungeduldig werden. Nicht nur Journalisten; heute vormittag war ein Mann da mit einem Koffer voller Bomben.«

»Geoffrey«, sagte Ambrose schließlich, »sag mal, findest du, daß ich einigermaßen bekannt bin als linker Schriftsteller?«

»Aber sicher, mein Lieber, sehr bekannt sogar.«

»Als *linker* Schriftsteller?«

»Sicher, außerordentlich links.«

»Ich meine: bekannt außerhalb der Linken?«

»Aber klar doch. Warum fragst du?«

»Bloß so.«

Sie wurden nun für einige Minuten von einem amerikanischen Kriegsberichterstatter unterbrochen, der Mr. Bentley darum bat, die Story von einem polnischen U-Boot, das in Scapa eingetroffen sein sollte, zu bestätigen, ihm einen Passierschein auszustellen, mit dem er losfahren und die Sache dort selbst überprüfen könnte, ihm einen polnischen Dolmetscher zu vermitteln und ihm zu erklären, warum von diesem U-Boot verdammtnochmal nicht er, sondern dieser Knilch Pappenhakker vom Hearst-Konzern erfahren habe.

»Du meine Güte«, sagte Mr. Bentley, »warum hat man Sie eigentlich zu mir geschickt?«

»Offenbar bin ich bei Ihnen registriert und nicht im Pressebüro.«

Das stellte sich als zutreffend heraus. Als Verfasser von *Nazi Destiny,* einer populärwissenschaftlichen geschichtlichen Darstellung, die sich beiderseits des Atlantiks erstaunlich gut verkauft hatte, war dieser Mann als »Schriftsteller« und nicht als Journalist registriert worden.

»Machen Sie sich nichts draus«, sagte Mr. Bentley. »Schriftsteller sind hierzulande angesehener als Journalisten.«

»Aber darf ich als Schriftsteller denn nach Scapa?«

»Hm, nein.«

»Bekomme ich einen polnischen Dolmetscher gestellt?«

»Nein.«

»Dann pfeif ich doch auf Ihren Schriftsteller!«

»Ich werde Sie woanders hinschicken«, sagte Mr. Bentley. »Das Pressebüro ist genau das Richtige für Sie.«

»In dem Büro sitzt ein arroganter Schnösel, der mich ansieht, als sei ich etwas, was die Katze mit hereingebracht hat«, klagte der Verfasser von *Nazi Destiny.*

»Sobald Sie bei ihm registriert sind, wird er Sie nicht mehr so ansehen. Aber da Sie schon mal hier sind, hätten Sie nicht Lust, ein Buch für uns zu schreiben?«

»Nein.«

»Nein? Na dann, hoffentlich kommen Sie gut nach Scapa... Er wird's nämlich nicht schaffen«, fügte Mr. Bentley hinzu, als sich die Tür schloß. »Du kannst absolut sicher sein, daß er nicht durchkommen wird bis dorthin. Hast du mal sein Buch gelesen? Es war furchtbar dummes Zeug. Er schrieb, daß Hitler heimlich mit einer Jüdin verheiratet sei. Ich weiß nicht, was er schreiben würde, wenn wir ihn nach Scapa ließen.«

»Was meinst du denn, was er schreibt, wenn du ihn nicht hinläßt?«

»Etwas sehr Aggressives, gar keine Frage. Aber wir werden nicht verantwortlich dafür gemacht. Oder vielleicht doch?«

»Geoffrey, wenn du sagst: bekannt als linker Schriftsteller, glaubst du, die Faschisten setzen mich auf die Schwarze Liste, wenn sie hier an die Macht kommen?«

»Aber sicher, mein Lieber.«

»Mit den linken Intellektuellen in Spanien haben sie ja furchtbare Sachen gemacht.«

»Ja.«

»Und jetzt in Polen.«

»Das sagt die Presseabteilung auch.«

»Aha.«

Der Archimandrit sah kurz herein. Er sagte, er sei sehr interessiert, ein Buch über die Intrigen der Achsenmächte in Sofia zu schreiben.

»Glauben Sie, daß Sie mithelfen können, Bulgarien auf unsere Seite zu ziehen?«

»Ich spucke den Bulgaren ins Gesicht«, sagte seine Seligkeit.

»Ich glaube, er würde eine ausgezeichnete Autobiographie schreiben«, sagte Mr. Bentley, nachdem der Prälat gegangen war. »Zu Friedenszeiten hätte ich ihn unter Vertrag genommen.«

»Geoffrey, war das ernst gemeint, als du sagtest, daß ich auf der Schwarzen Liste für linke Intellektuelle stünde?«

»Klar doch. Du stehst ganz oben. Du und Parsnip und Pimpernell.«

Ambrose zuckte zusammen, als diese beiden bekannten Namen fielen. »*Die* haben es gut«, sagte er. »Sie sind in den Vereinigten Staaten.«

Basil und Ambrose trafen aufeinander, als sie gleichzeitig das Ministerium verließen. Sie blieben noch eine Minute im Eingang stehen, um eine kleine Szene zwischen dem Verfasser von *Nazi Destiny* und dem Polizisten am Ausgang zu beobachten. Anscheinend hatte der Amerikaner in einem Anfall von Verärgerung den kleinen Zettel zerrissen, mit dem er in das Gebäude hineingekommen war, und nun wollte man ihn nicht wieder herauslassen.

»Irgendwie tut er mir leid«, sagte Ambrose. »Das ist nicht der Ort, an dem ich den Rest des Krieges verbringen möchte.«

»Man hat mir einen Job angeboten«, log Basil.

»Mir auch«, sagte Ambrose.

Sie liefen zusammen durch die düsteren Straßen von Bloomsbury. »Wie geht's Poppet?« sagte Basil schließlich.

»Seit du gegangen bist, hat sie sich prächtig erholt. Malt wie eine Mähmaschine.«

»Ich muß sie mal wieder besuchen. In der letzten Zeit hatte ich viel zu tun. Angela ist wieder da. Wo gehen wir eigentlich hin?«

»Ich weiß nicht. Ich hab nichts, wo wir hingehen könnten.«

»Ich auch nicht.«

Abendliche Kühle legte sich über die Straße.

»Vor ein oder zwei Wochen wäre ich beinahe zur Artillerie gegangen«, sagte Basil.

»Ich hatte einmal einen großartigen Freund, er war Unteroffizier in der Artillerie.«

»Wir sollten mal Sonia und Alastair besuchen.«

»Ich habe sie schon jahrelang nicht mehr gesehen.«

»Also los.« Basil brauchte jemanden, der ihm das Taxi bezahlen würde.

Als sie aber bei dem kleinen Haus in der Chester Street ankamen, fanden sie Sonia allein und beim Packen. »Alastair ist abgereist«, sagte sie, »er ist zur Armee – als einfacher Soldat. Es hieß, für ein Offizierspatent sei er zu alt.«

»Typisch 1914, meine Liebe.«

»Ich bin gerade dabei, zu ihm zu fahren. Er ist in der Nähe von Brookwood.«

»Du wirst ganz in der Nähe der Nekropolis sein«, sagte Ambrose. »Es ist ein herrlicher Ort. Drei Wirtshäuser, meine Liebe, innerhalb des Friedhofs, mitten unter den Gräbern. Ich habe die Wirtin einmal gefragt, ob die Trauergäste immer sehr betrunken sind. Sie sagte: ›Nein. Erst später, wenn sie die Gräber besuchen kommen. Dann brauchen sie wohl etwas.‹ Und hast du gewußt, daß das Türsteherkorps eine besondere Abteilung hat? Wenn Alastair ein sehr guter Soldat ist, machen sie ihn vielleicht zu ihrem Ehrenmitglied ...« Ambrose plapperte munter drauflos. Sonia packte. Basil sah sich nach Flaschen um. »Nichts zu trinken da.«

»Alles eingepackt, Darling. Tut mir leid. Wir können ja irgendwohin gehen.«

Später, als alles gepackt war, traten sie hinaus in die verdunkelte Nacht und gingen in eine Bar. Andere Freunde kamen dazu.

»Für meinen Plan einer Annektierung Liberias scheint sich niemand zu interessieren.«

»Blödmänner.«

»Keine Phantasie. Irgendwelche Vorstellungen von außen werden nicht angenommen. Weißt du, Sonia, dieser Krieg bekommt bald so eine Art Einlaßkontrolle wie bei einem Reitclub. Wer nicht das richtige Abzeichen trägt, kommt nicht rein.«

»So ungefähr hat es Alastair wohl auch empfunden.«

»Es wird ein langer Krieg sein. Es ist viel Zeit. Ich werde warten, bis es irgendwo etwas Amüsantes zu tun gibt.«

»Ich glaube nicht, daß es so eine Art Krieg sein wird.«

Alle sprechen immer nur darüber, dachte Ambrose. Jobs, und welche Art Krieg es sein wird. Luftkrieg, Abnützungskrieg, Panzerkrieg, Nervenkrieg, Propagandakrieg, Verteidigungskrieg, Bewegungskrieg, Volkskrieg, Totaler Krieg, unteilbarer Krieg, unendlicher Krieg, unbegreiflicher Krieg, Krieg des Wesentlichen ohne Nebensächliches oder Attribute, metaphysischer Krieg, Krieg im Zeit-Raum, ewiger Krieg ... Jeder Krieg ist Unsinn, dachte Ambrose. Ihr Krieg ist mir egal. Er hat nichts mit mir zu tun. Aber wenn, dachte Ambrose, ich einer von diesen Leuten wäre, wenn ich nicht ein kosmopolitischer, jüdischer Schwuler wäre, wenn ich nicht all das wäre, was die Nazis meinen, wenn sie von »entartet« reden, wenn ich nicht ein alleinstehendes, vernunftbegabtes Individuum wäre, wenn ich Teil einer Herde wäre, einer von diesen Leuten, normal und verantwortlich für das Wohlergehen meiner Herde, dann, weiß Gott, dachte Ambrose, dann würde ich nicht herumsitzen und diskutieren, welche Art Krieg es sein wird. Ich würde ihn zu meinem eigenen Krieg machen. Ich würde anfangen, die andere Herde so schnell und so erbarmungslos, wie ich nur könnte, zu töten und in die Flucht zu jagen. Weiß Gott, dachte Ambrose, in meiner Herde würde es keine Tiere geben, die sich nach einem geeigneten Job umsehen.

»Bertie hofft, daß er auf den Shetland-Inseln bei der Benzinkontrolle eingesetzt wird.«

»Algernon geht in absolut geheimer Mission nach Syrien.«

»Der arme John hat noch gar nichts.«

Mein Gott, dachte Ambrose, was für eine Herde.

Dann fielen die Blätter, und es wurde immer früher verdunkelt, und aus Herbst wurde Winter.

ZWEITES KAPITEL

Winter

I

Der Winter brach mit Macht herein. Polen war besiegt; in Ost und West wurden die Gefangenen in die Sklaverei abtransportiert. Britische Infanterieeinheiten fällten an der belgischen Grenze Bäume und hoben Gräben aus. Gruppen prominenter Besucher begaben sich zur Maginot-Linie und kehrten, wie von einem Wallfahrtsort, mit Anstecknadeln zurück. Belisha wurde entlassen; die radikalen Blätter machten sich für seine Wiedereinsetzung stark und gaben plötzlich wieder Ruhe. Rußland überfiel Finnland, und die Zeitungen waren voller Geschichten von weißgekleideten Armeen, die sich durch Wälder schlugen. Englische Soldaten auf Heimaturlaub berichteten von der Geschicklichkeit und dem Wagemut deutscher Patrouillen und davon, um wieviel besser die Verdunkelung in Paris gehandhabt wurde. Eine Reihe von Leuten sagte ruhig und fest, daß Chamberlain gehen müsse. Die Franzosen sagten, daß die Engländer den Krieg nicht ernst nähmen, und das Informationsministerium sagte, daß die Franzosen ihn tatsächlich sehr ernst nähmen. Ausbilder klagten über den Mangel an Übungsmaterial. Wie sollte man denn ohne Schießscheiben die drei Regeln des Zielens einüben?

Die Blätter fielen auf die Auffahrt von Malfrey, und während es früher ein Dutzend Männer gewesen war, das sie zusammengekehrt hatte, waren es in diesem Jahr vier Männer und zwei Jungen. Freddy war dabei, »den Gürtel ein wenig enger zu schnallen«, wie er es nannte. Der Grinling-Gibbons-Salon nebst angrenzenden Zimmern und Korridoren wurde abgeschlossen, Teppiche wurden eingerollt, Möbel mit Laken eingehüllt, Kronleuchter verpackt, Fensterläden verriegelt; Eingangshalle und Treppenhaus lagen nun leer und dunkel da. Barbara bewohnte den kleinen achteckigen Salon im Erdgeschoß, die Kinderzimmer verlegte sie in die Schlafzimmer neben sich. Was früher, in viktorianischen Tagen, als Junggesellen abgehärtete Burschen waren, denen internats- oder kasernenhafte Einfachheit nichts ausmachte, unter der Bezeichnung »Junggesellenflügel« firmierte, wurde jetzt den Evakuierten zur Verfügung gestellt. Zu den vier prächtigen Jagden, die das Gut alljährlich bot, kam Freddy herüber. In diesem Jahr lud er seine Gäste ein, über Nacht zu bleiben, wobei einer im Schloß selbst untergebracht wurde, drei im Haus des Gutsverwalters und zwei im ›Sothill Arms‹. Nun, gegen Ende der Jagdsaison, hatte er ein paar Regimentskameraden zur Schnepfenjagd eingeladen. Die Strecke war klein und bestand hauptsächlich aus Hühnern.

Als Freddy auf Urlaub kam, wurde die Zentralheizung angestellt. In der übrigen Zeit breitete sich eine durchdringende Kälte im Haus aus. Es war ein System, das nach dem Motto alles oder nichts funktionierte. Lediglich Barbaras Ecke zu heizen war unmöglich. Die Wärme mußte, glucksend und pochend, durch unendliche lange Rohre zirkulieren, wobei ganze Waggonladungen Koks pro Tag verbraucht wurden. »Gott sei Dank haben wir ja massenhaft Holz«, sagte Freddy. Feuchte grüne Holzscheite wurden aus dem Park hereingebracht und kokelten in den Kaminen vor sich hin. Barbara schlich sich dann in die Orangerie, um sich aufzuwärmen. »Müssen zusehen, daß es dort oben immer warm ist«, sagte Freddy, »stehen ja seltene Sachen dort. Jemand aus Kew* meint, sie gehörten zu den schönsten im ganzen Land.« Also ließ Barbara ihren Schreibtisch dort aufstellen und saß nun, absurderweise, zwischen tropischer Vegetation, während draußen, jenseits der

* Kew Gardens, Botan. Garten in London (A. d. Ü.)

Kolonnade, der Boden gefror und die Bäume sich weiß gegen den bleiernen Himmel abzeichneten.

Dann, zwei Tage vor Weihnachten, wurde Freddys Regiment in einen anderen Teil Englands verlegt. Ganz in der Nähe wohnten Freunde von ihm in einem geräumigen Haus. Dort verbrachte er seine Wochenenden, so daß die Heizung nicht angestellt wurde und die Kälte im Haus nicht bloß eine Verneinung von Wärme war, sondern zu etwas Positivem und Überwältigendem wurde. Kurz nach Weihnachten gab es starke Schneefälle, und mit dem Schnee kam Basil.

Er kam, wie gewöhnlich, unangemeldet. Barbara, verborgen unter Palmen und Farnen, briefeschreibend, blickte auf und sah ihn an der Tür stehen. Sie sprang mit einem Freudenschrei auf, um ihn zu küssen: »Darling, wie schön! Willst du lange bleiben?«

»Ja. Mutter sagte, daß du allein bist.«

»Ich weiß gar nicht, wo wir dich unterbringen sollen. Hier ist alles durcheinander. Du hast doch niemand mitgebracht, oder?« Am häufigsten beklagte Freddy sich darüber, daß Basil meistens nicht nur unangesagt kam, sondern auch noch in Begleitung von unangenehmen Freunden.

»Nein. Niemand. Momentan gibt es niemand. Ich will hier ein Buch schreiben.«

»Ach, das tut mir leid, Basil! Ist es wirklich so schlimm?«

Vieles konnte zwischen Bruder und Schwester unausgesprochen bleiben. Seit Jahren hatte Basil, immer dann, wenn es sehr schlecht um ihn stand, angefangen, ein Buch zu schreiben. Das war das Höchstmaß an Kapitulation, dessen er fähig war, und der Umstand, daß diese Bücher – zwei Romane, ein Reisebuch, eine Biographie, ein Werk zur zeitgenössischen Geschichte – nie über die ersten zehn, zwanzig Seiten hinauskamen, war Zeugnis für die Widerstandskraft seines Charakters.

»Ein Buch über Strategie«, sagte Basil. »Ich habe es satt, zu versuchen, in die Köpfe der Herrschenden Ideen hineinzubekommen. Man kann nur noch versuchen, sich über ihre Köpfe hinweg an die denkende Öffentlichkeit zu wenden. In erster Linie geht es um die Annektierung von Liberia, aber auf andere wichtige Länder werde ich ebenfalls zu sprechen kommen. Die Schwierigkeit wird darin bestehen, es so rechtzeitig zu veröffentlichen, daß es noch etwas bewirken kann.«

»Mutter sagt, du wolltest zur Artillerie.«

»Ja. Es ist nichts daraus geworden. Sie wollen jüngere Leute haben. Es ist paradox, typisch Armee: es heißt, wir sind zu alt, wir werden in zwei Jahren eingezogen. Ich werde das in meinem Buch verdeutlichen. Die einzig logische Verfahrensweise wäre doch, zuerst die Alten abzuschlachten, solange noch Saft in ihnen steckt. Ich werde mich nicht nur mit Strategie beschäftigen. Ich werde die Grundzüge eines politischen Programms für die Nation skizzieren.«

»Na, jedenfalls ist es schön, dich zu sehen. Ich bin sehr allein gewesen.«

»Und ich erst!«

»Was machen die anderen denn so?«

»Du meinst Angela. Sie ist nach Hause gefahren.«

»Nach Hause?«

»In das Haus, das wir früher Cedrics Torheit nannten. Es gehört ja eigentlich ihr. Cedric ist wieder in der Armee. Es ist kaum zu glauben, aber er muß einmal ein schneidiger junger Leutnant gewesen sein. Da war also das Haus und dieser Rabauke von Lyne, und dann kam die Regierung und machte ein Hospital daraus, also mußte Angela zurück und sich um alles kümmern. Es ist voller Betten und Schwestern und Ärzte, die auf Luftangriffsopfer warten, und eine Frau im Dorf bekam eine Blinddarmentzündung und sie mußte sechzig Kilometer weit gefahren werden, um dort operiert zu werden, weil sie kein Opfer eines Bombenangriffs war, und sie starb unterwegs. Jetzt betreibt Angela also eine Kampagne dagegen, und ich wäre wirklich überrascht, wenn sie nichts erreichen würde. Sie ist wohl zu dem Schluß gekommen, daß es besser ist, wenn ich falle. Mutter auch. Es ist komisch. Früher, als es von Zeit zu Zeit wirklich Leute gab, die mir nach dem Leben trachteten, da war es allen schnuppe. Aber jetzt, wo ich in erzwungener Sicherheit und Untätigkeit lebe, hält man es offenbar für sehr unmoralisch.«

»Keine neuen Freundinnen?«

»Es gab mal eine namens Poppet Green. Du hättest sie nicht gemocht. Es war eine furchtbar langweilige Zeit. Alastair ist einfacher Soldat in Brookwood. Ich habe sie dort besucht. Er und Sonia haben eine entsetzliche Villa an einem Golfplatz, auf dem er immer spielt, wenn er dienstfrei hat. Er sagt, das schlimmste an der Ausbildung sind die Truppenunterhaltungsabende. Zweimal die Woche werden sie abkommandiert, und der Sergeant pickt sich immer Alastair raus. Er macht jedesmal denselben Witz: ›Wir schicken den Playboy.‹ Ansonsten geht es sehr kumpelhaft und gemächlich zu, sagt Alastair. Peter ist bei einem Geheimkorps, das in der Arktis eingesetzt werden soll. Sie haben einen langen Urlaub gemacht, Wintersport in den Alpen. An Ambrose Silk wirst du dich wohl nicht mehr erinnern. Er will eine neue Zeitschrift herausbringen, um die Kultur lebendig zu erhalten.«

»Armer Basil. Hoffentlich mußt du das Buch nicht lange schreiben.« Es gab so viel zwischen Bruder und Schwester, was nicht ausgesprochen werden mußte.

An diesem Abend fing Basil mit seinem Buch an, das heißt, er lag im achteckigen Salon auf dem Teppich vor dem Kamin, der leise vor sich hin qualmte, und tippte eine Liste möglicher Titel:

Ein Wort an die Unverständigen
Prolegomena zur Vernichtung
Berlin oder Cheltenham. Die Option des Generalstabs

Politik oder Militär. Brennende Fragen eines Zivilisten an die Berufssoldaten
Politik oder Spezialistentum
Die sanfte Kunst des Siegens
Die verlorene Kunst des Siegens
Wie gewinne ich den Krieg in sechs Monaten. Ein einfaches Lehrbuch für ehrgeizige Soldaten

Er fand sie alle gar nicht schlecht, und während er die Liste studierte, war er abermals beeindruckt, wie er in den vergangenen Monaten stets beeindruckt gewesen war, daß ein so fähiger Mann wie er in Zeiten wie diesen arbeitslos sein sollte. Man verliert den Glauben an sich selbst, dachte er.

Barbara saß neben ihm und las. Sie hörte ihn seufzen und strich ihm schwesterlich übers Haar. »Es ist furchtbar kalt«, sagte sie. »Ich überlege, ob es nicht sinnvoll ist, die Orangerie zu verdunkeln. Dann könnten wir uns abends dorthin setzen.«

Plötzlich klopfte es an die Tür, und eine vermummte Frau mittleren Alters trat ein. Sie trug Pelzhandschuhe und hatte eine Taschenlampe dabei, deren Licht sie pflichtbewußt mit Seidenpapier gedämpft hatte. Ihre Nase war sehr gerötet, die Augen waren wäßrig, und von den hohen Gummistiefeln klopfte sie den Schnee ab. Es war Mrs. Fremlin. Nichts als schlechte Nachrichten konnten sie dazu gebracht haben, in einer solchen Nacht hinauszugehen. »Ich bin gleich reingekommen«, sagte sie überflüssigerweise. »Wollte nicht draußen stehenbleiben. Hab schlechte Nachricht. Die Connollys sind wieder da.«

Das war in der Tat eine schlechte Nachricht. In den wenigen Stunden, die seit seiner Ankunft in Malfrey vergangen waren, hatte Basil schon eine ganze Menge über die Connollys gehört.

»Oh Gott«, rief Barbara, »wo sind sie denn?«

»Hier, draußen in der Vorhalle.«

Die Evakuierungen nach Malfrey waren in ähnlicher Weise

gehandhabt worden wie in anderen Teilen des Landes auch und hatten Barbara, in der Funktion eines Quartiermeisters, nicht nur ständig auf Trab gehalten, sondern auch binnen vier Monaten aus einer der beliebtesten Frauen der Gegend eine Schrekkensfigur gemacht. Wann immer ihr Auto irgendwo zu sehen war, ergriffen die Leute die Flucht, traten auf sicheren Wegen den Rückzug an, durch Seitenausgänge und Stallungen hinaus in den Schnee, irgendwohin, nur um ihrem penetranten »Aber eine Person können Sie doch bestimmt noch unterbringen! Diesmal ist es ein Bub, ein wirklich braver Junge« aus dem Wege zu gehen, denn die städtischen Behörden achteten darauf, daß der Flüchtlingsstrom anhielt und größer war als der Strom der unzufriedenen Rückkehrer.

Von der ersten Gruppe, die am ersten Kriegstag verdrossen auf dem Dorfplatz gesessen hatte, waren nur wenige übriggeblieben. Die einen waren sofort zurückgekehrt, die anderen etwas zögernder, infolge häßlicher Gerüchte über das Treiben ihrer Männer. Eine hatte sich als Betrügerin herausgestellt, die sich so sehr von der Propaganda der zuständigen Behörden hatte beeindrucken lassen, daß sie, selber kinderlos, aus einem herumstehenden Kinderwagen ein Baby entwendet hatte, um so zu ihrer Fahrkarte zu kommen. Jetzt waren es hauptsächlich Kinder, die sich, weniger verdrossen, auf dem Dorfplatz versammelten und der Landbevölkerung zeigten, wie man in einem anderen Teil der Welt lebte. Man erduldete sie inzwischen als eine der Unannehmlichkeiten, die die Zeiten so mit sich brachten. Einige waren ihren Gastgebern sogar ans Herz gewachsen. Doch wo immer man von Evakuierten sprach, die Connollys wurden stillschweigend ausgeschlossen.

Sie waren auf unerklärliche Weise aufgetaucht, offenbar ohne menschliches Zutun; ihre Namen standen auf keiner Liste. Sie besaßen keine Ausweise, niemand war für sie verantwortlich. Man hatte sie, nachdem sich der Zug am Abend der ersten

Flüchtlingsinvasion geleert hatte, unter den Sitzen eines Waggons gefunden. Sie waren herausgezerrt worden und standen auf dem Bahnsteig, niemand wollte sie kennen, und da man sie dort nicht einfach stehen lassen konnte, wurden sie der Gruppe zugeteilt, die per Bus in das Dorf Malfrey gebracht wurde. Von diesem Augenblick an standen sie auf einer Liste. Sie hatten eine offizielle Existenz bekommen, und ihr Schicksal war untrennbar mit dem Schicksal von Malfrey verknüpft.

Die Frage, wer die Eltern der Connollys waren, wurde nie geklärt. Konnte man sie durch Drohen oder gutes Zureden dazu bringen, von ihren früheren Lebensumständen zu erzählen, dann sprachen sie voll Abscheu von einem »Tantchen«. Dieser Frau, so schien es, war der Krieg als eine von Gott gesandte Erlösung gekommen. Sie war mit ihren drei Zöglingen zum Bahnhof gefahren, hatte sie in die Menge raufender Jugendlicher gestoßen und durch Aufgabe ihrer Wohnung rasch alle Spuren beseitigt. Polizeiliche Nachforschungen in der Straße, in der die Connollys gewohnt haben wollten, erbrachten keine andere Information als die, daß jene Frau tatsächlich dort gewohnt hatte, jetzt aber nicht mehr dort wohnte. Sie schuldete dem Milchmann noch etwas Geld, doch ansonsten hatte sie in diesem recht trübseligen Viertel keine bleibenden Erinnerungen hinterlassen.

Da war Doris, in voller Pubertät, ihre eigenen Altersangaben schwankten zwischen zehn und achtzehn. Ein erster und raffiniert angelegter Versuch, sie für volljährig erklären zu lassen, scheiterte an einem Amtsarzt, der sie auf etwa fünfzehn schätzte. Doris hatte tiefschwarzes Haar, Bubikopffrisur, einen breiten Mund und dunkle Schweinsäuglein. Ihr Kopf hatte etwas von einem Eskimo, doch ihr Teint war rosig, und sie war lebhafter als das bei diesem ehrwürdigen Volk üblich ist. Sie war untersetzt, hatte enorme Brüste, und ihr Gang, den sie so im Kino gesehen hatte, sollte verführerisch wirken.

Micky war etwa um die Länge einer recht strengen Haftstrafe wegen Einbruchs jünger als sie, war zarter gebaut, ein magerer, finster dreinblickender Bub, ein Kind, das wenig, allenfalls obszöne, Worte machte.

Von Marlene wurde angenommen, daß sie ein Jahr jünger war. Wenn Micky sich nicht heftig dagegen gewehrt hätte, dann hätte sie als seine Zwillingsschwester gelten können. Sie war das Ergebnis von ungewöhnlich langen und zeitgleichen Phasen der Freiheit im Leben beider Eltern, was der Soziologe beklagen wird, denn Marlene war einfachen Geistes. Ein Antrag, sie für schwachsinnig zu erklären, wurde von dem erwähnten Amtsarzt abgelehnt. Er vertrat vielmehr die Auffassung, das Landleben könnte bei dem Kind Wunder wirken.

Und so hatten die drei am Vorabend des Krieges im Gemeindesaal von Malfrey gestanden, die eine tückisch, der andere finster dreinschauend, die dritte vor sich hinsabbernd, eine unansehnlichere Familie konnte man im ganzen Königreich nicht finden. Barbara warf ihnen einen Blick zu, sah noch einmal hin, um sicher zu sein, daß ihre müden Augen ihr keinen Streich spielten, und teilte sie den Mudges von Upper Lamstock zu, einer strengen Bauernfamilie, die auf einem entlegenen Gehöft wohnte.

Nach einer Woche tauchte Mr. Mudge, mit den drei Kindern hinten auf seinem Milchkarren, im Park auf. »Es ist nicht wegen mir, Mrs. Sothill. Ich bin ja den ganzen Tag unterwegs, und abends bin ich müde, und weil ich mit den Tieren viel zu tun habe, macht es mir nichts aus. Aber meine Frau. Sie regt sich auf, sie will nicht länger mitmachen. Sie hat sich oben im Schlafzimmer eingeschlossen, und solange sie nicht weg sind, will sie nicht runterkommen, und sie meint's wirklich ernst, Mrs. Sothill. Es ist Krieg, und wir sind, in Maßen, zu jeder Hilfe bereit, aber diese Gören können niemand zugemutet werden, und das ist mein letztes Wort.«

»Ach herrje, wer ist denn das Sorgenkind, Mr. Mudge?«

»Alle miteinander. Der Junge war ja zuerst noch am besten, obwohl, man versteht kein Wort, so wie die Leute da sprechen, wo er herkommt. Unangenehm, unfreundlich war er, und großen Schaden hat er eigentlich nicht angerichtet, erst als er sah, wie ich die Gans geschlachtet habe. Ich habe ihn mitgenommen, dachte, vielleicht macht es ihm Spaß, zuzusehen, und er war richtig begeistert, und ich dachte, aus dir mach' ich noch 'nen richtigen Bauernjungen. Ich gab ihm den Kopf, zum Spielen, und es schien ihm Spaß zu machen. Und kaum war ich losgegangen, in die Rüben, da schnappte er sich tatsächlich ein Messer, und wie ich abends heimkomme, da sind sechs von meinen Enten tot und die alte gelbe Katze auch. Tja, der Lümmel hatte unserer alten Katze den Kopf abgesäbelt. Und dann die Kleine, mit Verlaub, Madam, sie ist ein Miststück. Sie macht ja nicht nur ins Bett, überall pinkelt sie hin, auf die Stühle, auf den Fußboden, und nicht nur pinkeln tut sie. Hat wohl nie 'ne Kinderstube gehabt, da wo sie herkommt.«

»Aber hilft Ihnen die Ältere nicht ein bißchen?«

»Wenn Sie mich fragen, Madam, sie ist die Schlimmste. Wenn *sie* nicht wäre, dann würde es meine Alte ja aushalten, aber das ganze Theater macht sie ja wegen Doris. Sie rennt den Männern nach, Madam. Sogar an mich macht sie sich ran, wo ich doch ihr Großvater sein könnte. Sie läßt unsern Willie nicht eine Minute in Ruhe, er ist ein prächtiger Bursche, unser Willie, aber nie kann er mit seiner Arbeit weitermachen, immer ist sie hinter ihm her. Tja, so sieht's aus, Madam. Tut mir leid, daß ich Ihnen nicht helfen kann, aber ich hab meiner Alten versprochen, daß ich nicht mit ihnen zurückkomme, und was ich gesagt habe, das halte ich.«

Die Mudges waren die ersten in einer Serie von Pflegeeltern. Die längste Zeit, die die Connollys in einem Haus verbrachten, war zehn Tage, die kürzeste eineinviertel Stunden. Nach sechs

Wochen waren sie weit über den Ort hinaus zu einer Legende geworden. Wenn einflußreiche alte Männer in Londoner Wettbüros die Köpfe zusammensteckten und sagten »Das ganze System ist ein Fehler gewesen. Gestern abend erfuhr ich von einigen Beispielen für die Art und Weise, wie sich die Evakuierten manchmal aufführen ...«, dann bezog sich der Skandal höchstwahrscheinlich auf die Connollys. Im Parlament kam die Rede auf sie, und in offiziellen Kommissionsberichten wurden ihnen ganze Abschnitte gewidmet.

Barbara versuchte, sie getrennt voneinander unterzubringen. Aber in der ersten Nacht kletterte Doris aus dem Fenster und war zwei Tage lang verschwunden. Schließlich fand man sie in einer Scheune acht Meilen entfernt, völlig beduselt vom Apfelwein und außerstande, die Umstände ihres Abenteuers einigermaßen verständlich zu schildern. Am selben Abend biß Micky die Frau des Straßenmeisters, bei dem er einquartiert war, so daß die Bezirksschwester herbeigerufen werden mußte. Marlene indes hatte eine Art Anfall, der zu der trügerischen Hoffnung verleitete, sie sei tot. Jedermann fand, daß die Connollys in eine »Anstalt« gehörten, und so wurden sie denn auch kurz vor Weihnachten, nach gewissen, durch das Dunkel ihrer Herkunft erschwerten Formalitäten einer Anstalt übergeben, und Malfrey kehrte, mit einer Erleichterung, die meilenweit im Umkreis zu spüren war, zum gewohnten Alltag zurück und veranstaltete für seine Gäste eine Weihnachtsfeier mit Christbaum und Zauberkünstler. Es war, als sei nach einer Schreckensnacht Entwarnung gegeben worden. Und nun waren die Connollys wieder da.

»Was ist denn passiert, Mrs. Fremlin? Das Heim kann sie doch nicht einfach wegschicken!«

»Es ist evakuiert worden. Alle Kinder wurden dorthin zurückgeschickt, wo sie herkamen. Malfrey war die einzige Adresse, die man für die Connollys hatte, deswegen sind sie jetzt wieder hier. Die Fürsorgerin hat sie in den Gemeindesaal gebracht. Ich war gerade mit den Pfadfindern dort, also hab ich gesagt, daß ich sie hierher bringe.«

»Sie hätten uns warnen können.«

»Vermutlich haben sie gedacht, daß wir versucht hätten, ihr Kommen zu verhindern, wenn wir noch Zeit gehabt hätten.«

»Stimmt. Haben die Connollys was zu essen bekommen?«

»Glaub' schon. Marlene hat sich im Auto übergeben.«

»Ich würde diese Connollys wahnsinnig gern sehen,« sagte Basil.

»Das wirst du«, sagte seine Schwester düster.

Aber in der Vorhalle, wo Mrs. Fremlin sie hatte warten lassen, waren sie nicht. Barbara klingelte. »Benson, erinnern Sie sich an die Connolly-Kinder?«

»Lebhaft, Madam.«

»Sie sind wieder da.«

»Hier, Madam?«

»Hier. Irgendwo im Haus. Am besten, Sie organisieren mal eine Durchsuchung.«

»Sehr wohl, Madam. Und wenn wir sie gefunden haben, werden sie dann sofort wieder weggeschickt?«

»Nicht sofort. Sie werden über Nacht hier bleiben müssen. Morgen werden wir im Dorf schon irgendwas für sie finden.«

Benson zögerte. »Es wird nicht einfach sein, Madam.«

»Richtig, Benson.«

Er hob abermals an, behielt jedoch, was immer es war, lieber für sich und fügte bloß hinzu: »Ich werde mit der Durchsuchung beginnen, Madam.«

»Ich weiß, was das bedeutet«, sagte Barbara, als der Mann hinausging. »Benson hat Schiß.«

Die Connollys wurden tatsächlich gefunden und zusammengebracht. Doris hatte das Schminkzeug in Barbaras Schlafzimmer ausprobiert, Micky hatte in der Bibliothek einen Folianten zerfetzt, und Marlene war unter der Küchenspüle herumgekrochen und hatte sich über die Hundefutterreste hergemacht. Als sie im Vestibül alle wieder versammelt waren, wurden sie von Basil inspiziert. Ihr Äußeres übertraf seine schlimmsten Erwartungen. Man brachte sie in den Junggesellenflügel und steckte sie zusammen in ein großes Schlafzimmer.

»Sollen wir abschließen?«

»Es würde nichts nützen. Wenn sie raus wollen, dann schaffen sie es auch so.«

»Darf ich Sie mal einen Moment sprechen, Madam?« fragte Benson.

Als Barbara zurückkehrte, sagte sie: »Benson hat wirklich Schiß. Es ist ihm zuviel.«

»Will er gehen?«

»Entweder er oder die Kinder, sagt er. Ich kann es ihm nicht verübeln. Freddy wird mir nie verzeihen, wenn ich ihn gehen lasse.«

»Babs, du weinst ja!«

»Wer würde da nicht weinen!« sagte Barbara, zog ein Taschentuch hervor und schluchzte nun wirklich. »Ich frage dich, wer würde da nicht weinen!?«

»Sei keine Pfeife«, sagte Basil, und wie so oft, wenn er mit Barbara sprach, verfiel er in Schülerjargon. »Ich erledige das schon für dich.«

»Angeber! Selber Pfeife! Oberpfeife!«

»Und du erst! Oberoberpfeife!«

»Ach Basil, Liebster, ich bin froh, daß du wieder hier bist! Ich glaube wirklich, wenn überhaupt, dann könntest nur du es erledigen!«

»Freddy könnte es nicht, stimmt's?«

»Freddy ist ja nicht da.«

»Ich bin klüger als Freddy. Babs, sag: ich bin klüger als Freddy.«

»Ich bin klüger als Freddy. Ätsch!«
»Babs, sag: du liebst mich mehr als Freddy.«
»Du liebst mich mehr als Freddy. Ätsch!«
»Sag: Ich, Barbara, liebe dich, Basil, mehr als ihn, Freddy!«
»Nein. Ich denk nicht dran ... Miststück, du tust mir weh!«
»Sag schon!«
»Basil, hör jetzt sofort auf, oder ich rufe Miss Penfold!«
Sie waren jetzt zwanzig Jahre jünger, im Klassenzimmer. »Miss Penfold, Miss Penfold! Basil zieht mich an den Haaren!«
Sie balgten sich auf dem Sofa. Plötzlich rief eine Stimme: »He, Missis!« Es war Doris. »Missis!«
Barbara erhob sich, zerzaust und nach Luft schnappend: »Ja, Doris, was gibt's?«
»Marlene hat wieder einen Koller.«
»Herrje. Ich komme. Lauf schon voraus!«
Doris warf Basil einen schmachtenden Blick zu.
»Sie haben Spaß, stimmt's?« sagte sie. »Möcht' auch Spaß haben.«
»Lauf schon, Doris. Du wirst dich erkälten!«
»Ich find's nicht kalt. Wenn Sie wollen, können Sie mich an den Haaren ziehen, Mister!«
»Denk ja nicht dran«, sagte Basil.
»Aber ich. Ich denk an prima Sachen. Los, Mister! Ziehen Sie mich an den Haaren, ganz doll! Macht mir nix aus!« Sie hielt ihm ihren Bubikopf hin und lief dann kichernd aus dem Zimmer.
»Verstehst du«, sagte Barbara, »ein Sorgenkind.«
Sie kümmerte sich um Marlene und kam noch einmal zurück, um Gute Nacht zu sagen.
»Ich bleib noch ein bißchen auf und schreibe an dem Buch weiter.«
»Tu das, Darling. Gute Nacht!« Sie beugte sich über die Sofalehne und küßte ihn aufs Haar.

»Noch traurig?«

»Nein, nicht mehr.«

Er sah zu ihr auf und lächelte. Sie lächelte zurück. Es war das gleiche Lächeln. Sie konnten sich in den Augen des anderen sehen. Niemand ist so wie Basil, dachte Barbara, während sie sich sah, niemand ist so wie er, wenn er nett ist.

2

Am nächsten Morgen wurde Basil von Benson geweckt, der, seit Freddy den Gürtel enger geschnallt hatte, der einzige Diener im Haus war. (Seinen Kammerdiener hatte er zur Yeomanry mitgenommen, wo er, in erheblich weniger komfortablen Verhältnissen, auf Staatskosten versorgt wurde.) Basil lag im Bett und sah zu, wie der Mann seine Sachen herauslegte. Er erinnerte sich, daß er ihm von seinem letzten Besuch noch Geld schuldete.

»Benson, was sind das für Geschichten, Sie wollen uns verlassen?«

»Ich war verärgert gestern abend, Mr. Basil. Ich wäre nie imstande, aus Malfrey wegzugehen, und Mrs. Sothill sollte das wissen. Und überhaupt, wo der Herr Hauptmann nicht da ist!«

»Mrs. Sothill war sehr betroffen.«

»Ich auch, Mr. Basil. Sie kennen diese Connollys nicht. Es sind keine Menschen.«

»Wir werden ein Quartier für sie finden.«

»Niemand hier in der Gegend wird die Connollys aufnehmen. Nicht mal für hundert Pfund.«

»Mir fällt grad was ein. Ich schulde Ihnen doch noch Geld.«

»So ist es, Mr. Basil. Zwölfeinhalb Pfund.«

»Soviel? Wird Zeit, daß ich's zurückzahle.«

»Jawohl.«

»Sie bekommen es schon, Benson.«

»Hoffentlich, Sir. Bestimmt.«

Basil ging gedankenverloren ins Badezimmer. Niemand in dieser Gegend wird die Connollys aufnehmen. Nicht mal für hundert Pfund. Nicht mal für hundert Pfund.

Seit Kriegsbeginn kam Barbara zum Frühstück herunter, da sie fälschlicherweise annahm, so würde es weniger Umstände machen. Anstelle des Rattantischchens, das an ihr Bett gebracht wurde, mußte nun im kleinen Eßzimmer ein Tisch gedeckt, der Kamin dort zwei Stunden vorher angezündet werden, Silberschüsseln mußten geputzt und die Kerzendochte darunter zurechtgestutzt werden. Es war eine allseits beklagte Neuerung.

Basil fand Barbara mit einer Tasse Kaffe vor dem Kamin kauernd. Sie wandte ihm ihren schwarzgelockten Kopf zu und lächelte. Beide hatten die gleiche niederschmetternde Kombination aus dunklem Haar und blauen Augen. Narziß grüßte Narziß aus den Tiefen des Wassers, als Basil ihr einen Kuß gab.

»Na, Kleiner?«

»Ich habe Benson für dich bestochen.«

»Darling, wie clever von dir!«

»Ich mußte dem alten Knaben einen Fünfer geben.«

»Lügner!«

»Na schön, dann glaub mir halt nicht.«

»Eben! Ich kenne doch Benson, und ich kenne dich. Ich weiß noch, als du das letzte Mal hier warst, mußte ich ihm mehr als zehn Pfund zahlen, die du dir geliehen hattest.«

»Du hast sie ihm zurückgegeben?«

»Ja. Ich hatte Angst, er würde sich an Freddy wenden.«

»Der alte Gauner. Aber jedenfalls bleibt er.«

»Ja, das wurde mir auch klar, als ich mir die Sache noch mal durch den Kopf gehen ließ. Ich weiß nicht, warum ich es mir gestern abend so zu Herzen genommen habe. Es war wohl der Schock über die Connollys.«

»Wir müssen sie heute irgendwo unterbringen.«

»Es ist aussichtslos. Niemand wird sie nehmen.«

»Aber du hast doch gewisse Zwangsmittel.«

»Schon, aber ich kann sie unmöglich anwenden.«

»Aber ich«, rief Basil, »und zwar mit größtem Vergnügen!«

Nach dem Frühstück gingen sie aus dem kleinen Zimmer hinüber in den kleinen Salon. Der Korridor, obgleich zu den Seitengängen des Hauses zählend, hatte ein prächtiges Gesims und einen hohen getäfelten Plafond, die Türen waren mit klassischen, gesprengten Giebelfeldern bekrönt, in denen sich Büsten von Philosophen und Komponisten befanden. Ferner gab es, in regelmäßigen Abständen, andere Büsten auf Marmorsockeln. Alles in Malfrey war wunderbar und harmonisch, alles außer Doris, die den beiden an diesem Morgen auflauerte, an einer Säule sich reibend wie eine Kuh an einem Baumstumpf.

»Hallo!« rief sie.

»Hallo, Doris. Wo sind Micky und Marlene denn?«

»Draußen. Sie sind o. k. Sie haben den Schneemann gefunden, den die anderen gebaut haben, und machen ihn kaputt.«

»Lauf hin und spiel mit!«

»Ich will aber hier bei Ihnen sein – und bei ihm!«

»Glaub ich«, sagte Basil. »Hast aber Pech gehabt. Ich werd ein hübsches Quartier für euch finden, weit weg von hier.«

»Ich will aber hier bleiben.«

»Du gehst jetzt und spielst mit dem Schneemann!«

»Das ist was für Kinder, und ich bin doch kein Kind mehr, Mister! Warum haben Sie mich gestern nicht an den Haaren gezogen? Haben Sie gedacht, ich hab Läuse? Ich hab keine mehr. Die Schwester in der Anstalt hat sie alle rausgekämmt und dann Öl draufgetan. Deshalb ist es ein bißchen fettig.«

»Ich ziehe Mädchen nicht an den Haaren.«

»Doch, ich hab's gesehen. Sie haben sie an den Haaren gezogen ... er ist Ihr Freund, stimmt's?« sagte sie, an Barbara gewandt.

»Er ist mein Bruder, Doris.«

»Aha«, sagte sie, und in ihren Schweinsäuglein funkelte die Weisheit der Armenviertel. »Aber Sie sind verknallt in ihn, stimmt's?«

»Sie ist wirklich ein gräßliches Kind«, sagte Barbara.

3

Das Problem, für die Connollys ein Heim zu finden, nahm Basil mit Eifer und Methode in Angriff. Er setzte sich an einen Tisch, mit einem Meßtischblatt, der Lokalzeitung sowie dem in rotes Leder gebundenen Adressbuch, das zu den Dingen gehörte, die Barbara von der alten Mrs. Sothill geerbt hatte. In diesem Büchlein waren alle ihre wohlhabenderen Nachbarn im Umkreis von zwanzig Meilen verzeichnet, zumeist mit der Abkürzung G. P. O. versehen, was für ›Garden Party Only‹ stand. Barbara hatte sich bemüht, dieses unschätzbare Nachschlagewerk auf dem neuesten Stand zu halten, und von Zeit zu Zeit diejenigen gestrichen, die verstorben oder weggezogen waren, und die Namen der Neuen hinzugefügt.

Basil sagte alsbald: »Wer sind denn die Harknesses vom Old Mill House in North Grappling?«

»Ältere Leute. Er hat früher irgendwo im Ausland gearbeitet. Sie ist wohl musikalisch. Warum?«

»Sie suchen Logiergäste.«

Er schob ihr die Zeitung zu, wo in der Spalte *Wohnungen* das folgende Inserat zu lesen war: *Logiergäste für schöne, modernisierte Mühle (15.Jh.) gesucht. Ideal für ältere und künstlerisch interessierte Menschen, die die Kriegssorgen vergessen möchten. Englische Küche. Romantischer Garten. 6 Guineen wöchtl. Erstklassige Referenzen erteilt und erbeten. Harkness, Old Mill House, North Grappling.*

»Das wär doch was für die Connollys!«

»Basil, das kannst du doch nicht machen!«

»Warum nicht? Ich werde sie sofort bearbeiten. Bekommst du für deine Quartiermeisterarbeit eigentlich zusätzlich Benzin bewilligt?«

»Ja, aber ...«

»Prima. Ich bringe die Connollys noch heute vormittag rüber. Weißt du, das ist mein erster richtiger Beitrag zu den Kriegsanstrengungen der Nation.«

Sobald das Auto aus der Garage fuhr, rannten normalerweise die Flüchtlingskinder herbei und riefen: »Nehmen Sie mich mit?«

An diesem Morgen aber, als sie der drei widerwärtigen Connollys auf dem Rücksitz gewahr wurden, fielen die anderen Kinder schweigend wieder zurück. Ihre Mütter hatten ihnen verboten, mit den Connollys zu spielen.

»Mister, warum kann ich nicht vorne bei Ihnen sitzen?«

»Du mußt auf die beiden anderen aufpassen.«

»Sie werden schon brav sein.«

»Das glaubst auch nur du!«

»Sie sind brav, wenn ich's ihnen befehle, Mister.«

»Und warum sind sie's dann nicht?«

»Weil ich ihnen befehle, sie sollen unartig sein. Aus Spaß. Wo geht's denn hin?«

»Ich suche ein neues Heim für euch, Doris.«

»Weg von Ihnen?«

»Sehr weit weg von mir.«

»Mister, hörnsemal. Micky ist wirklich nicht unartig, und Marlene ist nicht blöd, stimmt's, Marlene?«

»Nicht sehr«, sagte Marlene.

»Sie kann sauber sein, wenn sie will, wenn ich es ihr befehle. Also, Mister, 'n fairer Vorschlag: wir dürfen bei Ihnen bleiben, und ich sorge dafür, daß die Kinder sich benehmen.«

»Und was ist mit dir, Doris?«

»Ich brauch mich nicht zu benehmen. Ich bin ja kein Kind. Abgemacht?«

»Nein.«

»Sie bringen uns also weg?«

»Worauf du dich verlassen kannst.«

»Die Leute, wo Sie uns hinbringen, können aber was erleben, warten Sie's ab!«

»Ich werd's nicht abwarten, Doris, aber ich bin sicher, daß ich in absehbarer Zeit davon hören werde.«

North Grappling war zehn Meilen entfernt, ein Dorf mit Steinhäusern und schiefen Schindeldächern, von denen keines jünger als hundert Jahre war. Es lag abseits der Hauptstraße in einer Talsenke. Durch das Dorf floß ein Bach, entlang der einzigen Dorfstraße und diese unter zwei alten Steinbrücken schneidend. Am oberen Ende der Straße stand die Kirche, deren Größe und reiche Ausstattung darauf hindeuteten, daß North Grappling in den Jahrhunderten seit ihrer Errichtung zusammengeschrumpft, der Rest der Welt jedoch größer geworden war. Am unteren Ende, jenseits der zweiten Brücke, befand sich ›Old Mill House‹. Es war genau jenes altehrwürdige, friedliche Heim, von dem ein Mann träumen mochte, der seinen Lebensunterhalt unter einem wütenderen Himmel hatte verdienen müssen. Mr. Harkness hatte auch tatsächlich davon geträumt, jahrein, jahraus, während er sich in seinem Büro in Singapur abrackerte oder nach der Arbeit auf der Clubterrasse erholte, inmitten von üppiger Vegetation und schrillen Farben. Er hatte das Haus mit seinem Anteil am väterlichen Erbe während eines

Heimaturlaubs gekauft, als er noch ein junger Mann war, der später einmal seinen Lebensabend dort zu verbringen gedachte, und in den Jahren des Wartens hatte ihn nur die eine Sorge verfolgt: daß er bei seiner Rückkehr den Ort »verschönert« vorfinden würde, mit neuen roten Dächern neben all den grauen, und einer Asphaltdecke auf der holprigen Dorfstraße. Aber die Moderne verschonte North Grappling. Er kehrte zurück und fand den Ort so vor, wie er ihn, während eines Wanderausflugs, zum ersten Mal erlebt hatte, spätabends, als die Steine von der Mittagssonne noch warm waren und der Duft der Levkojen süß und frisch im leichten Wind lag.

An diesem Vormittag waren die vom Schnee fast begrabenen Steine, die im Sommer grau wirkten, von einem goldenen Braun, und die ineinandergeschlungenen Linden, die, sofern belaubt, die niedrige Vorderseite verdeckten, gaben nun den Blick frei auf die Fensterrahmen und Rinnleisten, auf die Sonnenuhr über dem hohen mittleren Fenster und auf das steinerne Türdach in Form einer Muschel. Basil hielt an der Brücke.

»Oh Gott«, rief Doris, »Sie werden uns doch nicht hier lassen!«

»Sitzengeblieben«, sagte Basil, »du wirst es schon früh genug mitkriegen!«

Er warf eine Decke über den Kühler, öffnete das kleine schmiedeeiserne Gatter und ging den gepflasterten Weg entlang, finster dreinblickend, eine Figur des Unheils. Die niedrig stehende Wintersonne warf ihren Schatten bedrohlich, schicksalsschwer gegen die Tür, die Mr. Harkness hellgrün gestrichen hatte. Der knorrige Stamm einer Glyzinie wuchs neben dem Türrahmen empor und wand sich in seiner ganzen Kahlheit zwischen den Fenstern. Basil warf einen kurzen Blick über die Schulter und stellte fest, daß seine jungen Passagiere nicht zu sehen waren, und zog dann an dem eisernen Klingelzug. Er hörte es nicht weit entfernt melodisch läuten, und bald darauf wurde die Tür von einem in Hellgrün gekleideten Dienstmädchen geöffnet, das eine bestickte Musselinschürze und ein gestärktes weißes Häubchen trug, das teils holländisch, teils nonnenhaft und insgesamt völlig lächerlich aussah. Diese Märchenfigur führte ihn eine Stufe hinauf, dann eine Stufe hinunter, in ein Wohnzimmer, wo er so lange alleingelassen wurde, daß er die Einrichtung studieren konnte. Auf dem Fußboden lagen grobe Strohmatten und vereinzelt bunte Flickenteppiche. An den Wänden hingen Thorntonsche Blumendrucke, Stickereien und alte Landkarten. Die hervorstechendsten Objekte waren ein Flügel und eine Harfe. Es gab auch einige Tische und Stühle aus unbehandelt aussehender Rotbuche. Aus einem Kamin drang immer wieder Torfrauch ins Zimmer, was Basils Augen zu Tränen reizte. Das Zimmer sah genauso aus, wie Basil es sich nach der Lektüre der Anzeige vorgestellt hatte, und Mr. und Mrs. Harkness waren das genau dazu passende Paar. Mrs. Harkness trug ein handgewirktes Wollgewand, ihre Augen waren groß und poetisch, ihre Nase war lang und von Kälte gerötet, ihr Haar war von undefinierbarer Farbe und aufs Geratewohl zusammengesteckt. Ihr Mann hatte unternommen, was irgend möglich war, um die Auswirkungen von zwanzig Jahren Club- und Bungalowleben in Fernost zu verbergen. Er hatte sich einen kleinen Spitzbart stehen lassen. Er trug einen groben Knikkerbockeranzug im Stil der Radsportpioniere. Er trug einen Edelsteinring um sein locker gebundenes Seidentuch; und doch war etwas an seiner Haltung, das noch immer die schmucke Gestalt in weißen Leinenhosen verriet, die allabendlich anderen Gestalten in weißen Leinenhosen Pink Gins spendiert und zweimal jährlich im Regierungssitz diniert hatte.

Sie kamen zur Gartentür herein. Basil hatte irgendwie erwartet, Mr. Harkness würde »Nehmen Sie Platz« sagen und mit einem Händeklatschen den Gin bestellen. Stattdessen standen sie da und sahen ihn bloß fragend und etwas lustlos an.

»Mein Name ist Seal. Ich komme wegen Ihres Inserats im *Courier.*«

»Unser Inserat. Ach richtig«, sagte Mr. Harkness vage. »Es war bloß so eine Idee. Wir hatten irgendwie ein schlechtes Gewissen, bei all dem Platz und der Schönheit hier. Für unsere Bedürfnisse ist es jetzt ein wenig zu groß hier. Wir hatten uns gedacht, wir könnten vielleicht, wenn wir von ein paar Leuten wie uns erführen – die gleichen einfachen Bedürfnisse – daß wir, äh, uns in diesen schweren Zeiten gewissermaßen zusammentun könnten. Einen Neuen haben wir ja schon. Ich weiß wirklich nicht, ob wir noch jemand aufnehmen sollen, was, Agnes?«

»Es war bloß so eine Idee«, sagte Mrs. Harkness. »Ein unfertiger Gedanke in einem unfertigen Haus.«

»Dies hier ist keine Pension, wissen Sie. Wir nehmen Logiergäste auf. Das ist etwas ganz anderes!«

Basil verstand ihre Schwierigkeiten mit einem Scharfsinn, der ungewohnt bei ihm war. »Ich habe mich nicht meinetwegen erkundigt«, sagte er.

»Ah, das ist etwas anderes. Ein, zwei Personen könnten wir wohl noch aufnehmen, wenn sie, äh, wenn sie wirklich ...«

Mrs. Harkness sprang ihm bei. »Wenn wir sicher wären, daß es Leute sind, die sich hier wohlfühlen.«

»Genau. Hier bei uns fühlen sich alle grundsätzlich wohl.«

Genau wie sein Präfekt im Internat. »Hier bei uns sind alle grundsätzlich fleißig. Vielleicht gewinnen wir nicht viele Pokale, aber zumindest haben wir es versucht.«

»Das sehe ich«, sagte Basil höflich.

»Sie wollen sich bestimmt mal umsehen. Von vorne sieht es ziemlich klein aus, aber es ist wirklich erstaunlich groß, wenn man die Zimmer zählt.«

Vor hundert Jahren war überall um North Grappling Getreide angebaut worden, und die Mühle hatte einen großen Bezirk versorgt. Schon lange vor den Harknesses war sie aufgegeben und in den achtziger Jahren von einem Schüler von William Morris zu einem Wohnhaus umgebaut worden. Der Fluß war umgeleitet, der ehemalige Mühlensee drainiert und aufgefüllt und in einen Garten verwandelt worden. Die Räume, in denen sich die Mühlsteine und Maschinen befunden hatten, und die Speicher, in denen das Korn aufbewahrt worden war, hatte man behutsam mit Dielen und Trennwänden versehen. Mrs. Harkness wies mit mütterlichem Stolz auf all diese Einzelheiten hin.

»Handelt es sich bei Ihren Freunden, die zu uns kommen wollen, um Künstler?«

»Nein, das wäre wohl nicht die richtige Bezeichnung.«

»Es sind also keine Schriftsteller.«

»Nein.«

»Ich habe immer gedacht, das hier wäre der ideale Ort für jemand, der schreiben möchte. Darf ich fragen, was sind Ihre Freunde *dann*?«

»Tja, man könnte sie wohl als Flüchtlinge bezeichnen.«

Mr. und Mrs. Harkness lachten jovial über diesen kleinen Scherz. »Städter auf der Suche nach einem Refugium, wie?«

»Genau.«

»Na, das werden sie hier ja finden, was, Agnes?«

Sie waren jetzt wieder im Wohnzimmer. Mrs. Harkness legte ihre Hand auf den vergoldeten Hals der Harfe und blickte hinaus über den tiefliegenden Garten, mit einem träumerischen Ausdruck in ihren großen, grauen Augen. So hatte sie über den Golfplatz von Malaya geblickt und dabei von Zuhause geträumt.

»Ich möchte, daß dieses wunderbare alte Haus von der Welt benutzt wird. Schließlich wurde es ja gebaut, um benutzt zu werden. Hunderte von Jahren hat es den Menschen Brot gegeben, dann, im Laufe der Zeit, verfiel es immer mehr. Dann wurde ein Wohnhaus daraus gemacht, aber noch immer stand es abseits, ohne Verbindung zum Leben der Menschen. Und nun hat es endlich wieder seine eigene Aufgabe. Es erfüllt ein *Bedürfnis.* Vielleicht halten Sie mich für schrullig«, sagte sie dunkel, »aber in den letzten Wochen meinte ich manchmal zu spüren, wie das alte Haus sich zulächelt und die alten Balken sich zuwispern: ›Sie haben geglaubt, wir sind unnütz. Sie haben geglaubt, wir sind alte Schlafmützen. Aber ohne uns kommen sie nicht weiter, all diese rastlosen Macher. Sie werden zu uns zurückkehren, wenn sie in Schwierigkeiten sind.‹«

»Agnes war schon immer eine Dichterin«, sagte Mr. Harkness. »Ich mußte die praktische Hausfrau sein. Sie haben unsere Preise in dem Inserat gesehen?«

»Ja.«

»Sie mögen Ihnen etwas hoch erschienen sein, aber sie müssen berücksichtigen, daß unsere Gäste genauso leben wie wir. Wir leben einfach, wollen auf unseren Komfort aber nicht verzichten. Kamine«, sagte er, vor den würzigen Rauchschwaden, die währenddessen in den Raum drangen, ein wenig zurückweichend, »der Garten«, sagte er, auf das gefrorene und verborgene Grundstück vor den Fenstern weisend. »Im Sommer nehmen wir unsere Mahlzeiten unter dem alten Maulbeerbaum ein. Musik. Jede Woche wird Kammermusik gespielt. Es gibt gewisse Imponderabilien hier, die, grob gesagt, ihren Marktwert haben. Ich glaube nicht«, sagte er affektiert, »ich glaube nicht, daß unter diesen Umständen« – und Basil war sicher, daß zu diesen Umständen auch ein erheblicher Teil von Mrs. Harkness' dichterischer Phantasie gezählt wurde – »sechs Guineen zuviel verlangt ist.«

Der Augenblick, auf den Basil gewartet hatte, war gekommen. Das war der Augenblick für die Granate, die er präpariert hatte, seit er das kleine, schmiedeeiserne Gatter geöffnet und die Hand auf die schmiedeeiserne Klingel gelegt hatte. »Wir zahlen achteinhalb Shilling die Woche«, sagte er. Das war der Sicherungsstift; der Zug sprang hoch, die Feder schlug los; der

Zündbolzen in der gezackten Metallhülse sprühte, und unsichtbar fraßen sich die Funken die fingerlange Zündschnur entlang. Langsam bis sieben zählen und dann werfen. Eins, zwei, drei, vier ...

»Achteinhalb Shilling«, rief Mr. Harkness. »Da muß wohl ein Mißverständnis vorliegen.«

Fünf, sechs, sieben. Jetzt! Wumms!

»Vielleicht hätte ich es Ihnen gleich sagen sollen. Ich bin der Einquartierungsbeauftragte. Ich habe drei Kinder draußen im Wagen.«

Es war herrlich. Das war der Krieg. Basil war so etwas wie ein Spezialist für Überraschungsangriffe. An einen gelungeneren konnte er sich nicht erinnern.

Nach erstem sprachlosem Entsetzen waren bei den Harkness' drei Reaktionsphasen festzustellen. Der verärgerte Appell an Vernunft und Gerechtigkeit, dann die demütige Bitte um Gnade, schließlich die kühle und würdevolle Hinnahme des Unvermeidlichen.

Zuerst:

»Ich werde mit Mrs. Sothill telefonieren ... Ich werde mit den Bezirksbehörden sprechen ... Ich werde an das Schulamt und an den Lord Lieutenant schreiben. Das ist doch absolut lächerlich. Es gibt bestimmt hundert Bauernfamilien, die diese Kinder mit Vergnügen aufnehmen würden.«

»Diese Kinder nicht«, sagte Basil. »Abgesehen davon ist dies ja auch ein Krieg für die Demokratie, und da sieht es furchtbar dumm aus, wenn die Reichen den Eindruck vermitteln, als wollten sie sich vor ihrer Verantwortung drücken.«

»Was heißt hier *reich*. Wir nehmen nur deswegen Logiergäste auf, weil wir rechnen müssen.«

»Außerdem ist es ein völlig ungeeigneter Ort für Kinder. Sie könnten in den Fluß fallen und ertrinken. Und in einem Umkreis von vier Meilen gibt es keine einzige Schule ...«

Dann:

»Wir sind nicht mehr die Jüngsten. Nachdem wir so lange in Asien gelebt haben, ist der englische Winter für uns sehr anstrengend. Jede zusätzliche Last ...«

»Mr. Seal, Sie haben dieses wunderschöne alte Haus und unsere Lebensweise mit eigenen Augen gesehen. *Spüren* Sie denn nicht, daß es hier etwas Besonderes gibt, etwas Wertvolles, das sehr leicht zerstört werden kann?«

»Es ist genau diese Art Einfluß, den die Kinder brauchen«, sagte Basil. »Sie sind im Moment kulturell etwas unterernährt.«

Schließlich:

Eine Feindseligkeit, so kalt wie die winterlichen Hügel über dem Dorf. Basil führte die Connollys den gepflasterten Pfad herauf, durch die hellgrüne Tür, den Gang entlang, in dem es nach Torfrauch und Eintopf roch. »Gepäck haben sie keines«, sagte er. »Dies ist Doris, dies ist Micky, und das – das ist die kleine Marlene. Schon nach ein, zwei Tagen werden Sie sich fragen, wie Sie jemals ohne sie haben leben können. Wir erleben das bei unserer Arbeit immer wieder. Menschen, die Kindern gegenüber zuerst ein wenig befangen sind, sie aber schon bald richtig adoptieren wollen. Auf Wiedersehen, Kinder, macht's gut! Auf Wiedersehen, Mrs. Harkness! Wir werden ab und zu vorbeischauen, ob auch alles in Ordnung ist.«

Und Basil fuhr zurück über die kahlen Landstraßen, erfüllt von einer inneren Wärme, die dem drohenden Schneesturm trotzte.

In dieser Nacht gab es heftige Schneefälle, Telefonleitungen lagen am Boden, der Weg nach North Grappling war unpassierbar geworden, und acht Tage war die ›Old Mill‹ von der Außenwelt abgeschnitten, wie sie schon so lange auch in geistiger Hinsicht abgeschnitten war.

4

Barbara und Basil saßen nach dem Lunch noch in der Orangerie. Der Rauch von Basils Zigarre hing in der feuchten Luft, blaue Schwaden, in Brusthöhe, zwischen dem gepflasterten Boden und dem exotischen Blattwerk über den Köpfen. Basil las seiner Schwester gerade vor.

»Soweit also der Nachschub«, sagte er, das letzte Manuskriptblatt beiseite legend. In der vergangenen Woche war er mit dem Buch gut vorangekommen.

Barbara wachte so sanft auf, als hätte sie überhaupt nicht geschlafen. »Sehr gut«, sagte sie, »erstklassig.«

»Es wird sie wachrütteln«, sagte Basil.

»Richtig«, sagte Barbara, auf die sich die Arbeit ganz anders ausgewirkt hatte, und dann, völlig unvermittelt: »Der Weg nach North Grappling soll heute morgen freigeschaufelt worden sein.«

»Dieser Schneefall war eine Art Vorsehung. Er hat die Connollys und die Harkness' zur Besinnung kommen lassen. Ansonsten hätte die eine oder andere Seite wohl alle Hoffnung aufgegeben.«

»Wir werden von den Harkness' bestimmt bald hören.«

Und sofort, als wäre man in einem Theaterstück, erschien Benson an der Tür und verkündete, daß Mr. Harkness im kleinen Salon wartete.

»Ich *muß* ihn sprechen«, meinte Barbara.

»Von wegen!«, sagte Basil, »dies ist *mein* Beitrag zu den Kriegsanstrengungen« und folgte Benson ins Haus.

Mit gewissen Veränderungen bei Mr. Harkness hatte er gerechnet, aber nicht mit so starken. Der Mann war kaum wiederzuerkennen. Es war, als sei der Panzer kolonialer Würde, der unter Tweedanzug und Halstuchring überlebt hatte, zu Staub zerfallen. Der Mann war völlig verzweifelt. Er trug dieselben

Sachen. Daß sein adretter Bart etwas verlottert aussah, muß wohl eine Phantasie gewesen sein, eine Phantasie, die durch den gehetzten Ausdruck seiner Augen noch angefeuert wurde.

Basil hatte auf seinen Reisen einmal in Transjordanien ein Gefängnis besichtigt, in dem ein raffiniertes Strafsystem angewendet wurde. Das Haus diente zugleich als Gefängnis und Irrenanstalt. Einer der Verrückten war ein zäher alter Araber von besonderer Wildheit, der nur durch ein Mittel in Schach gehalten werden konnte: durch den unverwandten Blick des menschlichen Auges. Man schloß nur für den Bruchteil einer Sekunde die Lider, und schon fiel er über einen her. Unbotmäßige Gefangene wurden, je nach der Schwere ihrer Vergehen, bis zu achtundvierzig Stunden in die Zelle dieses Mannes gesperrt. Tag und Nacht hockte dieser Verrückte in seiner Ecke, die Augen starr und gebannt auf die Augen des Delinquenten gerichtet. Die Mittagsglut war die beste Gelegenheit. Dann passierte es auch den wachsamsten Sträflingen, daß ihre müden Lider zufielen, und in diesem Moment hatte er sich schon mit allergrößter Brutalität auf sein Opfer gestürzt. Basil hatte gesehen, wie ein hünenhafter Sträfling nach zwei Tagen aus der Zelle gebracht wurde. Etwas in Mr. Harkness' Augen erinnerte ihn lebhaft an diese Szene.

»Meine Schwester ist leider nicht da«, sagte Basil.

Alle Hoffnung, die Mr. Harkness gehegt haben mochte, erstarb beim Anblick seines alten Feindes. »Sie sind der Bruder von Mrs. Sothill?«

»Ja, man sagt, wir seien einander sehr ähnlich. Ich helfe ihr etwas, da mein Schwager jetzt nicht da ist. Kann ich irgendetwas für Sie tun?«

»Nein«, sagte er. »Nein. Es ist nicht so wichtig. Ich hatte eigentlich mit Mrs. Sothill sprechen wollen. Wann wird sie zurück sein?«

»Kann man nie wissen«, sagte Basil. »Sehr verantwortungslos

irgendwie. Manchmal ist sie monatelang weg. Aber diesmal kann ich ja ein wenig aufpassen. Wollten Sie sie wegen Ihrer Evakuierten sprechen? Sie hat sich ja so gefreut, als sie hörte, daß sie gut untergebracht sind. Das bedeutete, daß sie guten Gewissens abreisen konnte. Gerade diese Familie war ja ein etwas schwieriger Fall.«

Mr. Harkness nahm unaufgefordert Platz. Er saß auf einem vergoldeten Sessel in diesem hellen kleinen Zimmer, wie eine Figur des Todes. Er schien weder sprechen noch sich rühren zu wollen.

»Ihrer Gattin geht es gut?« erkundigte sich Basil jovial.

»Sie ist fix und fertig.«

»Und Ihr Logiergast?«

»Ist heute morgen abgereist, sobald die Straße geräumt war. Unsere zwei Dienstmädchen sind auch gegangen.«

»Ich hoffe, Doris macht sich im Haushalt nützlich.«

Als dieser Name fiel, schlug seine Stimmung um. Es brach aus ihm heraus: »Mr. Seal, ich kann nicht mehr. Wir beide nicht. Wir sind beide am Ende. Sie müssen diese Kinder wieder abholen.«

»Aber Sie wollen doch bestimmt nicht, daß sie wieder zurück nach Birmingham geschickt und dort bombardiert werden!«

Dieses Argument hatte Barbara oft sehr wirkungsvoll eingesetzt. Kaum hatte Basil es vorgebracht, erkannte er, daß sein Vorgehen falsch gewesen war. Die Pein hatte Mr. Harkness von aller Heuchelei befreit. Zum ersten Mal spielte so etwas wie ein Lächeln um seine Lippen.

»Nichts würde mir besser gefallen«, sagte er.

»Aber, aber! Versündigen Sie sich nicht! Jedenfalls wäre das gegen die Vorschriften. Ich würde Ihnen ja gerne helfen. Woran hatten Sie denn gedacht?«

»Ich hatte mir überlegt, ihnen E-605 zu geben«, sagte Mr. Harkness sinnierend.

»Tja«, meinte Basil, »das wäre eine Möglichkeit. Aber, was meinen Sie, würde Marlene es nicht wieder ausspucken?«

»Oder erhängen.«

»Na, na, Mr. Harkness! Das sind doch bloß Wunschvorstellungen. Wir müssen praktischer vorgehen.«

»Alles, was ich mir überlegt habe, hat mit dem Tod zu tun, mit unserem oder mit ihrem.«

»Es wird sich bestimmt ein Weg finden«, sagte Basil, und dann, während er beobachtete, ob Mr. Harkness mißtrauisch oder ablehnend reagierte, skizzierte er behutsam einen Gedanken, der ihm andeutungsweise gekommen war, als er die Connollys das erste Mal gesehen, und in der vergangenen Woche immer konkretere Gestalt angenommen hatte. »Das Problem, Evakuierte bei Armen einzuquartieren«, sagte er, »besteht ja darin, daß die Verpflegungsbeihilfe für die Kinder kaum ausreicht. Sofern es sich um guterzogene, liebe Kinder handelt, wird man sie natürlich nur allzu gerne aufnehmen. Doch die Connollys wird man wohl kaum als guterzogen und lieb bezeichnen« – Mr. Harkness stöhnte – »sie sind auch aggressiv. Na, Ihnen brauche ich das ja nicht zu erzählen. Sie einer Bauernfamilie zu geben, würde tatsächlich eine große Last darstellen, eine finanzielle Last. Falls nun aber die magere staatliche Beihilfe ergänzt würde – folgen Sie mir?«

»Sie meinen, ich soll jemand Geld dafür geben, daß er sie nimmt? Das würde ich selbstverständlich tun – jede Summe, das heißt fast jede Summe. Wieviel soll ich denn anbieten? Und wie soll ich vorgehen?«

»Überlassen Sie das mir«, sagte Basil, von dessen Liebenswürdigkeit plötzlich nichts mehr zu spüren war. »Was ist es Ihnen wert, diese Kinder loszuwerden?«

Mr. Harkness zögerte. Mit der neuen Hoffnung meldete sich zugleich ein gewisses Selbstbewußtsein. Man arbeitet nicht in Asien, ohne ein Gespür dafür zu entwickeln, wo ein Geschäft zu machen ist. »Ich würde sagen, ein Pfund die Woche ist eine Menge Geld für eine arme Familie«, sagte er.

»Wie wär's denn mit einem Pauschalbetrag? Leute, ich meine: arme Leute, für die eine staatliche Beihilfe nicht interessant ist, lassen sich ja oft durch einen Pauschalbetrag beeindrucken.«

»Fünfundzwanzig Pfund.«

»Na hören Sie mal, Mr. Harkness, das ist doch der Betrag, den Sie in einem halben Jahr bezahlt hätten. Der Krieg wird aber länger dauern!«

»Dreißig. Höher kann ich nicht gehen.«

Er ist kein reicher Mann, dachte Basil. Mehr als dreißig konnte er sich wohl tatsächlich nicht leisten. »Für diese Summe werde ich sicher jemand finden«, sagte er. »Ihnen ist natürlich klar, daß dies alles höchst gesetzeswidrig ist.«

»Ja, ja, ist mir klar.« Wußte er es wirklich? Basil war sich nicht sicher. Vielleicht doch. »Werden Sie die Kinder heute noch abholen?«

»Heute?«

»Unbedingt!« Mr. Harkness schien jetzt die Bedingungen zu diktieren. »Der Scheck wird auf sie warten. Ich werde ihn sofort ausstellen.«

»Du bist aber lange weggewesen«, sagte Barbara. »Hast du ihn besänftigt?«

»Ich muß ein neues Heim für die Connollys finden.«

»Basil, du hast ihn davonkommen lassen!«

»Er war so mitleiderregend. Ich bin weich geworden.«

»Wie untypisch für dich, Basil!«

»Ich muß mir dieses Adressbuch wieder vornehmen. Heute werden die Connollys nochmal bei uns übernachten müssen. Morgen früh werde ich ein neues Zuhause für sie finden.«

Er fuhr in der Abenddämmerung hinüber nach North Grappling. Der geräumte Schnee türmte sich zu beiden Seiten der

Straße und ließ eine schmale Fahrspur frei. Die drei Connollys standen draußen vor der hellgrünen Tür und warteten auf ihn.

»Der Mann mit dem Bart hat gesagt, ich soll Ihnen das hier geben«, sagte Doris.

Es war ein Briefumschlag, der einen Scheck enthielt. Nichts sonst. Keiner der beiden Harkness' erschien, um sich von ihnen zu verabschieden.

»Mister, bin ich aber froh, Sie wiederzusehen«, rief Doris.

»Steig ein«, sagte Basil.

»Kann ich vorne neben Ihnen sitzen?«

»Ja, steig ein!«

»Wirklich?«

»Mach schon, es ist kalt.« Doris setzte sich neben Basil. »Du sitzt hier nur geduldetermaßen.«

»Was soll denn das heißen?«

»Du kannst hier sitzenbleiben, solange du dich anständig benimmst und solange sich auch Micky und Marlene anständig benehmen. Kapiert?«

»Habt ihr gehört, Kinder?« rief Doris mit plötzlicher Autorität. »Benehmt euch, oder ihr kriegt was auf den Arsch! Sie werden schon parieren, Mister, wenn ich's ihnen befehle.«

Sie parierten.

»Doris, das ist ja ein ganz lustiges Spiel, wenn du die Kinder dazu bringst, allen auf den Wecker zu gehen, aber in Zukunft wird nach meinen Regeln gespielt. In dem Haus, wo ich wohne, werdet ihr euch benehmen, und zwar immer! Verstanden? Kann sein, daß ich euch von Zeit zu Zeit woanders hinbringe. Dort könnt ihr euch dann so schlecht benehmen, wie ihr wollt, aber erst, wenn ich es euch erlaube. Verstanden?«

»In Ordnung, Chef. Haben Sie mal ne Zigarette?«

»Langsam finde ich dich richtig nett, Doris!«

»Und ich liebe Sie!« rief Doris mit unerträglichem Eifer, lehnte sich zurück und blies eine Rauchwolke über die Kinder, die ernst auf dem Rücksitz saßen. »Ich liebe Sie mehr als alle, die ich bisher gesehen habe.

»Die Woche bei den Harkness' hat anscheinend einen außergewöhnlichen Effekt auf sie gehabt«, sagte Barbara abends nach dem Dinner. »Ich versteh das nicht.«

»Mr. Harkness sagte, es gäbe Imponderabilien in ihrem Haus. Vielleicht ist es das.«

»Basil, du hast irgendwas vor. Wenn ich bloß wüßte, was.«

Basil sah sie mit seinen unschuldigen blauen Augen an. Sie waren so blau und so unschuldig wie die ihren. Nicht die Andeutung einer Untat lag in ihnen.

»Aufgaben im Rahmen der Kriegsanstrengungen, Babs, sonst nichts«, sagte er.

»Elende Schlange!«

»Bin ich nicht.«

»Ekelhafte Spinne!« Sie waren wieder im Klassenzimmer, in der Welt, in der sie einst Piraten gespielt hatten.

»Gerissener Affe!« sagte Barbara, sehr zärtlich.

5

Um Viertel nach acht wurde angetreten. Unmittelbar nach dem Appell wurden die Ordonnanzen eingeteilt. So blieb genügend Zeit, um die echten Gesuche von den simulierten zu trennen, um sich kleinere Regelwidrigkeiten vorzunehmen, um die Arrestliste ordnungsgemäß auszufüllen und im Rapport die Namen der wichtigsten Delinquenten zu vermerken.

»Schütze Tatton, Sie werden beschuldigt, durch Nachlässigkeit den Verlust einer Gasmaske herbeigeführt zu haben, Wert achtzehn Shilling Sixpence.«

Schütze Tatton gab eine weitschweifige Darstellung, wie er

seine Gasmaske im NAAFI* liegengelassen habe und zehn Minuten später zurückgekehrt sei, die Maske aber nicht mehr habe auffinden können.

»Fall wird zur weiteren Bearbeitung an den Kommandeur verwiesen.« Strafen, bei denen Sold einbehalten wurde, konnte Hauptmann Mayfield nicht verhängen.

»Fall wird zur weiteren Bearbeitung an den Kommandeur verwiesen. Kehrt! Ich hab nichts von Salutieren gesagt. Kehrt marsch! Weggetreten!«

Hauptmann Mayfield nahm sich den EIN-Korb auf seinem Schreibtisch vor.

»OCTU**-Kandidaten«, sagte der Kompaniefeldwebel.

»Wen haben wir denn alles? Der Adjutant ist sauer, wenn wir ihm niemand melden.«

»Also, da wäre Brodie, Sir.«

Brodie war ein schmalbrüstiger Rechtsanwalt, der mit dem letzten Rekrutentrupp eingezogen worden war.

»Also wirklich, ich bezweifle, ob man aus Brodie einen guten Offizier machen kann.«

»In der Kompanie ist er aber nicht zu gebrauchen, Sir, und er ist doch so gebildet.«

»Na schön, dann tragen Sie ihn ein. Was ist mit Feldwebel Harris?«

»Ungeeignet, Sir.«

»Er ist ein Mann von hervorragendem Charakter, ein erstklassiger Vorgesetzter, kennt seine Sache aus dem Effeff, die Männer folgen ihm aufs Wort.«

»Jawoll.«

»Na also, was haben Sie dann gegen ihn?«

»Nichts, Sir. Aber wir brauchen Feldwebel Harris in der Kompanie-Fußballmannschaft.«

* Navy Army and Air Force Institutes, Kaufhaus für Armeeangehörige (A. d. Ü.)
** Officer Cadets' Training Unit, Offiziersanwärterlehrgang (A. d. Ü.)

»Verstehe. Tja, wen schlagen Sie dann vor?«

»Unseren Baron.« Der Feldwebel feixte. Für Hauptmann Mayfield war die Tatsache, daß Alastair als einfacher Soldat diente, etwas peinlich, für den Feldwebel war es dagegen ungeheuer komisch.

»Trumpington? Na schön. Ich werde mit ihm und Brodie sofort sprechen.«

Die Ordonnanz holte die beiden. Der Feldwebel ließ sie einzeln antreten. »Abteilung, marsch! Stillgestanden! Salutiert! Brodie, Sir!«

»Brodie! Zwei Männer aus dieser Kompanie sollen als OCTU-Kandidaten vorgeschlagen werden. Ich setze Ihren Namen auf die Liste. Die Entscheidung trifft natürlich der Kommandeur. Ich sage nicht, daß Sie zum OCTU gehen müssen. Ich nehme aber an, daß Sie sich bereit erklären, wenn der Kommandeur einverstanden ist.«

»Jawohl, Sir! Falls Sie wirklich glauben, daß ich ein guter Offizier sein könnte.«

»Davon war nicht die Rede. Gute Offiziere sind eine große Rarität. Aber zu irgendeiner Art Offizier werden Sie's wohl schon bringen!«

»Vielen Dank, Sir!«

»Und solange Sie in meiner Kompanie sind, hat aus Ihrer Tasche kein Füllfederhalter herauszusehen, wenn Sie in mein Büro kommen!«

»'tschuldigung, Sir.«

»Nicht soviel quasseln«, sagte der Feldwebel.

»Also, das wär's dann.«

»Kehrt, marsch! Den rechten Arm beim Wegtreten in Schulterhöhe schwingen lassen!«

»Wir werden ihm wohl noch ein paar Streifen geben müssen, bevor wir ihn loswerden. Ich werde das mal mit dem Adjutanten besprechen.«

Dann wurde Alastair hereingeführt. Er hatte sich seit dem Eintritt in die Armee nur wenig verändert. Vielleicht war er in der Taille etwas schlanker und dafür in den Schultern kräftiger geworden, aber das war unter der weitgeschnittenen Uniform kaum zu sehen.

Hauptmann Mayfield wandte sich an ihn mit den gleichen Worten, die er auch an Brodie gerichtet hatte.

»Ja, Sir.«

»Sie sind an einem Offizierspatent nicht interessiert?«

»Nein, Sir.«

»Das ist sehr ungewöhnlich, Trumpington. Irgendwelche besonderen Gründe?«

»Ich glaube, im letzten Krieg haben viele so gedacht.«

»Hab ich auch gehört. Was für eine Verschwendung! Tja, wenn Sie nicht wollen, zwingen kann ich Sie nicht. Angst vor der Verantwortung, wie?«

Alastair gab keine Antwort. Hauptmann Mayfield nickte, und der Feldwebel ließ ihn wieder wegtreten.

»Was halten Sie denn davon?« fragte Hauptmann Mayfield.

»Ich habe Männer erlebt, die glauben, daß es sicherer ist, einfache Soldaten zu bleiben.«

»Auf Trumpington dürfte das ja wohl nicht zutreffen. Er ist Freiwilliger, über das Wehrdienstalter schon hinaus.«

»Sehr komisch, Sir!«

»Ja, sehr komisch.«

Alastair beeilte sich nicht sonderlich, um zu seinem Zug zurückzukehren. Vormittags um diese Zeit stand Sport auf dem Dienstplan. Das war das einzige an der Ausbildung, was er wirklich verabscheute. Er lungerte hinter der Küche herum, bis seine Uhr ihm anzeigte, daß die Zeit um war. Als er sich zurückmeldete, zogen sich die Männer seines Zuges, keuchend und schwitzend, gerade wieder die Jacken an. Er trat hinzu und maschierte mit ihnen zur Essensbaracke, in der es stickig und ziemlich warm war, um einem Vortrag des Kompaniearztes über Hygienefragen zuzuhören. Es ging um die Gefährlichkeit von Fliegen. Der Arzt beschrieb den Weg der Fliege von der Latrine bis zum Zuckertopf in ekelhaften Details. Wie auf ihren behaarten Beinen die Ruhrbazillen transportiert würden; wie sie ihre Nahrung mit infiziertem Speichel aufweichte, bevor sie aß; wie sie während des Essens ausschied. Dieser Vortrag kam immer gut an. »Das alles«, fügte der Arzt etwas lahm hinzu, »erscheint Ihnen im Moment natürlich ziemlich unwichtig«, ringsum lag hoher Schnee, »aber wenn wir nach Asien verlegt werden ...«

Nach Beendigung des Vortrags hatte die Kompanie zwanzig Minuten Pause. Man rauchte und aß Schokolade und schwatzte miteinander, wobei jedes Substantiv, Verb oder Adjektiv mit immer demselben Kraftausdruck versehen wurde, der in all ihren Gesprächen wie ein Schluckauf vorkam; man stampfte auf und rieb sich die Hände.

»Was hat denn das – von Kompaniechef gewollt?«

»Ach –, er wollte mich zu einem OCTU schicken«, sagte Alastair.

»Tja, manche – haben wirklich – viel Glück. Wann soll's denn losgehen?«

»Ich bleibe hier.«

»Du willst kein – Offizier werden?«

»Denk ja nicht dran«, sagte Alastair.

Wenn, was ziemlich häufig vorkam, Alastair gefragt wurde, warum er sich nicht um ein Offizierspatent bewerben wolle, dann erwiderte er manchmal: »Snobismus. Ich möchte mit den Offizieren nicht auch noch gesellschaftlich verkehren müssen«; manchmal sagte er: »Faulheit. Wenn Krieg ist, haben sie viel zu viel Arbeit.« Und manchmal sagte er: »Die ganze Sache ist so verrückt, daß man sie auch gründlich machen kann!« Zu Sonia sagte er: »Bis jetzt haben wir ein ziemlich sorgenfreies Leben geführt. Wahrscheinlich ist es ganz gut, mal was anderes zu machen.« Deutlicher hat er die Befriedigung, die er vage empfand, nie ausgedrückt. Sonia verstand ihn, hakte aber nicht weiter nach. Einmal, viel später, sagte sie zu Basil: »Ich glaube, ich weiß, wie Alastair sich im ersten Kriegswinter gefühlt hat. Es klingt so unwahrscheinlich, aber er war viel sonderbarer, als die Leute alle dachten. Erinnerst du dich an den Mann, der sich als Araber verkleidete und dann als einfacher Soldat zur Luftwaffe ging, weil er fand, die englische Regierung habe die Araber verraten? Ich weiß nicht mehr, wie er hieß, aber es gab viele Bücher über ihn. Naja, ich glaube, Alastair hat ähnlich empfunden. Er hatte sich ja noch nie für sein Vaterland engagiert, und obwohl wir immer bankrott waren, hatten wir eigentlich immer viel Geld und viel Spaß. Er war wohl der Ansicht, daß es vielleicht nicht zum Krieg gekommen wäre, wenn wir uns nicht so viel amüsiert hätten. Aber wie er die Schuld für Hitler bei sich selber suchen konnte, habe ich nie ganz verstanden ... Aber immerhin verstehe ich ihn jetzt ein bißchen«, sagte sie. »Daß er sich als einfacher Soldat gemeldet hat, war wohl so eine Art Buße, oder wie immer das heißt, was religiöse Menschen andauernd tun sollen.«

Es war eine Buße, deren Kasteiungen ein gewisses Maß an Entspannung ermöglichten. Nach der Pause wurde zum Waffenüben angetreten. Alastairs Zugführer war an diesem Vormittag nicht da, er nahm an einem Untersuchungsausschuß teil. Drei Stunden hörten und protokollierten er und zwei weitere Offiziere die Zeugenaussagen, um zu ermitteln, wie ein Küchenkübel aus dem Stabsquartier hatte verschwinden können. Am Ende war klar, daß entweder alle Zeugen einen Meineid geschworen hatten oder der Kübel auf übernatürlichem Wege, ohne menschliches Zutun, abhanden gekommen war. Der Ausschuß gelangte daher zu dem Schluß, daß in dieser Angelegenheit niemandem ein Vorwurf wegen fahrlässigen Verhaltens zu machen sei, und empfahl, den Verlust aus öffentlichen Mitteln zu ersetzten. Der Vorsitzende sagte: »Dem Kommandeur wird das Urteil nicht gefallen. Er wird die Akte zur erneuten Beweisaufnahme zurückgehen lassen.«

Unterdessen teilte sich der Zug, der jetzt von einem Feldwebel befehligt wurde, in Gruppen auf und übte am Leichten Maschinengewehr.

»Das MG gibt zwei Salven ab und stoppt dann. Wo sehen Sie nach, Trumpington?«

»Druckregler!« ... Magazin raus. Runterdrücken, ziehen, runterdrücken. »MG Nummer Zwo einsatzbereit!«

»Und was hat er vergessen?«

Ein Chor: »Die Lasche!«

Ein Mann rief: »Die Überwurfmutter!« Er hatte diese Antwort schon einmal gegeben, als er eines schönen Tages etwas gefragt wurde, und es war die richtige Antwort gewesen, während alle anderen ratlos herumgestanden hatten, und er war belobigt worden. Deswegen gab er jetzt immer wieder diese eine Antwort, wie ein Glücksspieler, der in einer langen Pechsträhne hartnäckig auf immer dieselbe Farbe setzt. Eines Tages mußte sie ja wieder dran sein.

Der Unteroffizier nahm keinerlei Notiz von ihm.

»Richtig, er hat die Lasche vergessen. Wieder runter, Trumpington!«

Es war Sonnabend. Der Dienst endete um zwölf Uhr; da der Zugführer abwesend war, hörten sie zehn Minuten früher auf und packten ihre Ausrüstung weg, so daß sie, kaum war das Signal erklungen, auf schnellstem Wege zur Unterkunft rennen konnten. Alastair hatte einen Ausgangsschein bis Montag früh. Er brauchte kein Gepäck zu holen. Alles, was er benötigte, hatte er zu Hause. Sonia wartete draußen vor der Wachstube im Auto. Übers Wochenende fuhren sie nicht weg, sondern verbrachten es hauptsächlich im Bett in dem möblierten Haus, das sie in der Nähe gemietet hatten.

»Ich war heute am Maschinengewehr ganz gut«, sagte Alastair, »nur ein Fehler.«

»Du bist klug, Darling!«

»Und Sport habe ich geschwänzt!«

Auch damit hatten sie zehn Minuten früher aufgehört. Alles in allem ein sehr gelungener Vormittag. Nun konnte er sich auf anderthalb Tage in Abgeschiedenheit und Muße freuen.

»Ich bin in Woking einkaufen gewesen«, sagte Sonia, »hab uns was Tolles zu essen besorgt und alle Wochenzeitungen. Dort läuft übrigens ein Film, den wir uns ansehen könnten.«

»Ja, vielleicht«, sagte Alastair unschlüssig, »vermutlich wird es von Soldaten wimmeln, so ne –.«

»Darling, solche Ausdrücke hab ich noch nie gehört. Ich dachte immer, sie kommen nur gedruckt vor, in Romanen.«

Alastair nahm ein Bad und zog sich einen Tweedanzug an. (An Wochenenden ging er hauptsächlich deswegen nicht aus, weil er Zivilkleidung tragen wollte; deswegen und weil es draußen kalt war und überall Soldaten aufkreuzten.) Dann schenkte er sich einen Whisky Soda ein und sah Sonia beim Kochen zu. Es gab Spiegeleier, Würstchen und Speck sowie kalten Plumpudding. Nach dem Lunch zündete er sich eine dicke Zigarre an. Es fiel wieder Schnee, der sich rings um die metallgerahmten Fenster legte und die Sicht auf den Golfplatz nahm. Im Kamin brannte ein enormes Feuer, und zum Nachmittagstee gab es getoastete Crumpets.

»Wir haben noch diesen Abend und den ganzen morgigen Tag«, sagte Sonia. »Ist es nicht herrlich! Weiß du, Alastair, wir schaffen es anscheinend immer wieder, daß es uns gut geht, egal, wo wir gerade sind, stimmt's?«

Das war Februar 1940, in jenem seltsam heimeligen Mittelding zwischen Frieden und Krieg, als man jedes Wochenende zu Hause war und es viel zu essen und zu trinken und zu rauchen gab, als Frankreich fest an der Maginot-Linie stand und die Finnen fest in Finnland standen und alle sagten, was für ein schlimmer Winter es für die Deutschen sein mußte. In einer dieser Wochen wurde Sonia schwanger.

6

Wie Mr. Bentley vorausgesagt hatte, dauerte es nicht lange, und Ambrose fand sich als Mitarbeiter des Ministeriums für Information wieder. Er gehörte zu den Neuerungen, die die erste von zahlreichen Säuberungen mit sich gebracht hatte. Im Parlament waren Fragen über das Ministerium gestellt worden; die Presse, die sich ansonsten in soviel Zurückhaltung üben mußte, durfte sich nun allen Ärger vom Leibe schreiben. Verbesserungen wurden zugesagt, und nach einer Woche des Herummauschelns wurde die Umbildung bekanntgegeben. Sir Philip Hesketh-Smithers wurde an die Abteilung Volkstanz versetzt, Mr. Pauling an die Abteilung Holzschnitte und Webkunst, Mr. Digby-Smith bekam den Polarkreis; Mr. Bentley fand sich, nach einer chaotischen Woche, in der er den einen Tag einen Film über Briefträger, am nächsten Tag Zeitungsausschnitte über Istanbul archiviert und die übrige Woche die Personalkantine geleitet hatte, Mr. Bentley fand sich schließlich neben seinen Büsten wieder, zuständig für Schriftsteller. Dreißig oder vierzig Beamte wechselten dankbar in die Privatwirtschaft über, und vierzig oder fünfzig neue Männer und Frauen nahmen ihre Plätze ein. Darunter auch, ohne es selbst recht verstanden zu haben, Ambrose. Die Presse, obschon skeptisch, gratulierte der Öffentlichkeit dazu, daß sie eine staatliche Ordnung hatte, in der sich der Wille des Volkes so rasch Ausdruck verschaffen konnte. *Die Lehre, die wir aus dem Chaos im Informationsmi-*

nisterium ziehen (zweifellos waren es chaotische Verhältnisse), lautet nicht, daß solche Dinge in einer Demokratie eben passieren, sondern vielmehr, daß sie bereinigt werden können, stand da zu lesen. *Der Wind der demokratischen Kritik fegte klar und frisch durch die Abteilungen des Ministeriums. Die Vorwürfe wurden offen geäußert und offen beantwortet. Diese wunderbare Entwicklung mag unseren Feinden zu denken geben.*

Ambroses Stelle als einziger Sachbearbeiter für Atheismus in der Abteilung Religion war in dieser Phase des Krieges nicht sehr bedeutend. Er konnte, selbst wenn er gewollt hätte, in seinem Dienstzimmer keine Plastiken aufstellen. Er verfügte über einen einfachen Schreibtisch und einen einfachen Stuhl. Zimmer und Sekretärin teilte er sich mit einem jungen, fanatischen römisch-katholischen Laienpriester, der nicht müde wurde, auf die Diskrepanzen zwischen *Mein Kampf* und der Enzyklika *Quadragesimo Anno* hinzuweisen, einem milden freikirchlichen Pfarrer und einem anglikanischen Geistlichen, der als Nachfolger des Menschen mit dem Mahagoni-Beichtstuhl ins Ministerium gekommen war. »Wir müssen uns wieder an Genf orientieren«, sagte dieser Geistliche. »Die Nichtbeachtung des Lytton-Berichts war der erste Fehler.« Er argumentierte lange und sanft, der Römisch-Katholische argumentierte lange und heftig, während der Freikirchliche als verwirrter Unparteiischer dazwischen saß. Ambroses Aufgabe bestand darin, Atheisten in Großbritannien und in den Kolonien klarzumachen, daß die Faschisten im Grunde Agnostiker mit einer Spur von religiösem Aberglauben seien. Er beneidete seine Kollegen, auf deren Schreibtischen lange authentische Berichte über verbotene Sonntagsschulen, verfolgte Klöster und heidnisch-nordische Riten lagen. Seine Aufgabe war mühseliger. Er war für eine kleine und kritische Öffentlichkeit zuständig. Sobald er aber in dem Stapel ausländischer Zeitungen, die von Tisch zu Tisch gingen, etwas über die Situation der Kirche in Deutschland fand, gab er die Nachricht an die zwei, drei Zeitschriften weiter, die seine Sache vertraten. Er zählte, wie oft das Wort »Gott« in Hitlers Reden vorgekommen war, und fand, daß es eine stattliche Zahl war. Er schrieb einen bissigen kleinen Artikel, in dem er darlegte, daß der Antisemitismus religiösen Ursprungs war. Er tat sein Bestes, doch die Zeit wurde ihm lang, und je weiter der Winter vorrückte, desto öfter stellte er fest, daß er seinen boshaften Kollegen aus dem Weg ging und die menschlichere Gesellschaft von Mr. Bentley suchte.

Der Strom arbeitssuchender Talente, der sich in den ersten Wochen ins Ministerium gedrängt hatte, war zu einem Rinnsal verebbt. Der Pförtner wußte die Stellensuchenden zu erkennen und abzuwimmeln. Niemand war für die nächste Zeit an einer weiteren Umbildung interessiert. Mr. Bentleys Zimmer verwandelte sich in eine Enklave der Kultur inmitten einer barbarischen Welt. Hier wurde erstmals über den Elfenbeinturm gesprochen.

»Kunst um der Kunst willen, Geoffrey! Zurück zur Lilie und zur Lotusblüte, weg von diesen langweiligen jungen Immortellen, vom Löwenzahn, der auf dem Ödland hervorsprießt.«

»Eine Art neues *Yellow Book**«, meinte Mr. Bentley jovial.

Ambrose unterbrach seine Betrachtung von Mrs. Siddons und wandte sich jäh um: »Geoffrey! Wie kannst du nur so unfreundlich sein!«

»Mein lieber Ambrose ...«

»Genauso werden sie es bezeichnen.«

»Wer denn?«

»Parsnip«, sagte Ambrose gehässig, »Pimpernell, Poppet und Tom. Sie werden sagen, wir üben Verrat an der Sache der Arbeiter.«

»Ich wüßte nicht, daß ich je mitgemacht hätte«, sagte Mr.

* Illustrierte Vierteljahresschrift zur Literatur, ersch. 1894–97 (A. d. Ü.)

Bentley. »Ich behaupte, einer der wenigen noch lebenden Liberalen zu sein.«

»Wir haben uns von Nationalökonomen dominieren lassen!«

»*Ich* nicht.«

»Jahrelang haben wir es uns nicht gestattet, über etwas anderes als Betonmischer und Traktoren nachzudenken.«

»*Ich* nicht!« meinte Mr. Bentley verärgert. »Ich habe viel über Nollekens nachgedacht.«

»Also«, sagte Ambrose, »mir reicht's. *Il faut en finir*«, und dann, »*nous gagnerons parce que nous sommes le plus forts.*«

Später sagte er: »Ich bin nie in der Partei gewesen.«

»In welcher Partei?«

»Bei den Kommunisten. Ich war das, was sie in ihrem gräßlichen Jargon als Trittbrettfahrer bezeichnen.«

»Ah.«

»Geoffrey, sie machen die brutalsten Sachen mit Kommunisten, die aus der Partei austreten wollen, nicht?«

»Angeblich.«

»Geoffrey, was meinst du, ob sie das auch mit Trittbrettfahrern machen?«

»Ich glaub nicht.«

»Möglich wär's aber?«

»Ja, möglich wär's schon.«

»Ach du meine Güte!«

Später sagte er: »Weißt du, Geoffrey, selbst in faschistischen Ländern gibt es Untergrundorganisationen. Glaubst du, diese Untergrundorganisationen werden uns erwischen?«

»Wen denn?«

»Die Trittbrettfahrer.«

»Also wirklich, dieses Gerede über Trittbrettfahrer und den Untergrund ist doch lächerlich! Das klingt ja nach Leuten, die in der Untergrundbahn keinen Sitzplatz mehr bekommen haben.«

»Du hast gut lachen. Du bist ja nie einer gewesen.«

»Aber mein lieber Ambrose! Was sollten deine politischen Freunde denn dagegen haben, wenn du eine rein künstlerische Zeitschrift herausgibst?«

»Ich habe mal von einem Cellisten in Amerika gehört; er war in der Partei. Er folgte der Einladung, auf einer Festveranstaltung der Colonial Dames zu spielen. Das war zur Zeit der Scottsboro-Prozesse, als die Stimmung ziemlich gereizt war. Man band ihn an einen Laternenpfahl, kippte Teer über ihn und zündete ihn an.«

»Die Colonial Dames?«

»Nein, nein, die Kommunisten.«

Nach einer längeren Pause sagte er: »Aber Rußland hat große Schwierigkeiten in Finnland.«

»Ja.«

»Wenn man bloß wüßte, was passieren wird!«

Gedankenverloren kehrte er in die Abteilung Religion zurück.

»Das hier gehört mehr in Ihr Ressort als in das meine«, sagte der katholische Kollege und gab ihm einen Ausschnitt aus einer schweizerischen Zeitung.

Darin stand, daß an einem Requiem in Salzburg SA-Leute teilgenommen hätten. Ambrose heftete ihn an ein Stück Papier, auf das er »Kopien an: *Free Thought, Atheist Advertizer, Godless Sunday*« schrieb. Dann legte er es in den ERLEDIGT-Korb. Zwei Meter weiter weg saß der Freikirchliche und studierte Statistiken über die Beliebtheit von Biergärten in der NS-Beamtenschaft. Der anglikanische Vertreter versuchte, aus einem recht bruchstückhaften holländischen Artikel über Tierquälerei in Bremen schlau zu werden. Hier gibt es kein Fundament für einen Elfenbeinturm, dachte Ambrose, keine Wolke, die seine Spitze verhüllt, und seine Gedanken erhoben sich lerchengleich in einen Tempera-Himmel aus dem vierzehnten Jahrhundert, in einen Himmel mit flachen, leeren, blau-weißen Wolken, deren sonnendurchflutete Ecken mit Blattgold gefaßt waren; eine weite Höhe, mit Rasierschaum auf eine Tafel aus Lapislazuli aufgemalt; er stand auf der hohen Zuckerspitze eines neuen Turmbaus zu Babel, wie ein Muezzin, der seinen Ruf in eine Welt voller Kuppeln und Wolken schickt; zwischen ihm und den absurd kleinen Figuren tief unter ihm, die sich auf ihren gestreiften Gebetsteppichen hin- und herbewegten, lag klare Luft, in der Tauben und Schmetterlinge miteinander herumtollten.

7

Diejenigen, die auf Mrs. Sothills »Garden Party Only«-Liste standen, waren zumeist etwas ältere Leute, die früher in der Stadt oder im Ausland tätig gewesen waren, sich dann aber aus dem Berufsleben zurückgezogen und die kleineren Güter und größeren Pfarrhäuser aufgekauft hatten. Zu diesen Häusern, deren Besitzer einmal von der Pacht aus tausend Morgen Land und einem Dutzend Dörfern gelebt hatten, gehörten jetzt eine Koppel und ein ummauertes Gärtchen, und man lebte von Pensionen und Erspartem. Diese bescheidenen Landbesitzer wachten ausgesprochen ängstlich darüber, daß der ländliche Charakter der Gegend erhalten wurde. Magnaten wie Freddy waren durchaus bereit, abgelegene Grundstücke zwecks Erschließung zu verkaufen. Die G.P.O.-Liste dagegen litt und protestierte. Nicht eine dunkle Ecke konnte erweitert, nicht ein Baum konnte, zwecks Freilegung der Telefonleitung, beschnitten werden, ohne daß das in den sonnendurchfluteten Damensalons bemerkt und bedauert würde. Es waren gütige, umgängliche Menschen, ihre Familien, mit Bedacht klein gehalten, waren »draußen in der Welt« und kamen nur gelegentlich auf Besuch. Ihre

Töchter führten, mit eigener Wohnung und Arbeitsstelle in London, ihr eigenes Leben. Ihre Söhne hatten sich, in der Armee oder als Geschäftsleute, ebenfalls selbständig gemacht. Der Tribut des Kolonialreichs floß unmerklich in die agrarisch geprägte Provinz, Scheunen wurden zu Versammlungssälen ausgebaut, die Pfadfindergruppe bekam ein neues Großzelt und die Bezirkskrankenschwester ein Auto, aus den Kirchen entfernte man das alte Gestühl, die Emporen wurden abgerissen, das königliche Wappen und die Zehn Gebote hinter dem Altar wurden entfernt und durch blaue Damastbehänge ersetzt, die an den vier Ecken von goldenen Salisbury-Engeln getragen wurden; der Rasen wurde gemäht, gedüngt und vom Unkraut befreit, und auf den prächtigen Flächen wuchsen Pampasgras und Palmlilien. Behandschuhte Hände gruben jahraus, jahrein in den Steingärten, beschnitten die Blumenrabatten; auf den Tischen im Vestibül standen Messingschalen neben den Tabletts mit den Visitenkarten. Nun, mitten im tiefsten Winter, da dikkes Eis auf den Lilienteichen lag und die Küchengärten nachts mit Sackleinen abgedeckt wurden, fütterten diese guten Menschen die Vögel tatsächlich mit den Krumen vom Eßzimmertisch und kümmerten sich darum, daß von den alten Dörflern niemand ohne Kohle war.

Es war diese fremde Welt, die Basil auf den Seiten von Mrs. Sothills ledergebundenem Notizbuch entgegentrat. Er betrachtete sie, wie ein Viehdieb von den Bergen auf die fetten Weiden hinunterblicken mochte. So, wie Hannibals Infanterie von den schneebedeckten Gebirgszügen hinuntergeblickt hatte, als die ersten Elefanten die schmalen Holzstege, die in die lombardische Ebene weit unten führten, überqueren wollten und taumelnd und trompetend in die Tiefe stürzten.

Nach der erfolgreichen Aktion von North Grappling fuhr Basil in die nächste Stadt und spendierte Doris Unmengen von *fish and chips*. Anschließend lud er sie ins Kino ein und ließ sie, für die Dauer von zwei überaus sentimentalen Filmen, seine Hand feucht und fest umklammert halten. Dann fuhr er sie, die sich mittlerweile in einem Zustand entrückter Fügsamkeit befand, zurück nach Malfrey.

Im Auto fragte sie besorgt: »Blondinen mögen Sie nicht, stimmt's?«

»Doch, sehr sogar.«

»Mehr als Brünette?«

»Ich bin da nicht so festgelegt.«

»Man sagt, gleich und gleich gesellt sich gern. Aber *sie* ist doch dunkel.«

»Wer denn?«

»Die Frau, die Sie als Ihre Schwester bezeichnen.«

»Doris, du mußt dir das aus dem Kopf schlagen. Mrs. Sothill ist wirklich meine Schwester.«

»Sie sind aber nicht nett zu ihr.«

»Stimmt.«

»Dann mögen Sie Blondinen also doch«, sagte Doris traurig.

Am Tag darauf verschwand sie allein ins Dorf, kehrte geheimnisvoll mit einem Päckchen zurück und ließ sich den ganzen Vormittag nicht blicken. Kurz vor dem Lunch tauchte sie, den Kopf in ein Handtuch gehüllt, in der Orangerie auf.

»Ich wollte, daß Sie es sich mal ansehen«, sagte sie und präsentierte einen noch etwas feuchten Haarschopf, der teils blaßgelb war, teils sein ursprüngliches Schwarz behalten hatte und teils in allen dazwischenliegenden Tönen gesprenkelt war.

»Ach du liebes bißchen«, rief Barbara, »was hast du denn angestellt, Kind?«

Doris sah nur Basil an. »Gefällt es Ihnen? Heute nachmittag probier ich's nochmal.«

»Warum denn«, sagte Basil. »Ich würd's so lassen.«

»Gefällt's Ihnen?«

»Fabelhaft!«

»Nicht zu ungleichmäßig?«

»Ach wo!«

Wenn noch irgend etwas gefehlt hätte, das Bild des Schrekkens, das Doris' Äußeres bot, zu vervollständigen, die Aktion dieses Vormittags hätte es erreicht.

Basil studierte das Adreßbuch sorgfältig. »Bin gerade dabei, ein neues Heim für die Connollys zu finden«, sagte er.

»Basil, wir müssen etwas mit den Haaren dieses armen Kindes machen, bevor wir sie weitergeben.«

»Nichts da! Es steht ihr. Was weißt du eigentlich über die Graces vom Alten Pfarrhaus in Adderford?«

»Es ist ein hübsches Häuschen. Er ist Maler.«

»Bohemien?«

»Keine Spur. Sehr kultiviert. Malt Kinderporträts in Aquarell und Pastell.«

»Pastell? Klingt geeignet.«

»Sie ist wohl eher etwas zart.«

»Ausgezeichnet.«

Die Connollys blieben zwei Tage im Alten Pfarrhaus und brachten zwanzig Pfund ein.

8

London war wieder voll. Wer überstürzt abgereist war, kehrte zurück. Wer schon alles vorbereitet hatte, um nach dem ersten Luftangriff abzureisen, blieb. Margot Metroland schloß ihre Wohnung ab, zog ins ›Ritz‹, kehrte wieder nach Hause zurück, fand aber, daß es ihr im ›Ritz‹ doch besser gefiel, und schloß ihre Wohnung abermals ab, diesmal, ohne es zu wissen, für immer. Kein Bediensteter sollte die Fensterläden je wieder öffnen, sie blieben verschlossen, bis sie, gegen Ende des Jahres, bei einem Luftangriff auf die Curzon Street hinunterfielen. Die

Möbel waren noch immer mit Bettlaken abgedeckt, als sie in Stücke splitterten und verbrannten.

Sir Joseph Mainwaring wurde in eine Stellung voll Würde und Vertrauen berufen. Man sah ihn jetzt oft mit Generälen zusammen und zuweilen mit einem Admiral. »Unser wichtigstes Kriegsziel«, sagte er, »ist es, Italien aus dem Krieg herauszuhalten, so lange, bis es sich unserer Seite anschließen kann.« Zu Hause faßte er die Lage mit den Worten zusammen: »Man nimmt die Gasmaske mit ins Büro, aber nicht in den Club.«

Lady Seal hatte ihn nicht mehr wegen Basil behelligt. »Er ist in Malfrey, hilft Barbara bei den Evakuierten«, sagte sie. »Die Armee ist momentan überfüllt. Es wird alles viel einfacher sein, wenn wir die ersten Verluste verzeichnet haben.«

Sir Joseph nickte, doch im Grunde war er skeptisch. Es würde nicht viele Verluste geben. Warum auch! Neulich hatte er im ›Beefsteak‹ mit einem sehr interessanten Burschen gesprochen, der einen deutschen Professor kannte; dieser war inzwischen in England, im Außenministerium hielt man große Stücke auf ihn. Er meinte, fünfzig Millionen Deutsche seien bereit, schon morgen Frieden zu schließen, und zwar zu unseren Bedingungen. Man müsse halt bloß die Regierung stürzen. Sir Joseph hatte oft erlebt, daß Regierungen gestürzt worden waren. Zu Kriegszeiten war das ganz simpel – Asquith hatte man ziemlich leicht beseitigen können, und er war viel besser als sein Nachfolger Lloyd George. Dann hatte man Lloyd George gestürzt und dann Macdonald. Christopher Seal wußte, wie man es machte. Lebte er noch und wäre er Deutscher, er würde Hitler bald stürzen.

Poppet Green war in London bei ihren Freunden.

»Ambrose ist jetzt Faschist«, sagte sie.

»Nein, tatsächlich?«

»Er arbeitet im Informationsministerium für die Regierung, sie haben ihn bestochen, eine neue Zeitschrift herauszugeben.«

»Ist es denn eine faschistische Zeitschrift?«

»Und ob!«

»Ich hab gehört, sie soll *Der Elfenbeinturm* heißen.«

»Irgendwie ist das ja faschistisch!«

»Eskapistisch!«

»Trotzkistisch!«

»Ambrose hatte ja noch nie eine proletarische Sichtweise. Ich weiß gar nicht, warum wir uns mit ihm eingelassen haben. Parsnip hat immer gesagt ...«

Peter Pastmaster kam zu ›Bratt's‹. Er trug Uniform, auf der Schulterklappe den Namen eines Regiments, dem er früher nicht angehört hatte.

»Hallo! Warum kommst du denn in dieser Aufmachung an?«

Peter grinste, wie nur ein Soldat grinsen kann, der ein Geheimnis weiß. »Ooch, kein besonderer Grund.«

»Haben sie dich aus dem Regiment rausgeworfen?«

»Ich bin zeitweilig zu einer Sondereinheit abkommandiert worden.«

»Du bist heute schon der sechste, den ich in Verkleidung sehe!«

»Das ist ja der Zweck der Übung – Sicherheit, verstehst du?«

»Worum geht's denn?«

»Wirst schon rechtzeitig davon hören«, sagte Peter, unendlich überheblich. Sie gingen zur Bar.

»Guten Tag, Mylord«, sagte MacDougal, der Barkeeper. »Sie fahren also auch nach Finnland. Von unseren Gentlemen reist eine ganze Reihe heute abend ab.«

Angela Lyne befand sich wieder in London. Im Hospital war alles in Ordnung, ihr Sohn war auf seinem Internat, das bei Kriegsausbruch von der Ostküste mitten nach Dartmoor verlegt worden war. Sie befand sich an dem Ort, den sie ihr »Zuhause« nannte, und saß am Radio und hörte Nachrichten aus Deutschland.

Es war eine Etagenwohnung mit Bedienung, ebenso elegant und unverbindlich wie sie selbst, fünf geräumige Zimmer im obersten Stockwerk eines nagelneuen Gebäudes am Grosvenor Square. Während sie in Frankreich war, hatten die Maler dort noch gearbeitet. Der Stil war das, was in Modejournalen als Empire figuriert. Wäre der Krieg nicht ausgebrochen, dann hätte sie die Wohnung auch im August des folgenden Jahres neu herrichten lassen.

An diesem Vormittag war sie eine Stunde bei ihrem Börsenmakler gewesen, hatte präzise, umsichtige Anweisungen gegeben, was mit ihrem Vermögen geschehen solle. Sie hatte allein zu Mittag gegessen, dabei kontinentaleuropäische Sender gehört, und war anschließend allein in das Kino in der Curzon Street gegangen. Es dämmerte bereits, als sie aus dem Kino kam, und jetzt war es schon richtig dunkel draußen, hinter den schweren roten Vorhängen, die in zahlreichen Schlingen und Falten, versehen mit goldgewirkten Kordeln und goldgewirktem Saum, vor den neuen schwarzen Fensterläden hingen. Bald würde sie ausgehen, um mit Margot im ›Ritz‹ zu dinieren. Peter würde irgendwohin abreisen, und Margot wollte eine Abschiedsparty für ihn geben.

Sie mixte sich einen großen Cocktail. Hauptbestandteile waren Wodka und Calvados. Die Maler hatten auf dem pompejanischen Beistelltischchen einen elektrischen Mixer stehen lassen. Es war ihre Gewohnheit, in Wohnungen, in denen sie gearbeitet hatten, solche teuren Kleinigkeiten herumstehen zu lassen. Knauserige Kunden gaben sie zurück, die Unentschlosseneren hielten sie für Geschenke, für die sie sich nirgends bedankt hatten, nahmen sie in Gebrauch, ließen sie kaputtgehen und bezahlten sie ein Jahr später, wenn die Rechnung kam. Angela hatte für Haushaltgeräte etwas übrig. Sie schaltete den elektrischen Mixer ein und nahm den fertigen Drink mit ins Badezimmer, um das Glas langsam im Bad zu leeren.

Angela trank Cocktails nur, wenn sie allein war. Sie hatten etwas (freilich so Vages, daß niemand anders als sie es spürte), das an Kameradschaft und Fröhlichkeit erinnerte, eine unendlich leise Aufforderung zur Zwanglosigkeit, die womöglich von den Tagen der Prohibition herrührte, als Gin nicht mehr ordinär, sondern schick war, eine Aura von Verruchtheit, von etwas unseriösen Geschäften, eine Erinnerung an die Freunde ihres Vaters, die zuweilen die Gläser auf sie erhoben, an einen Schiffsreisenden, der einmal *à tes beaux yeux* zu ihr gesagt hatte. Also trank Angela, die menschlichen Kontakt nur zu ihren eigenen Bedingungen ertrug, ihre Cocktails nur, wenn sie allein war. In der letzten Zeit schien sie alle ihre Tage allein zu verbringen.

Der Badedampf schlug sich auf dem Glas zuerst als feiner Hauch, später in großen Wassertropfen nieder. Angela trank ihren Cocktail aus und spürte den Nebel in sich hochsteigen. Sie lag lange im Wasser, an kaum etwas denkend und, außer dem warmen Wasser ringsum und dem Alkohol in ihr, kaum etwas spürend. Sie ließ sich von ihrem Mädchen nebenan eine Zigarette bringen, die sie langsam aufrauchte, rief nach einem Aschenbecher und dann nach einem Handtuch. Augenblicklich war sie bereit, der Dunkelheit und der beißenden Kälte und Margot Metrolands Dinnerparty entgegenzutreten. Ein letzter prüfender Blick in den Spiegel zeigte ihr, daß die Mundwinkel anfingen, herabzusinken. Es war nicht das Schmollen der Enttäuschten, das sie bei so vielen ihrer Freundinnen sah; es war wie das Erschlaffen, das man zuweilen bei Todesmasken sieht, wenn der Mund starr wird und das Gesicht sich zu Linien zusammengezogen hat, die den am Bett Versammelten sagen, daß der Lebenswille erloschen ist.

Beim Dinner trank sie Mineralwasser und redete wie ein

Mann. Sie sagte, daß auf Frankreich kein Verlaß mehr sei, woraufhin Peter ihr vorwarf, sie rede »wie jemand von der Fünften Kolonne«, ein Ausdruck, der gerade in Mode kam. Dann gingen sie zu einem Ball ins ›Suivi‹. Sie tanzte und trank Mineralwasser und redete scharfzüngig wie ein sehr kluger Mann. Sie trug neue Ohrringe – ein Pfeil, die Spitze mit einem Rubin besetzt, der Schaft ein dünner Smaragdstab, der das Ohrläppchen zu durchbohren schien. Sie hatte die Ringe selbst entworfen und sie am Vormittag, nach ihrem Besuch beim Börsenmakler, abgeholt. Den Mädchen auf der Party fielen Angelas Ohrringe auf. Alles an ihrer Kleidung fiel ihnen auf. Sie war die bestangezogene Frau dort, was sie meistens war, egal wo sie auftauchte.

Sie blieb bis zum Schluß und kehrte dann allein zum Grosvenor Square zurück. Seit Kriegsausbruch wurde der Lift nach Mitternacht nicht mehr bedient. Sie schloß die Tür auf, drückte den Knopf für die oberste Etage und stieg zu der leeren, unkommunikativen Wohnung empor. Im Kamin war keine Asche, in der sie hätte herumstochern können. Stattdessen glühten in einem eleganten Stahlkorb ständig illuminierte Glaskohlen. Ob Winter oder Sommer, ob Tag oder Nacht, die Temperatur in den Zimmern blieb stets gleich. Angela mixte sich einen doppelten Whisky mit Wasser und schaltete das Radio ein.

Überall auf der Welt sprachen Stimmen, unermüdlich, in ihrer eigenen und in fremden Sprachen. Sie hörte zu und drehte am Knopf. Manchmal erwischte sie Musikfetzen, einmal ein Gebet. Dann holte sie sich noch einen Whisky mit Wasser.

Ihrem Dienstmädchen, das außer Haus wohnte, hatte sie gesagt, daß es nicht zu bleiben brauchte. Als es am nächsten Morgen kam, fand es Mrs. Lyne im Bett, aber wach vor. Die Sachen, die sie am Abend zuvor getragen hatte, waren sorgfältig aufgehängt, lagen nicht, wie früher manchmal, unordentlich auf dem

Teppich herum. »Heute werde ich nicht aufstehen, Grainger«, sagte sie, »bring mir das Radio und die Zeitungen.«

Später nahm sie ihr Bad, ging wieder ins Bett, nahm zwei Dial-Tabletten und schlief leicht, bis es Zeit war, die schwarzen Sperrholztafeln in die Fensterrahmen zu hängen und hinter den Samtvorhängen zu verstecken.

9

»Wie sieht's denn mit Mr. und Mrs. Prettyman-Partridge vom Malt House in Grantley Green aus?«

Basil suchte sich seine Angriffsziele in den äußersten Ecken des Einquartierungsbezirks Malfrey. Osten und Norden hatte er bereits erledigt. Grantley Green lag im Süden, wo Hügel und Täler allmählich in eine Ebene von Obstgärten und Gemüsefeldern ausliefen.

»Ich glaube, sie sind sehr alt«, sagte Barbara. »Ich kenne sie kaum. Neulich habe ich übrigens etwas über Mr. Prettyman-Partridge gehört. Weiß aber nicht mehr, was.«

»Nettes Haus? Schön eingerichtet?«

»Soweit ich mich erinnere, ja.«

»Feste Gewohnheiten? Haben sie's gerne ruhig?«

»Ich denk schon.«

»Prima.«

Basil beugte sich über die Landkarte, um die Straße nach Grantley Green, die er am nächsten Tag nehmen wollte, zu markieren.

Er fand ohne Mühe zu seinem Ziel. Malt House war im siebzehnten Jahrhundert eine Brauerei gewesen und später zu einem Privathaus umgebaut worden. Es hatte eine große, regelmäßige Fassade aus behauenem Stein, die direkt auf den Dorfanger blickte. Die Gardinen und das Porzellan im Fenster zeigten ihm, daß das Haus ›in guten Händen‹ war. Er freute sich, als er das Porzellan sah – große schwarze Wedgewood-Krüge, kostbar und empfindlich und zweifellos heiß geliebt. Als die Tür aufging, gab sie den Blick frei, durch das ganze Haus, auf einen weißen Rasen und eine schneebeladene Zeder.

Die Tür wurde von einem großen, gutaussehenden Mädchen geöffnet. Es hatte blonde Locken, eine helle Haut, große hellblaue Augen und einen breiten, scheuen Mund. Es trug Tweedrock und Wollpullover, wie für eine Landpartie, aber die weichen, gefütterten Stiefel deuteten darauf hin, daß sie den Vormittag im Haus verbracht hatte. Alles an diesem Mädchen war groß und weich und rund und weit. Ein Modegeschäft hätte sie nicht gerade als Mannequin eingestellt, aber sie war durchaus nicht fett. Eine kultiviertere Epoche hätte sie wohlproportioniert gefunden. Boucher hätte sie in blauen und rosafarbenen Gewändern gemalt, mit einem Schmetterling über dem weißrosafarbenen Busen.

»Miss Prettyman-Partridge?«

»Falsch. Sagen Sie bitte nicht, daß Sie was verkaufen wollen! Es ist furchtbar kalt draußen, und wenn ich Sie hereinbitte, dann muß ich es auch kaufen.«

»Ich möchte mit Mr. und Mrs. Prettyman-Partridge sprechen.«

»Sie leben nicht mehr. Der eine jedenfalls. Der andere hat uns letzten Sommer das Haus verkauft. Bitte, was wollen Sie denn noch? Ich möchte nicht unhöflich sein, aber wenn ich die Tür nicht gleich zumache, erfriere ich noch!«

Das also war es, was Barbara über Malt House gehört hatte. »Darf ich eintreten?«

Das wunderbare Mädchen seufzte und führte ihn in das Zimmer mit den Wedgwood-Krügen. »Sollen wir was kaufen oder etwas unterschreiben oder ist es bloß eine Geldsammlung? Im ersten und zweiten Fall kann ich Ihnen nicht helfen, weil mein

Mann bei der Yeomanry ist, aber wenn es um eine Sammlung geht – ich habe oben ein wenig Geld. Ich bin angewiesen worden, genausoviel zu geben wie Mrs. Andrews, die Doktorsfrau. Wenn Sie noch nicht bei ihr gewesen sind, dann kommen Sie später nochmal vorbei, wenn feststeht, wieviel sie gegeben hat.«

Alles in dem Zimmer war neu. Das heißt, es war neu gestrichen, die Teppiche und die Gardinen waren neu, und die Möbel waren neu arrangiert worden. Vor dem Kamin befand sich ein großes Sofa, auf dessen leinenbezogenen Kissen sich noch abzeichnete, daß diese wunderbare junge Frau dort geruht hatte, als Basil geläutet hatte. Er ahnte, daß die runde Vertiefung, wo ihre Hüfte gelegen hatte, noch warm wäre, und daß sie sich Kissen unter den Arm gestopft hatte. Das Buch, in dem sie gelesen hatte, lag auf dem kleinen Schafwollteppich davor. Basil konnte genau rekonstruieren, wo sie sich, mit der Trägheit der Jugendlichen, ausgestreckt hatte.

Das Mädchen schien in Basils prüfenden Blicken etwas Unverschämtes zu spüren. »Und überhaupt«, sagte sie, »warum sind Sie nicht in Uniform?«

»Kriegswichtiger Auftrag«, erwiderte er. »Ich bin der Einquartierungsbeauftragte des Bezirks. Ich suche ein geeignetes Heim für drei evakuierte Kinder.«

»Na, hoffentlich bezeichnen sie das hier nicht als geeignet! Ich bitte Sie! Ich kann nicht mal für Bills Schäferhund sorgen. Nicht mal für mich selbst kann ich halbwegs sorgen! Was soll ich dann mit drei Kindern hier?«

»Es sind drei sehr ungewöhnliche Kinder.«

»Das hab ich mir schon gedacht. Ich werde sie jedenfalls nicht nehmen. Gestern hat eine seltsame kleine Frau namens Harkness hier vorgesprochen. Ich finde wirklich, daß man in Kriegszeiten nicht so viele Besuche machen sollte, oder? Sie erzählte mir die haarsträubendsten Dinge über irgendwelche Kinder, die bei ihr einquartiert wurden. Sie mußten den Mann buchstäblich bestechen, buchstäblich mit Geld bestechen, um die Gören wieder loszuwerden.«

»Es handelt sich um die nämlichen Kinder.«

»Aber um Himmels willen, warum kommen Sie denn damit zu mir?«

Ihre großen Augen blendeten ihn wie Autoscheinwerfer ein Kaninchen. Es war ein prickelndes Gefühl. »Also, eigentlich wollte ich ja zu den Prettyman-Partridges ... Ich kenne ja nicht mal Ihren Namen!«

»Ihren kenne ich auch nicht.«

»Basil Seal.«

»Basil Seal?« Ihre Stimme klang plötzlich interessiert. »Wie komisch!«

»Wieso komisch?«

»Früher hab ich mal viel über Sie gehört. Waren Sie nicht mit einem Mädchen namens Mary Nichols befreundet?«

»Wie bitte?« Mary Nichols? Mary Nichols?

»Sie hat jedenfalls viel von Ihnen erzählt. Sie war viel älter als ich. Ich schwärmte von ihr, als ich sechzehn war. Sie haben sie auf einem Schiff kennengelernt, das aus Kopenhagen kam.«

»In Kopenhagen war ich allerdings.«

Das Mädchen sah ihn nunmehr aufmerksam, mit nicht ganz schmeichelhaftem Interesse an. »Sie also sind Basil Seal«, sagte sie, »nie hätte ich ...«

Vier Jahre zuvor, in Mary Nichols' elterlicher Wohnung in South Kensington, gab es im ersten Stock ein kleines Wohnzimmer, das Mary gehörte. Hierher lud Mary ihre Freundinnen zum Tee ein. Hierher war sie gekommen, Tag auf Tag, um vor dem Gaskamin zu hocken und Fullers' Walnußkuchen zu essen und sich die Einzelheiten von Marys Großem Erlebnis erzählen zu lassen. »Aber wirst du ihn denn nicht wiedersehen?« fragte sie. »Nein, es war etwas so Schönes, Vollkommenes« – seit ihrem Großen Erlebnis hatte Mary sich in die romantische Literatur versenkt – »ich möchte es nicht zerstören.« »Ich weiß nicht, ob er wirklich so gut zu dir paßt, Darling!« »Er ist so *völlig* anders. Du darfst nicht glauben, daß er einer dieser jungen Männer ist, denen man auf Bällen begegnet ...« Das Mädchen ging noch nicht auf Bälle, und Mary wußte das. Marys Erzählungen von den jungen Männern, die sie auf Bällen traf, waren sehr bewegend gewesen, aber nicht so bewegend wie diese Geschichte mit Basil Seal. Der Name hatte sich ihr eingeprägt.

Und Basil, der noch immer dastand, durchforschte sein Gedächtnis. Mary Nichols? Kopenhagen? Nein, da meldete sich nichts. Wie tröstlich, dachte er, daß eine gute Tat dem Wohltäter vergolten wird, wenn die Zeit gekommen ist. Man trifft ein Mädchen auf dem Schiff und raspelt Süßholz. Sie geht ihren Weg und er geht den seinen. Er vergißt die Sache; es gehen ja schon so viele Wohltaten auf sein Konto. Sie aber erinnert sich, und dann, eines Tages, wenn man am wenigsten damit rechnet, läßt das Schicksal die reife Frucht seines Lohnes ihm in den Schoß fallen, dieses wonnige Geschöpf, das ihn nichtsahnend im Malt House in Grantley Green erwartet.

»Wollen Sie mir nicht einen Drink anbieten – zur Erinnerung an Mary Nichols?«

»Ich glaube, wir haben gar nichts im Haus. Bill ist nicht da, wissen Sie. Unten im Keller hat er ein paar Flaschen Wein, aber die Tür ist verschlossen.«

»Wir würden sie bestimmt aufkriegen!«

»Oh, sowas tue ich nicht! Bill wäre sehr böse!«

»Naja, ich weiß nicht, ob er so begeistert wäre, bei seiner Heimkehr die Connollys anzutreffen, die gerade sein Haus in Stücke legen. Übrigens, Sie haben sie noch gar nicht gesehen. Sie sitzen draußen im Auto. Ich bring sie schnell mal rein!«

»Bitte nicht!« In diesen blauen Glupschaugen lag wirklich echte Besorgnis.

»Na schön, dann sehen Sie mal durchs Fenster nach draußen.«

Sie ging und sah hinaus. »Oh Gott!« rief das Mädchen. »Mrs. Harkness hatte gar nicht so unrecht. Ich dachte, sie hätte etwas dick aufgetragen.«

»Es hat sie dreißig Pfund gekostet, sie wieder loszuwerden.«

»Ich habe aber nicht so viel« – wieder diese Angst und dieses Flehen in ihren blauen Augen. »Bill gibt mir regelmäßig Haushaltsgeld. Es kommt monatlich. Es ist praktisch alles, was ich habe.«

»Sie können auch in Naturalien bezahlen.«

»Sie meinen den Sherry?«

»Ein Glas Sherry wär nicht schlecht«, sagte Basil.

Als sie daran gingen, die Kellertür mit dem Stemmeisen aufzubrechen, stand fest, daß dieses feurige Mädchen sich königlich amüsierte. Es war ein rührender kleiner Keller, die Schatzkammer eines kleinen Mannes. Sechs Flaschen Rheinwein, eine Kiste Port, ein, zwei Dutzend Flaschen Rotwein. »Das meiste davon Hochzeitsgeschenke«, sagte das Mädchen. Basil fand eine Flasche Sherry, und sie nahmen sie mit nach oben.

»Ich habe kein Dienstmädchen«, erklärte sie. »Einmal die Woche kommt eine Putzfrau.«

Sie fanden Gläser in der Speisekammer und einen Korkenzieher im Eßzimmer.

»Schmeckt er?« fragte sie besorgt, während Basil den Sherry probierte.

»Vorzüglich!«

»Bin ich aber froh! Bill versteht was von Wein. Ich nicht.«

Dann fingen sie an, über Bill zu sprechen, der dieses wunderbare Geschöpf im Juli geheiratet hatte, der in einem Architektenbüro in der Kreisstadt einen guten Job hatte, sich im August in Grantley Green niedergelassen hatte und im September als Kavallerist zur freiwilligen Kavallerie gegangen war ...

Zwei Stunden später verließ Basil das Malt House und ging zu seinem Wagen zurück. Es war ein Beweis für die bezwingende Kraft der Liebe, daß die Kinder noch auf ihren Plätzen saßen.

»Mein Gott, ham Sie aber lange gebraucht!« sagte Doris. »Wir sind schon halb erfroren. Steigen wir hier aus?«

»Nein.«

»Sollen wir dies Haus nicht kurz und klein schlagen?«

»Nein, Doris, dieses nicht. Ihr fahrt wieder mit mir zurück.«

Doris seufzte selig. »Ist mir egal, wie doll wir frieren. Wenn wir nur mit Ihnen zurückfahren können«, sagte sie.

Barbara machte ein langes Gesicht, als sie die Kinder abermals im Junggesellenflügel vorfand. »Oh Basil!« sagte sie, »du enttäuschst mich!«

»Halb so schlimm! Die Prettyman-Partridges sind tot!«

»Ich wußte ja, irgendwas war mit ihnen. Du bist aber lange weggewesen!«

»Ich habe eine Bekannte getroffen. Zumindest die Bekannte einer Bekannten. Ein sehr nettes Mädchen. Du solltest dich mal um sie kümmern!«

»Wie heißt sie denn?«

»Komisch, weiß ich gar nicht. Aber ihr Mann heißt Bill. Er ist als Kavallerist in Freddys Regiment eingetreten.«

»Und von wem ist sie eine Bekannte?«

»Von Mary Nichols.«

»Nie von ihr gehört.«

»Alte Bekannte von mir. Ehrlich, Babs, du wirst dieses Mädchen bestimmt mögen!«

»Dann lad sie doch mal zum Essen ein!« Barbara war nicht sehr begeistert. Sie hatte zu viele von Basils Freundinnen kennengelernt.

»Hab ich schon. Das Problem ist, daß sie kein Auto hat. Macht es dir was aus, wenn ich sie abhole?«

»Darling, wir haben einfach kein Benzin.«

»Wir können doch die Sonderzuteilung nehmen.«

»Darling, das geht nicht! Es hat mit Einquartierung doch nichts zu tun.«

»Ob du's glaubst oder nicht, Babs, es hat!«

10

Die Kälte ließ nach, der Schnee schmolz; Colony Bog, Bagshot Heath, Cobham Common und all die kleinen Vielecke aus Stechginster und Gestrüpp, die zwischen den Landstraßen von Surrey lagen, Streifen fruchtbaren Landes, die auf den Wegweisern als W. D.* bezeichnet und auf den Landkarten als numerierte Truppenübungsplätze eingezeichnet waren, tauchten aus ihrer kurzen Phase der Anmut wieder auf.

»Wir können mit den taktischen Übungen weitermachen«, sagte der Bataillonskommandeur.

Drei Wochen lang wurde an den Manöverplänen für Züge und Kompanien gearbeitet. Hauptmann Mayfield verbrachte seine Freizeit damit, sich auszudenken, wie die paar Morgen abgelegenen, sumpfigen Geländes, die ihm zur Verfügung standen, in ein Schlachtfeld verwandelt werden konnten. Für die Soldaten unterschieden sich diese Pläne nur in bezug auf die Entfernung zwischen Truppenübungsplatz und Camp und in bezug auf die Entfernung, die vor der Feuereinstellung zurückgelegt werden mußte. Dann fuhren der Kommandeur und sein Adjutant, mit Landkarten bewaffnet, drei Tage lang in einem Humber Snipe herum. »Wir führen ein Bataillonsmanöver

* War Department, Heeresverwaltung (A. d. Ü.)

durch«, sagte Hauptmann Mayfield. Den Soldaten war es völlig egal. »Es ist unsere erste Bataillonsübung. Es ist unerläßlich, daß alle Mann jederzeit im Bilde sind.«

Allmählich lernte Alastair die neuen Sprachen. Da war die simple Ausdrucksweise, die immer gleichen Obszönitäten, die er von seinen Kameraden hörte. Dann war da auch die Sprache, in der die Offiziere von Zeit zu Zeit mit ihm redeten. Als Hauptmann Mayfield ihn das erste Mal fragte: »Sind Sie im Bild, Trumpington?« hatte er das so verstanden, ob er deutlich zu sehen sei. Da hatte er, bis zu den Knien im Wasser, in einem Graben gelegen; er hatte, auf Anregung von Mr. Smallwood, seinem Zugführer, den Stahlhelm mit Zweigen dekoriert. »Nein, Sir!« hatte er kühn geantwortet.

Hauptmann Mayfield war über das Geständnis offenbar erfreut gewesen. »Setzen Sie die Männer ins Bild, Smallwood!« hatte er gesagt, woraufhin ihnen eine langweilige und nicht sehr überzeugende Geschichte über die unprovozierte Aggression Südlands gegen Nordland (das das Genfer Giftgasprotokoll nicht unterzeichnet hatte) erzählt worden war, über Bereitschaftsbatterien, Panzerfahrzeuge und Verteidigungslinien.

Alastair lernte auch, daß alle Übungen in einem ›Durcheinander‹ endeten, was nicht ›Gemetzel‹ bedeutete, wie er befürchtete, sondern eine kurzfristige Wiederherstellung der individuellen Bewegungsfreiheit – jeder würde nach Lust und Laune herumlaufen, während Mr. Smallwood auf seiner Trillerpfeife blasen und Hauptmann Mayfield rufen würde: »Mr. Smallwood, würden Sie gefälligst dafür sorgen, daß Ihr Zug hier verschwindet und auf der Straße antritt!«

Am Tage der Bataillonsübung marschierten sie als Bataillon aus dem Camp. Alastair war als Granatwerferbedienung in Mr. Smallwoods Zug eingeteilt. Über seine Chancen wurde heftig diskutiert. Im Augenblick gab es keine Granatwerfer, weshalb er eine leichte und einfach zu bedienende Holzattrappe erhielt, die auf seinem Tornister festgebunden wurde und ihm auch das Tragen eines Gewehrs ersparte. Noch war es eine Sinekure, doch der Tag würde kommen (man nannte es: ›wenn wir 1098 hinter uns haben‹), an dem sein Los schlimmer wäre als das der Schützen. Zwei andere Männer hatten sich vorschnell als PAK-Schützen gemeldet, denn entgegen allen Erwartungen waren Panzerabwehrkanonen plötzlich doch noch eingetroffen. Einer dieser Männer hatte sich am Abend vor dem Manöver vorsorglich krank gemeldet, der andere wurde danach krank.

Wasserflaschen wurden gefüllt, Verpflegungsrationen in Eßgeschirren verstaut, und infolge der obstinaten Haltung Nordlands in Genf mußten Gasmasken getragen werden. So wurde aufgebrochen, und nach zehn Minuten Marschierens ohne Tritt fing man an, Lieder zu singen – »Roll out the Barrel«, »We'll hang out the Washing on the Siegfried Line« und »The Quartermaster's Store«. Dann erging Befehl, in Kampfordnung zu marschieren. Alle wußten, was das bedeutete; es hieß, am Straßengraben entlangzustolpern. Das Singen wurde eingestellt, und der Mann mit der PAK fluchte unablässig. Dann wurde der Befehl »Gasangriff!« gegeben, die Gasmasken wurden aufgesetzt, und der Mann mit der PAK litt stumm.

»Gasangriff vorbei. Gasmasken noch nicht in die Tornister packen, laßt sie noch 'ne Minute draußen, damit sie trocken werden können.«

Sie marschierten etwa acht Meilen und bogen dann von der Hauptstraße in einen Seitenweg ein und hielten schließlich an. Es war jetzt elf Uhr.

»Dies hier ist der Bataillonssammelplatz«, verkündete Hauptmann Mayfield. »Der Kommandeur ist soeben mit dem Spähtrupp vorausgegangen, um das Gelände zu erkunden.«

Es war, als riefe er einer Gruppe von Pilgern zu: »Dies hier ist der Vatikan. Der Heilige Vater hat soeben die Sixtinische Kapelle betreten!«

»Es wird alles viel interessanter«, sagte Mr. Smallwood wie um Entschuldigung bittend, »wenn ihr euch darum bemüht, zu verstehen, was hier passiert. Ja, raucht ruhig weiter!«

Die Männer ließen sich am Straßengraben nieder und holten ihre Marschverpflegung hervor.

»Hört mal«, sagte Mr. Smallwood, »mittags wird doch Essenspause gemacht!« Sie aßen, die meisten schweigend.

»Der Bataillonskommandeur wird bald seine O-Gruppe zu sich rufen«, gab Hauptmann Mayfield bekannt.

Wenig später tauchte ein Meldeläufer auf, weniger laufend als gemächlich gehend, und holte Hauptmann Mayfield ab.

»Der Bataillonskommandeur hat also seine O-Gruppe kommen lassen«, sagte Mr. Smallwood. »Ab sofort führt Hauptmann Brown das Kommando.«

Hauptmann Brown rief: »Der Bataillonskommandeur hat seine Befehle erteilt. Er ist gerade im Begriff, den vorgeschobenen Bataillonsgefechtsstand zu etablieren. Die Kompaniechefs erkunden das Gelände. Bald werden auch sie ihre O-Gruppen kommen lassen.«

»Weiß gar nicht, was wir hier eigentlich sollen«, sagte der Mann mit der PAK.

Eine Dreiviertelstunde verging, dann traf eine Ordonnanz mit einer schriftlichen Meldung für Hauptmann Brown ein. Er sagte zu den drei Zugführern: »Sie vereinigen sich mit dem Kompaniechef beim dritten ›E‹ in ›Bee Garden‹! Ich werde die Kompanie zum ›B‹ in ›Bee‹ führen.«

Mr. Smallwood, die Ordonnanz und sein Bursche verließen den Gefechtsstand und steuerten unsicher auf das Unterholz zu.

»Herr Feldwebel, lassen Sie die Kompanie antreten!«

Hauptmann Brown war nicht ganz glücklich über seine Position; sie trabten hinter ihm her, quer über die Wiese. Mehrere Male hielten sie an, während Hauptmann Brown sorgenvoll die Karte studierte. Schließlich sagte er: »Dies hier ist die Kompaniesammelstelle. Der Kompaniechef wird jetzt seiner Gruppe die Befehle erteilen.«

In diesem Moment, gerade als die Männer sich hinsetzen wollten, erschien Hauptmann Mayfield. »Verdammt nochmal, wo sind die Zugführer?« fragte er. »Und was hat die Kompanie hier verloren? Ich habe gesagt, bei ›B‹ in ›Bee‹, dies hier ist ›E‹ in ›Garden‹!« Es folgte eine Diskussion, von der Alastair kein Wort mitbekam, außer gelegentlich ein »Flaksperrgürtel«, »Wegkreuzung« und immer wieder ein »Tja, die Karte stimmt nicht«. Hauptmann Brown schien sich durchzusetzen. Jedenfalls machte sich Hauptmann Mayfield auf die Suche nach seiner O-Gruppe und überließ die Kompanie sich selbst.

Eine halbe Stunde verging. Hauptmann Brown sah sich gezwungen, eine Erklärung für die Verzögerung abzugeben. »Die Zugführer machen sich mit dem Gelände vertraut«, sagte er.

Bald darauf traf der Bataillonskommandeur ein. »Seid ihr die C-Kompanie?« fragte er.

»Jawoll, Herr Oberst!«

»Na und, was gibt's denn? Ihr hättet schon längst am Startpunkt sein müssen!« Da es offensichtlich zwecklos war, Hauptmann Brown deswegen anzugreifen, sagte er, in einer Art und Weise, die Hauptmann Brown zu fürchten gelernt hatte: »Ich muß Ihre Posten wohl übersehen haben. Also, wie sieht Ihre Verteidigung aus, setzen Sie mich mal ins Bild, ja?«

»Also, wir haben hier gerade haltgemacht, Sir ...«

Der Bataillonskommandeur nahm Hauptmann Brown beiseite.

»Jetzt kriegt er 'n Anpfiff«, sagte der PAK-Mann. Es war das erste Mal an diesem Tag, daß er Befriedigung verspürte.

Hauptmann Brown, etwas mitgenommen aussehend, kehrte zurück und begann fieberhaft, Flieger- und Gasposten aufzustellen. Während er noch mitten dabei war, kamen die Ordonnanzen zurück, um die Züge zu den Sammelstellen zu bringen.

Alastair rückte mit dem Zug eine weitere halbe Meile vor. Dann wurde haltgemacht. Mr. Smallwood tauchte auf und versammelte die Abschnittskommandeure um sich. Auch der Bataillonskommandeur war anwesend und hörte sich Mr. Smallwoods Anweisungen an. Als alle Befehle ausgegeben waren, sagte er: »Den Truppenverbandsplatz haben Sie ja wohl nicht erwähnt, Smallwood, stimmt's?«

»Jawoll, Sir! Truppenverbandsplatz! Ich fürchte, Sir, ich weiß nicht, wo er liegt!«

Der Oberst ging mit Mr. Smallwood außer Hörweite.

»Jetzt kriegt *er* 'n Anpfiff«, sagte der PAK-Mann grinsend.

Die Abschnittskommandeure kehrten zu ihren Leuten zurück. Mr. Smallwoods Anweisungen waren außerordentlich detailliert gewesen. Startlinie, Stunde Null, Grenzen, Operationsziele, Unterstützungsfeuer.

»Folgendermaßen«, sagte Unteroffizier Deacon, »die sind dort drüben, wir sind hier. Dann gehen wir aufeinander los!«

Eine weitere halbe Stunde verging. Hauptmann Mayfield tauchte auf. »Verdammt nochmal, Smallwood, Sie hätten schon längst da oben auf dem Hügel sein sollen!«

»Ach so«, sagte Mr. Smallwood, »'tschuldigung! Los, Leute! Vorwärts!«

Der Zug sammelte seine Sachen ein und schleppte sich den gegenüberliegenden Hang hoch. Major Bush, der stellvertretende Bataillonskommandeur, tauchte vor ihnen auf. In heller Begeisterung schossen sie ihre Übungspatronen auf ihn ab. »Volltreffer!« schrie der Mann neben Alastair.

»Ihr liegt unter schwerem Feuer«, sagte der Major. »Die meisten von euch hat's erwischt!«

»Ihn selbst hat's ja schon erwischt.«

»Na, Smallwood, was wollen Sie jetzt machen?«

»In Deckung gehen, Sir!«

»Dann geht gefälligst in Deckung!«

»In Deckung!« befahl Mr. Smallwood.

»Und was wollen Sie jetzt machen?«

Mr. Smallwood sah sich verzweifelt nach einer Idee um. »Rauch ersticken, Sir!«

»Na los, dann lassen Sie den Rauch ersticken!«

»Rauch ersticken!« sagte Mr. Smallwood zu Alastair.

Der Major machte sich wieder auf den Weg, um den an ihrer Flanke liegenden Zug ebenfalls zu verwirren.

»Los, Jungs!« rief Mr. Smallwood. »Irgendwann müssen wir ja doch auf diese blödsinnige Anhöhe. Warum also nicht jetzt gleich!«

Es war näher, als es aussah; in zwanzig Minuten waren sie oben, und auf der Kuppe herrschte ein einziges Durcheinander. Nach und nach tauchte aus unterschiedlichen Richtungen das ganze Bataillon auf. Die C-Kompanie mußte sich sammeln, antreten und durfte dann wieder wegtreten, um Essenspause zu machen. Niemand hatte noch etwas zu essen übrig, und so legten sich alle auf den Rücken und rauchten.

Auf dem Rückmarsch sagte der Bataillonskommandeur: »Nicht schlecht für einen ersten Versuch.«

»Nein, Herr Oberst, nicht schlecht.«

»Nicht ganz auf Zack, die Jungs!«

»Bißchen schwer von Kapee.«

»Smallwood war etwas lahm.«

»Er war überhaupt nicht auf Zack!«

»Naja, wir haben wohl einiges gelernt. Die Leute waren interessiert. Das konnte man ja sehen.«

Es war schon dunkel, als das Bataillon im Camp eintraf. Sie marschierten an der salutierenden Wache vorbei, teilten sich kompanieweise auf und machten auf dem Exerzierplatz halt.

»Vor dem Essen Gewehrreinigen!« rief Hauptmann Mayfield. »Leergut wird von den Zugführern eingesammelt. Fußinspektion zugweise!« Dann ließ er die Männer wegtreten.

Alastair hatte gerade noch Zeit, sich zur Telefonzelle zu stehlen und Sonia Bescheid zu sagen, ehe Mr. Mayfield erschien und mit Hilfe einer Taschenlampe die Füße inspizierte. Alastair zog sich frische Socken an, schob seine Stiefel unter die Matratze und zog sich Schuhe an. Dann war er fertig. Sonia wartete draußen vor der Wachstube im Auto auf ihn. »Darling, du riechst so verschwitzt!« sagte sie. »Was habt ihr denn gemacht?«

»Ich habe Rauch erstickt«, sagte Alastair stolz. »Der Vormarsch konnte erst weitergehen, nachdem ich den Rauch erstickt hatte.«

»Darling, du bist wirklich toll! Zum Dinner gibt es Steak and Kidney Pudding aus Dosenfleisch.«

Nach dem Dinner machte Alastair es sich in einem Sessel bequem. »Ich will nicht einschlafen«, sagte er, »ich muß Mitternacht wieder zurück sein.«

»Ich werd dich wecken.«

»Ob es in einer wirklichen Schlacht auch so zugeht?« fragte Alastair noch, ehe er eindöste.

Die Abreise von Peter Pastmaster fand nicht statt. Er trug wieder seine frühere Uniform und kehrte zu seinen früheren Gewohnheiten zurück. Sein Regiment war in einer Londoner Kaserne einquartiert. Seine Mutter wohnte noch immer im ›Ritz‹, und die meisten seiner Freunde waren noch immer an der Bar von ›Bratt's‹ anzutreffen. Da er nun über reichlich Zeit verfügte und da sein Einsatz, der vor ein paar Tagen noch unmittelbar bevorzustehen schien, dann aber doch verschoben worden war, als Möglichkeit immer in Betracht gezogen werden mußte, regten sich plötzlich dynastische Gefühle in Peter. Er war dreiunddreißig. Jeden Tag konnte es ihn erwischen.

»Mutter«, sagte er, »was meinst du, soll ich heiraten?«

»Wen denn?«

»Irgendwen halt.«

»Wie kann man denn sagen, daß man irgendwen heiraten soll?«

»Mütterchen, mach mir's nicht so schwer. Ich meine: angenommen, ich werde getötet.«

»Dann hätte das arme Ding ja auch nicht viel davon«, sagte Margot.

»Ich meine, ich würde gern einen Sohn haben.«

»Na schön, dann heirate halt. Kennst du irgendwelche Mädchen?«

»Nein.«

»Ich eigentlich auch nicht. Ich glaube, die zweite Tochter von Emma Granchester ist sehr hübsch – versuch's doch mal mit ihr. Wahrscheinlich gibt's noch viele andere. Ich werde mich mal umhören.«

Und so begann Peter, zuerst noch etwas schüchtern, da es ungewohnt für ihn war, eine Reihe sehr junger und sehr heiratsfähiger Mädchen auszuführen; rasch gewann er an Selbstvertrauen; es war kinderleicht. Bald gab es ein Dutzend Mütter, die so altmodisch waren, daß sie bei der Aussicht, in ihrem Schwiegersohn all die viktorianischen Tugenden eines alten Titels, eines neuen Vermögens und einer prächtigen blauen Uniform vereint zu finden, freudige Erregung verspürten.

»Peter«, sagte Margot eines Tages zu ihm, »siehst du neben deinen Debütantinnen manchmal auch deine alten Bekannten? Was ist eigentlich aus Angela geworden? Ich habe sie soo lange nicht mehr gesehen!«

»Ich glaube, sie ist wieder aufs Land gezogen.«

»Doch nicht mit Basil?!«

»Nein, nicht mit Basil.«

Angela wohnte aber noch immer in der Mansarde am Grosvenor Square. In den Etagen unter ihr, bis hinab zum Parterre, gingen reiche Männer und Frauen ihren Geschäften nach;

ganz unten wurden die Kellerräume als Luftschutzraum ausgebaut. Angela verließ ihre Wohnung nur selten, ein-, zweimal die Woche, um ins Kino zu gehen, und sie ging immer allein aus. Sie hatte sich angewöhnt, eine Brille mit getönten Gläsern zu tragen, drinnen wie draußen. Sie trug sie in dem gedämpften, indirekten Licht ihres Salons, während sie dasaß, neben sich das Radio und die Karaffe mit dem Glas. Sie trug sie, wenn sie sich im Spiegel betrachtete. Nur Grainger, ihr Mädchen, wußte, was mit Mrs. Lyne los war, und sie sah nur die oberste Schicht. Grainger wußte, wieviel leere und volle Flaschen in der kleinen Speisekammer standen, sie sah Mrs. Lynes Gesicht, wenn allmorgendlich die Verdunkelung abgehängt wurde (inzwischen mußte Mrs. Lyne nicht mehr geweckt werden; ihre Augen waren immer geöffnet, wenn das Mädchen sie wecken kam; manchmal war Mrs. Lyne schon aufgestanden und saß in ihrem Sessel, manchmal lag sie im Bett und wartete, vor sich hinstarrend, auf das Gewecktwerden.) Sie wußte von den Menüs, die vom Restaurant geliefert wurden und nur allzuoft unangerührt wieder zurückgingen. Dies alles war Grainger bekannt, und da sie ein dumpfes, verständiges Mädchen war, behielt sie es für sich; da sie ein dumpfes, verständiges Mädchen war, blieb ihr erspart zu wissen, was in Mrs. Lyne vorging.

Bald verschwand der Schnee, und mit ihm schmolzen die Winterwochen dahin; und sogleich kehrten die Schwalben, der Kriegsgefahren nicht achtend, zu ihren alten Nistplätzen zurück.

DRITTES KAPITEL

Frühling

I

Zwei Ereignisse ließen Basil nach London zurückkehren. Erstens wurde die Yeomanry wieder aufs Land verlegt. Freddy rief Barbara an:

»Gute Nachricht«, sagte er, »wir kommen nach Hause.«

»Wie schön«, sagte Barbara, und ihre gute Laune sank ein wenig. »Wann denn?«

»Ich treffe morgen ein. Ich bringe Cathcart mit. Er ist jetzt unser stellvertretender Kommandeur. Wir errichten ein Camp. In dieser Zeit werden wir in Malfrey wohnen.«

»Wunderbar«, sagte Barbara.

»Wir bringen unsere Burschen mit, werden also, was das betrifft, unabhängig sein. Ein paar Feldwebel werden dabei sein, Benson kann sich ja um sie kümmern. Und hör mal, Barbara, was würdest du sagen, wenn wir das Camp im Park errichten würden?«

»Um Gottes willen, Freddy, bloß nicht!«

»Wir könnten den Salon wieder aufmachen und als Kasino herrichten. Ich könnte zu Hause wohnen. Du würdest dann zwar den alten Oberst Sproggin unterbringen müssen und wohl auch Cathcart, aber das würde dir doch nichts ausmachen, wie?«

»Bitte, Freddy, triff keine vorschnellen Entscheidungen!«

»Tja, ich habe mich praktisch schon entschieden. Also dann, bis morgen! Ach, ist Basil eigentlich noch bei dir?«

»Ja.«

»Ich kann mir nicht vorstellen, daß er sich mit Cathcart besonders gut versteht. Könntest du ihm nicht einen zarten Wink geben?«

Barbara legte traurig auf und traf dann die Vorbereitungen zum Empfang von Freddy und Major Cathcart.

Basil war in Grantley Green. Nach dem Dinner fuhr er zurück nach Malfrey und stellte fest, daß Barbara noch auf war.

»Darling, du mußt abreisen!«

»Ja, woher weißt du das?«

»Freddy kommt zurück.«

»Ach der! Freddy ist mir doch egal! *Bill* kommt nach Hause!«

»Und was sagt sie?«

»Ob du's glaubst oder nicht, sie ist ganz aus dem Häuschen!«

»Undankbares Biest!« sagte Barbara, und nach einer Weile: »Das Buch hast du auch nicht geschrieben!«

»Nein, aber wir hatten eine herrliche Zeit, Babs, stimmt's? Ganz wie früher.«

»Ich nehme an, du brauchst Geld.«

»Geld kann ich immer gebrauchen, aber zufälligerweise bin ich gerade ziemlich reich.«

»Wie kommt's?«

»Einfach so. Bevor ich abfahre, werde ich dir erzählen, was ich vorhabe. Ich werde dich von den Connollys wieder erlösen. In den letzten Wochen habe ich mich nicht viel um sie gekümmert.«

Das führte zum zweiten entscheidenden Ereignis.

Auf dem Weg nach und von Grantley Green war Basil ein hübsches, stuckverziertes Haus mit Koppel und Garten aufgefallen, das für die Connollys genau das Richtige zu sein schien. Er hatte sich bei Barbara danach erkundigt, aber sie konnte ihm nichts sagen. Basil wurde langsam etwas nachlässig, und da er sich seiner Methoden inzwischen sicher war, stellte er keine speziellen Recherchen an, ehe er seine Opfer aussuchte. Er entschied sich für das Stuckhaus, und am nächsten Tag packte er die Connollys in das Auto und fuhr los, um die Sache zu erledigen.

Es war zehn Uhr morgens, doch der Hausbesitzer saß noch am Frühstückstisch. Irgendwie sah er anders aus als der Typus, mit dem Basil bislang zu tun gehabt hatte. Er war jünger als die Leute auf der G. P. O.-Liste. Ein steifes Bein, merkwürdig schief ausgestreckt, erklärte, warum er keine Uniform trug. Wie er Basil später erklärte, hatte er bei einem Motorradrennen einen Unfall erlitten. Er hatte rotblondes Haar, einen rotblonden Schnurrbart und boshafte Schweinsäuglein. Sein Name war Mr. Todhunter.

Er aß Nierchen und Eier und Würstchen und Speck und ein übergares Kotelett. Die Teekanne stand auf dem Kamineinsatz. Er sah aus wie eine Zeichnung von Leach für ein Buch von Surtees.

»Also«, sagte er vorsichtig, aber freundlich. »Ich habe von Ihnen gehört. Sie sind der Bruder von Mrs. Sothill in Malfrey. Mrs. Sothill selbst kenne ich nicht, aber ich weiß alles über sie. Hauptmann Sothill kenne ich auch nicht, aber ich habe von ihm gehört. Was kann ich für Sie tun?«

»Ich bin der Einquartierungsbeauftragte für diesen Bezirk«, sagte Basil.

»Ach wirklich? Interessant, Sie kennenzulernen! Fahren Sie fort, es stört Sie bestimmt nicht, wenn ich weiteresse.«

Basil, der sich ein wenig unsicherer fühlte als sonst, leierte seine mittlerweile stereotypen Einleitungsfloskeln herunter: »... immer schwerer geworden, Unterkünfte zu finden, vor allem, seit die Luftabwehrbatterie nach South Grappling verlegt worden ist und die Leute in den Bauernhäusern dort einquartiert worden sind ... dem Rückstrom in die Städte muß unbedingt Einhalt geboten werden ... schlecht, wenn der Eindruck entsteht, daß sich die bessergestellten Familien um ihren Teil drücken ... natürliche Abneigung, Zwangsmaßnahmen zu ergreifen, aber erforderlichenfalls wird man nicht umhin können ... drei Kinder, etwas schwierige Fälle ...«

Mr. Todhunter beendete sein Frühstück, stand mit dem Rükken gegen den Kamin und stopfte sich die Pfeife. »Und was, wenn ich Ihre etwas schwierigen Fälle nicht haben will«, sagte er, »was, wenn ich lieber Strafe zahle?«

Basil begann mit dem zweiten Teil seiner Ansprache.

». . . staatliche Beihilfe reicht kaum für das Essen . . . wirklich schwierige Situation für arme Familien . . . Arme schätzen ihre Hausgötter mehr als Reiche . . . könnte man vielleicht eine Bauernfamilie finden, die ein paar extra Pfund als höchst willkommenes Einkommen betrachten würde . . .«

Mr. Todhunter hatte ihm schweigend zugehört. Endlich sagte er: »So machen Sie's also! Vielen Dank. Das war sehr aufschlußreich, wirklich sehr aufschlußreich! Besonders das mit den Hausgöttern!«

Basil wurde klar, daß er es mit einem Burschen von weitreichender und nicht ungefährlicher Seelenverwandtschaft zu tun hatte. Mit seinesgleichen. »In gebildeteren Kreisen sage ich immer Lares et Penates.«

»Hausgötter ist schon gut. Hausgötter ist wirklich sehr gut! Was nehmen Sie denn meistens so ein?«

»Fünf Pfund war das Minimum, fünfunddreißig Pfund das Maximum bislang.«

»Bislang? Wollen Sie in dieser Branche noch länger weitermachen?«

»Warum denn nicht?«

»Ach so. Na, dann werde ich Ihnen mal was sagen. Wissen Sie, wer der Einquartierungsbeauftragte für diesen Bezirk ist? Ich. Mrs. Sothills Bezirk hört an der Hauptstraße auf. Sobald Sie den Bahnübergang überqueren, betreten Sie mein Territorium. Also, was haben Sie zu Ihrer Erklärung vorzubringen?«

»Wollen Sie damit sagen, daß Grantley Green Ihnen gehört?«

»Genau.«

»Ist ja komisch!«

»Wieso komisch?«

»Kann ich Ihnen nicht sagen«, erwiderte Basil, »aber es ist wirklich rasend komisch.«

»Ich bitte Sie also, sich in Zukunft an Ihre Straßenseite zu halten. Nicht, daß ich für Ihren Besuch undankbar wäre. Ich habe ein paar interessante Ideen gewonnen. Ich hatte schon immer den Eindruck, daß man in diesem Geschäft irgendwie zu Geld kommen könnte, doch bislang war mir nie recht klar, wie. Jetzt weiß ich es. Ich werde mich an die Hausgötter erinnern.«

»Sekunde mal«, sagte Basil. »Ganz so einfach ist es nun auch wieder nicht. Es kommt ja nicht nur darauf an, die richtige Idee zu haben. Sie müssen auch die Connollys haben. Sie verstehen es nicht, und ich verstehe es nicht, aber es ist einfach so, daß etliche, ansonsten vernünftige Menschen durchaus bereit sind, Kinder zu sich zu nehmen. Sie mögen Kinder. Es vermittelt ihnen ein Gefühl von Tugendhaftigkeit; sie haben es gern, wenn die Kinderfüßchen im Haus umhertrippeln. Ich weiß, es klingt verrückt, aber es stimmt. Ich habe es immer wieder erlebt.«

»Ich auch«, sagte Mr. Todhunter. »Es ist völlig unsinnig, aber es ist eine Tatsache – sie machen sie zu ihren Hausgöttern.«

»Die Connollys sind allerdings etwas ganz Besonderes. Niemand wäre imstande, Hausgötter aus ihnen zu machen. Kommen Sie mal und sehen Sie sich an!«

Er und Mr. Todhunter traten hinaus auf den Kiesweg vor dem Haus, wo Basil das Auto geparkt hatte.

»Doris«, sagte er, »komm raus und sag Mr. Todhunter mal guten Tag. Bring Micky und Marlene auch mit!«

Die drei schrecklichen Kinder reihten sich zur Inspektion auf.

»Nimm das Kopftuch ab, Doris! Zeig ihm dein Haar!«

Gegen seinen Willen konnte Mr. Todhunter nicht verbergen, daß er zutiefst bewegt war. »Ja«, sagte er, »ich gebe mich geschlagen. Sie sind wirklich was Besonderes. Wenn es keine unverschämte Frage ist: wieviel haben Sie für sie gezahlt?«

»Ich habe sie umsonst bekommen. Aber ich habe seitdem eine Menge Geld in sie gesteckt, Imbißstuben und Kinos.«

»Wie haben Sie denn ihr Haar so hingekriegt?«

»Das hat sie selbst gemacht«, sagte Basil, »umsonst.«

»Sie sind tatsächlich etwas Besonderes«, wiederholte Mr. Todhunter ehrfürchtig.

»Das ist ja noch gar nichts! Sie sollten sie mal in Aktion sehen!«

»Ich kann's mir schon vorstellen«, sagte Mr. Todhunter. »Na schön, was wollen Sie für sie haben?«

»Fünf Pfund pro Nase – das ist billig, weil ich mich sowieso mit dem Gedanken trage, aus dem Geschäft auszusteigen.«

Mr. Todhunter war jemand, der nicht noch feilschte, wenn er etwas Gutes erblickte. »Abgemacht!« sagte er.

Basil wandte sich an die Connollys. »Also, Kinder, dies hier ist euer neues Hauptquartier.«

»Sollen wir's auf den Kopf stellen?« fragte Doris.

»Das liegt an Mr. Todhunter. Ich übergebe euch jetzt an ihn. In Zukunft werdet ihr für ihn arbeiten!«

»Werden wir nie mehr bei Ihnen wohnen?« fragte Doris.

»Nie mehr, Doris! Aber paß auf, du wirst Mr. Todhunter genauso gern haben. Er sieht gut aus, oder?«

»Nicht so gut wie Sie.«

»Nein, vielleicht nicht. Aber er hat einen fabelhaften kleinen roten Schnurrbart, stimmt's?«

»Ja, es ist ein fabelhafter Schnurrbart«, gab Doris zu. Kritisch sah sie von ihrem alten zu ihrem neuen Herrn. »Aber er ist kleiner als Sie!«

»Verdammtnochmal«, sagte Basil ungehalten, »weißt du nicht, daß Krieg ist? Wir alle müssen Opfer bringen. Viele kleine Mädchen wären dankbar, wenn sie bei Todhunter unterkommen könnten. Sie mal, was für einen schönen roten Kopf er hat!«

»Stimmt, er ist wirklich rot!«

Mr. Todhunter war der Vergleiche überdrüssig und humpelte ins Haus, um sein Scheckbuch zu holen.

»Könnten wir sein Haus nicht mal auf den Kopf stellen, nur ein bißchen?« fragte Micky sehnsüchtig.

»Tja, warum eigentlich nicht, nur ein bißchen.«

»Mister«, sagte Doris, den Tränen nahe, »küssen Sie mich, bevor sie gehen!«

»Nein. Mr. Todhunter würde das nicht gern sehen. Er ist furchtbar eifersüchtig.«

»Tatsache?« rief sie und strahlte wieder. »Ich liebe eifersüchtige Männer!«

Als Basil losfuhr, waren ihre leidenschaftlichen, flüchtigen Gefühle bereits eindeutig auf ihren neuen Gastgeber gerichtet. Marlene hatte sich während des ganzen Gesprächs passiv verhalten. Sie besaß nur wenige Talente, die Ärmste, und selbst die durfte sie nur bei seltenen Anlässen unter Beweis stellen. »Darf ich hier nicht kotzen, Doris? Nur einmal?«

»Hier nicht, Herzchen. Warte, bis der Herr dich einquartiert hat.«

»Dauert das noch lange?«

»Nein«, sagte Mr. Todhunter fest, »nicht mehr lange.«

Und so zog die Geißel von Malfrey in südlicher Richtung in das Gebiet der Obst- und Gemüsezüchter, und überall im Park von Malfrey, in unregelmäßigen Abständen unter den hohen Ulmen, wurden Zelte errichtet, und die Yeomanry-Offiziere machten das Grinling-Gibbons-Zimmer zu ihrem Kasino, und bei Barbara im Haus logierten Oberst Sproggin und Major Cathcart, und Freddy verdiente sich mit diesem Arrangement ein hübsches Sümmchen, und Bill verbrachte zahlreiche glückselige Stunden im Malt House in Grantley Green (die Erklärung für das, was mit der Kellertür passiert war, stellte ihn durchaus zufrieden). Und Basil kehrte nach London zurück.

2

Er beschloß, seiner Mutter einen seiner seltenen und meist sehr kurzen Besuche abzustatten. Er fand sie vielbeschäftigt und in optimistischer Stimmung vor; sie gehörte einem halben Dutzend Wohltätigkeitskomitees an, die sich dem Wohlergehen der Soldaten verschrieben hatten, und traf sich regelmäßig mit ihren Freundinnen. Die Niederlage Finnlands hatte sie schockiert, doch betrachtete sie den Umstand, daß Rußland endlich sein wahres Gesicht gezeigt hatte, als Entschädigung. Sie hieß Basil willkommen, hörte sich an, was er von Barbara erzählte, und berichtete ihm das Neueste von Tony. »Irgendwann möchte ich mich mal ein bißchen mit dir unterhalten«, sagte sie, nachdem sie eine halbe Stunde miteinander geplaudert hatten.

Wäre Basil mit den Euphemismen seiner Mutter nicht vertraut gewesen, dann hätte er sich sagen müssen, daß diese kleine Unterhaltung ja gerade stattgefunden hatte. Doch er wußte, was »sich ein bißchen unterhalten« bedeutete; es bedeutete eine Diskussion über seine ›Zukunft‹.

»Hast du für heute abend schon was vor?«

»Nein, Mutter, noch nicht.«

»Dann werden wir hier essen, nur wir beide.«

Und nach dem Abendessen sagte sie: »Basil, ich hätte nie gedacht, daß ich dir das sagen müßte. Natürlich freue ich mich, daß du Barbara bei den Evakuierten hast helfen können, aber jetzt, wo du wieder in London bist, muß ich dir sagen, daß das in meinen Augen keine Tätigkeit für einen *Mann* ist. In Zeiten wie diesen solltest du kämpfen!«

»Aber Mutter, soviel ich weiß, wird zur Zeit gar nicht so viel gekämpft!«

»Red dich nicht raus, mein Lieber, du weißt, was ich meine.«

»Naja, ich habe mit diesem Oberst gesprochen, als du mich darum batest.«

»Ja, Sir Joseph hat mir davon erzählt. In den Garderegimentern wollen sie nur ganz junge Offiziere haben. Aber er sagt, daß es viele andere Regimenter gibt, die eine viel bessere Karriere ermöglichen. General Gordon war bei den Pionieren, und ich glaube, eine ganze Reihe von Generälen in diesem Krieg hat bei der Artillerie angefangen. Ich möchte nicht, daß du bloß in London herumtrödelst wie dein Freund Peter Pastmaster. Er scheint ja seine ganze Zeit mit Mädchen zu verbringen. Emma Granchester, diese Gans, glaubt ernsthaft, daß er was für Molly ist; dasselbe glauben Etty Flintshire und die arme Mrs. Van Antrobus in bezug auf ihre Töchter. Ich weiß nicht, was sie sich dabei denken. Ich habe seinen armen Vater gekannt, Margot hat ihm das Leben zur Hölle gemacht. Das war natürlich lange bevor sie Metroland heiratete – das heißt, bevor er den Namen Metroland bekam. Nein«, sagte Lady Seal, sich abrupt aus dem Fluß der Erinnerungen herausreißend, »ich möchte, daß du etwas Wichtiges tust. Sir Joseph hat mir auch schon eines der Formulare für Offiziersanwärter besorgt. Es geht um das Ersatzheer. Ehe du zu Bett gehst, möchte ich, daß du es unterschreibst. Dann werden wir schon zusehen, daß es an die richtige Stelle gelangt. Ich bin sicher, daß jetzt alles viel einfacher ist, seit man diesen gräßlichen Mr. Belisha abgesetzt hat.«

»Aber weißt du, Mutter, ich bin nicht sicher, ob mir das so gefällt, Leutnant zu sein.«

»Glaub ich dir«, sagte Lady Seal resolut, »und wenn du gleich nach der Universität zur Armee gegangen wärst, dann wärst du jetzt Major. Zu Kriegszeiten wird schneller befördert, wegen der vielen Verluste. Wenn du erst mal dabei bist, werden sie dich bestimmt gut verwenden können. Aber du mußt irgendwo anfangen. Ich weiß noch, Lord Kitchener hat mir einmal gesagt, daß selbst er als Leutnant angefangen hat.«

Basil spürte abermals die Gefahr, daß er in eine Karriere hineingedrängt werden sollte. »Keine Sorge!‹ sagte Peter. »Aus dem Ersatzheer wird niemand übernommen.« Trotzdem war Basil beunruhigt. Er hatte ein tiefsitzendes Mißtrauen vor amtlichen Formularen. Er hatte das Gefühl, daß er jeden Augenblick telegraphisch aufgefordert werden konnte, sich irgendwo in einer entlegenen Kaserne zu melden, wo er, wie dieser Mr. Smallwood von Alastair, den Krieg damit verbringen würde, dreißig Milizleuten das Kriegshandwerk beizubringen. Nicht umsonst hatte er den Krieg als *die* Gelegenheit für einen Nichtsnutz begrüßt. Drei Tage überlegte er hin und her, und dann beschloß er, im Kriegsministerium vorzusprechen.

Dabei verfolgte er keine besondere Absicht, sondern ging eher von der Vorstellung aus, daß sich irgendwo in dieser großen Organisation schon eine Gans fände, die ihm die Eier legen würde. In den ersten Tagen des Krieges, als er die Behörden für eine Annektierung Liberias gewinnen wollte, hatte er mehr als einmal versucht, sich dort ein Entree zu verschaffen. Vielleicht, sagte er sich jetzt, hatte er sich ja zu sehr ins Zeug gelegt. Der Chef des Königlichen Generalstabs war ein vielbeschäftigter Mann. Diesmal würde er bescheidener auftreten.

Der Menschenstrom, der sich Anfang September durch die Eingangshalle des Gebäudes gewälzt hatte, war offenbar kaum schwächer geworden. Eine ähnliche (vielleicht sogar dieselbe, überlegte er) Menge von Offizieren aller Ränge versuchte, eingelassen zu werden. Unter ihnen entdeckte er nur einen Zivilisten, an den er sich von seinem Besuch im Informationsministerium her erinnerte.

»Hallo«, sagte er, »noch immer mit Bomben unterwegs?«

Der kleine Verrückte mit dem Koffer begrüßte ihn überaus freundlich. »Sie nehmen einfach keine Notiz von mir. Es ist ein höchst unzulängliches Amt«, sagte er. »Sie lassen mich einfach nicht rein. Dabei hat mich das Marineministerium hergeschickt!«

»Haben Sie's mal im Luftwaffenministerium probiert?«

»Ich bitte Sie, Verehrtester, die waren es doch, die mich ins Informationsministerium geschickt haben! Ich hab's überall probiert! Im Informationsministerium waren sie aber ausgesprochen manierlich, muß ich schon sagen! Nicht so wie hier! Dort hatte man nie so viel zu tun, als daß man mich nicht empfangen hätte. Die Sache war bloß, ich bin irgendwie nicht weitergekommen!«

»Na los«, sagte Basil, »wir kommen schon rein!«

Veteranen der Aschanti- und Zulu-Feldzüge bewachten den Eingang. Basil beobachtete, wie sie einen General aufhielten. »Wenn Sie bitte ein Formular ausfüllen wollen, Herr General, einer der Jungs wird sie begleiten.« Leuten in Uniform waren sie gewachsen, aber Basil und der Koffermann waren eine ungewissere Größe. Ein General war eben nur ein General, ein Zivilist konnte alles sein.

»Ihre Ausweise bitte!«

»Schon gut, Sergeant«, sagte Basil, »ich bürge für diesen Herrn.«

»In Ordnung, aber wer sind Sie?«

»Sie sollten es inzwischen wissen. M.I.13. In meiner Abteilung haben wir keine Ausweise, und unsere Namen geben wir auch nicht an!«

»Sehr wohl, Sir! 'zeihung. Wissen Sie, wo's langgeht? Oder soll ich Ihnen einen Jungen mitgeben?«

»Natürlich kenne ich den Weg«, sagte Basil scharf, »und Sie sollten sich diesen Herrn hier genau ansehen. Er wird seinen Namen nicht angeben und auch keinen Ausweis vorzeigen, aber Sie werden ihn wohl noch oft hier sehen!«

»Jawoll!«

Die beiden Zivilisten arbeiteten sich durch die Masse von Uniformierten zur Ruhe der dahinterliegenden Korridore.

»Muß mich wirklich sehr bedanken!« sagte der Mann mit dem Koffer. »Und wohin gehe ich jetzt?«

»Das ganze Haus steht Ihnen offen«, sagte Basil. »Lassen Sie sich Zeit, gehen Sie, wohin Sie wollen! An Ihrer Stelle würde ich wohl beim Militärbischof anfangen.«

»Und wo finde ich den?«

»Dort oben«, sagte Basil vage. »Dort oben und dann immer geradeaus!«

Das Männlein dankte ihm feierlich, trabte dann, mit dem unregelmäßigen Schritt der Verrückten, den Gang entlang und verschwand schließlich hinter der Treppenbiegung. Da Basil sich durch diesen Akt der Nächstenliebe nicht weiter kompromittieren wollte, schlug er die entgegengesetzte Richtung ein. Eine großartige Perspektive bot sich seinem Blick: ein Korridor mit zwanzig oder mehr verschlossenen Türen, von denen jede einzelne zu Wohlstand und Abenteuer führen konnte. Gemächlich, aber zielstrebig schlenderte er den Gang hinunter; so, dachte er, würde ein bedeutender Agent gehen, der eine Verabredung einzuhalten hatte. So war bestimmt auch Soapy Sponge auf der Zuschauergalerie von Jawleyford Court gegangen.

Es war eine Perspektive voller Potential, die aber im Augenblick eher schmucklos wirkte – eine Perspektive von Linoleum und dunklen Wänden. Licht fiel nur am anderen Ende herein, so daß man eine näherkommende Figur nur als undeutliche Silhouette sah. Jetzt näherte sich eine Figur, und erst als sie nur noch wenige Meter von Basil entfernt war, erkannte er, daß es sich dabei um den Zierat handelte, den die strenge Architektur verlangte: ein Mädchen mit dem Rangabzeichen eines Gefreiten am Ärmel – mit einem Antlitz von klarer, himmlischer Einfalt, die tief an Basils Herz rührte. Das klassische Bild mag nüchterne Wirklichkeit gewesen sein, so schnell und lautlos und durchdringend traf der Pfeil der Lust. Basil machte kehrt und lief hinter dem Gefreiten her, den Linoleumkorridor entlang, der ihm zeitweilig so heiter erschien wie der Teppich eines Kinos oder Theaters.

Die Frau führte ihn einen langen Weg entlang. Von Zeit zu Zeit blieb sie stehen, um mit Passanten ein paar Worte zu wechseln, wobei sie jedem Dienstgrad, vom General bis zum einfachen Boten, mit der gleichen Herzlichkeit begegnete. Sie war in dieser Gegend zweifellos sehr populär. Schließlich öffnete sie eine Tür mit der Aufschrift ADDIS, Basil immer hinterher. In diesem Zimmer befand sich ein weiterer – männlicher – Gefreiter.

Dieser Gefreite saß hinter einer Schreibmaschine. Er hatte ein weißes, pickliges Gesicht, trug eine große Brille, und im Mundwinkel klebte eine Zigarette. Er sah nicht auf. Der weibliche Gefreite lächelte und sagte: »Jetzt wissen Sie also, wo ich zu Hause bin. Schauen Sie mal vorbei, wenn Sie in der Nähe sind!«

»Was ist denn ADDIS?« fragte Basil.

»Das ist Oberst Plum!«

»Und wer ist Oberst Plum?«

»Er ist ein richtiges Lamm. Wenn Sie wollen, können Sie ja mal durchsehen. Er sitzt dort drin.« Sie nickte zu einer Glastür mit der Aufschrift EINTRITT VERBOTEN.

»Assistant Deputy Director Internal Security«, sagte der Gefreite, ohne von seiner Schreibmaschine aufzublicken.

»Ich glaube, ich würde gerne in diesem Büro arbeiten.«

»Tja, das sagen sie alle. Als ich in der Abteilung Pensionen arbeitete, war es genauso.«

»Ich könnte doch *seinen* Job übernehmen!«

»Von mir aus!« sagte der männliche Gefreite säuerlich. »Verdächtige, Verdächtige, den ganzen Tag nichts als Verdächtige, alle mit ausländischen Namen, und nie wird einer erschossen!«

Eine laute Stimme von jenseits der Glastür fiel in das Gespräch ein. »Susie, du Schlampe, komm mal rüber!«

»Das ist er, das Schätzchen! Sehen Sie mal rein, solange die Tür offensteht. Er hat so einen süßen kleinen Schnurrbart!«

Basil lugte um die Ecke und bekam ein hageres, soldatisches

Gesicht zu sehen und, wie Susie gesagt hatte, einen süßen kleinen Schnurrbart.

»Wer ist denn das, verdammtnochmal?«

»Keine Ahnung«, sagte Susie unbekümmert. »Er ist mir einfach hinterhergelaufen.«

»Heda, Sie!« rief der Oberst. »Wer sind Sie und was wollen Sie hier?«

»Also«, sagte Basil, »was der Gefreite gesagt hat, stimmt völlig. Ich bin ihr hinterhergelaufen. Aber da ich schon mal hier bin, kann ich Ihnen gleich ein paar wertvolle Informationen geben.«

»Wenn Sie das wirklich können, sind Sie einmalig in dieser Aufmachung! Worum handelt es sich denn?«

Bislang hatte Basil das Wort »Oberst« immer mit einem dieser ältlichen Gärtnertypen auf Barbaras G.P.O.-Liste assoziiert. Dieser eindrucksvolle Mann seines Alters war etwas ganz anderes. Das war ein zweiter Todhunter. Was konnte er ihm schon erzählen, das als wertvolle Information gelten könnte?

»Kann ich vor dem Gefreiten ganz offen reden?« fragte er, um Zeit zu gewinnen.

»Selbstverständlich! Sie versteht kein Wort in keiner einzigen Sprache!«

Da kam ihm der rettende Einfall: »Im Kriegsministerium läuft ein Verrückter frei herum«, sagte Basil.

»Na und?! Von denen gibt's doch Hunderte! Ist das alles, was Sie mir sagen wollten?«

»Er hat einen Koffer voller Bomben.«

»Naja, hoffentlich findet er zur Abteilung Geheimdienst durch. Sie wissen wohl nicht zufällig, wie er heißt? Nein? Also, Susie, dann fertige eine Karteikarte für ihn aus, mit Seriennummer, und leg sie unter ›Verdächtige‹ ab. Wenn seine Bomben losgehen, wissen wir, wo er ist. Wenn nicht, ist es auch egal. Diese Burschen fügen sich selbst meistens mehr Schaden zu als anderen. Und jetzt troll dich, Susie, und mach die Tür zu, ich möchte mich mit Mr. Seal unterhalten.«

Basil war baff. Als sich die Tür geschlossen hatte, sagte er: »Kennen wir uns?«

»Und ob! Djibouti 1936, St. Jean-de-Luz 1937, Prag 1938. Sie werden sich an mich nicht erinnern. Damals bin ich nicht in dieser Aufmachung herumgelaufen.«

»Waren Sie Journalist?«

Basil erinnerte sich vage an ein unauffälliges, verschwiegenes Gesicht, das von Zeit zu Zeit unter hundert anderen unauffälligen, verschwiegenen Gesichtern in seiner Bude aufgetaucht war. In den vergangenen zehn Jahren hatte er es geschafft, sich, unter dem einen oder anderen Vorwand, am Rande der zeitgenössischen Geschichte zu bewegen. In jener Halbwelt gab es zahlreiche finstere Figuren, deren Wege sich immer wieder kreuzten, allgegenwärtige Männer und Frauen im Troß der Diplomaten und Journalisten; Basil erinnerte sich schwach, unter diesen Schatten auch Oberst Plum gesehen zu haben.

»Manchmal. Wir haben uns einmal in der ›Bar Basque‹ betrunken, in der Nacht, als Sie sich mit dem United-Press-Korrespondenten prügelten.«

»Soweit ich mich erinnere, hat er gewonnen.«

»Allerdings. Ich habe Sie ins Hotel zurückgebracht. Was machen Sie denn jetzt, abgesehen davon, daß Sie Susie nachstellen?«

»Ich habe an Gegenspionage gedacht.«

»Tja«, meinte Oberst Plum, »die meisten, die hierher kommen, scheinen daran gedacht zu haben. Holla ...«, sagte er, als eine dumpfe Detonation den Raum unmerklich erschütterte, »das klingt ja, als hätte Ihr Mann mit seinen Bomben Erfolg gehabt. Jedenfalls war es ein direkter Tip. In dem Job wären Sie bestimmt nicht schlechter als jeder andere.«

Hier war sie also, die Szene, die Basil so oft geprobt hatte, die

Szene aus den Abenteuerbüchern seiner Kindheit, später geringfügig verändert, auf den neuesten Stand gebracht. Hier war der hagere Lehrmeister, der seine Karriere mit den Worten »Eines Tages wird sein Vaterland ihn rufen …« verfolgt hatte.

»Wer sind Ihre Kontaktleute?«

Seine Kontaktleute? Alastair Digby-Vane-Trumpington, Angela Lyne, Margot Metroland, Peter Pastmaster, Barbara, die Braut in Grantley Green, Mr. Todhunter, Poppet Green – *Poppet Green*, ja, sie war sein Opfer.

»Ich kenne ein paar sehr gefährliche Kommunisten«, sagte Basil.

»Vielleicht haben wir sie ja schon in unserer Kartei. Wir werden gleich mal nachsehen. Um Kommunisten kümmern wir uns momentan nicht besonders. Die Politiker fassen sie aus irgendeinem Grund mit Samthandschuhen an. Aber wir beobachten sie, so nebenher natürlich. Für Kommunisten kann ich Ihnen nicht viel zahlen!«

»Eigentlich«, sagte Basil würdevoll, »bin ich gekommen, um meinem Vaterland zu dienen. Auf Geld lege ich keinen gesteigerten Wert.«

»Wie bitte? Was wollen Sie denn dann? Susie können Sie nicht bekommen. Um sie dem alten Knacker auszuspannen, der für Pensionen zuständig ist, habe ich schwer kämpfen müssen.«

»Darüber können wir uns später noch streiten. Am dringendsten brauche ich im Moment eine Uniform.«

»Du meine Güte! Warum denn?«

»Meine Mutter will, daß ich Leutnant werde.«

Oberst Plum akzeptierte diese etwas überraschende Erklärung mit offenkundigem Verständnis. »Ja«, sagte er. »Es spricht viel für eine Uniform. Zum einen müssen Sie mich dann mit ›Sir‹ anreden, und wenn Sie irgendwelche komischen Sachen mit dem weiblichen Personal machen, kann ich Disziplinarmaßnahmen ergreifen. Zum anderen ist es die beste Verkleidung für einen Geheimdienstler. Von einem Soldaten erwartet man nie, daß er sich ernsthaft für den Krieg interessiert. Ich glaube, ich werde das schon deichseln können.«

»Welchen Rang werde ich denn haben?«

»Leutnant, im Regiment Crosse and Blackwell.«

»Crosse and Blackwell?«

»Allgemeine Verwendung.«

»Also, haben Sie denn nichts Besseres?«

»Nicht für Kommunistenjäger. Liefern Sie mir einen Faschisten, und ich werde zusehen, daß ich einen Hauptmann der Marineinfanterie aus Ihnen machen kann.« In diesem Moment klingelte das Telefon. »Ja, hier ADDIS ... ja, die Bombe ... doch, doch, wir sind im Bilde ... der Militärbischof? Das ist aber wirklich bös ... ach, bloß der stellvertretende Militärbischof, und er wird sich bald erholen? Also, wozu denn das ganze Theater? ... Doch, wir in dieser Abteilung wissen alles über diesen Mann. Wir haben ihn schon lange in unserer Kartei. Es ist ein Geistesgestörter, G wie geistesgestört, E wie Egon, geistesgestört, genau! ... Nein, ich möchte ihn nicht sehen. Lochen Sie ihn ein! In diesem Gebäude wird es doch wohl ein paar Gummizellen geben!«

Die Nachricht von dem versuchten Attentat auf den Militärbischof erreichte das Informationsministerium, Abteilung Religion, am Spätnachmittag, gerade als man sich anschickte, Feierabend zu machen. Sie löste hektische Aktivität aus.

»Also wirklich«, sagte Ambrose verdrießlich, »für euch ist es ein Mordsspaß. Aber ich muß es dem Chefredakteur von *The Godless Sunday at Home* erklären, und das wird peinlich.«

Lady Seal war zutiefst erschüttert.

»Der Ärmste«, sagte sie, »er soll ja gar keine Augenbrauen mehr haben! Es waren bestimmt die Russen.«

3

Zum dritten Mal seit seiner Rückkehr nach London versuchte Basil, Angela ans Telefon zu bekommen. Er hörte das Besetztzeichen, fünf-, sechs-, siebenmal, dann legte er auf. Noch immer unterwegs, dachte er. Ich hätte ihr gerne meine Uniform gezeigt.

Angela zählte die Klingelzeichen, fünf, sechs, sieben. Dann war es wieder still in der Wohnung; still, abgesehen von der Radiostimme: ». . . feiger Versuch, der das Gewissen der zivilisierten Welt wachgerüttelt hat. Noch immer treffen im Büro des Militärbischofs Sympathieadressen von kirchlichen Würdenträgern aus vier Kontinenten ein . . .«

Sie stellte den deutschen Sender ein; eine schnarrende, verächtliche Stimme sprach von »Churchills Versuch, durch das Attentat auf den Militärbischof ein zweites *Athenia* herbeizuführen.«

Sie stellte Frankreich ein; ein Schriftsteller berichtete über seine Eindrücke von der Maginot-Linie. Angela nahm die Flasche, die neben ihrem Ellbogen stand, und füllte ihr Glas. Ihr Mißtrauen gegenüber Frankreich wurde allmählich zwanghaft, es ließ sie nachts nicht schlafen und verfolgte sie in ihren Tagträumen, langen, weitschweifigen Träumen, hervorgerufen von Barbituraten, Träumen, die nichts Phantastisches oder Überraschendes hatten, außerordentlich realen, monotonen Träumen, die, wie das Erwachen, nichts Angenehmes versprachen. Sie redete jetzt oft mit sich selbst, so allein war sie. So sprachen einsame alte Frauen, die auf der Straße vorübergingen, Lumpentüten in der Hand, sich immer wieder hinhockend und ihre Lumpen inspizierend. Angela war wie eine alte Frau, die vor einer Haustür hockt und die Lumpenausbeute des Tages durchstöbernd vor sich hin redet. Sie hatte diese alten Frauen oft gesehen und gehört, am Ende eines Tages, in den Seitenstraßen in der Nähe der Theater.

Jetzt sagte sie, so laut, als spräche sie zu jemand, der ihr gegenüber auf dem weißen Empiresofa saß, »Maginot-Linie, Angela Lyne – beides Linien des geringsten Widerstands« und lachte über ihren Witz*, bis ihr die Tränen kamen, und plötzlich merkte sie, daß sie richtig weinte.

Dann riß sie sich zusammen. So was schickt sich nicht. Sie sollte lieber ins Kino gehen.

An diesem Abend ging Peter Pastmaster mit einem Mädchen aus. In seinem blauen Uniformrock und der enggeschnittenen Hose sah er sehr elegant und altmodisch aus. Er und das Mädchen speisten in einem neuen Restaurant in der Jermyn Street.

Es war Lady Mary Meadowes, zweite Tochter von Lord Granchester. Peter hatte das Kandidatinnenfeld inzwischen auf drei eingeengt – Molly Meadowes, Sarah, die Tochter von Lord Flintshire, und Betty, Tochter der Herzogin von Stayle. Da er aus altmodischen, dynastischen Gründen heiratete, beabsichtigte er, eine altmodische, dynastische Wahl unter den Überlebenden der Whig-Oligarchie zu treffen. Zwischen den drei Mädchen konnte er tatsächlich keine großen Unterschiede feststellen. Es hatte vielmehr schon peinliche Situationen gegeben, weil er sie geistesabwesend mit dem falschen Namen angesprochen hatte. Keines der Mädchen schleppte auch nur ein Pfund überflüssigen Fleisches mit sich herum; alle begeisterten sie sich für die Werke eines Mr. Ernest Hemingway, alle hatten ein ähnliches Schoßhündchen. Alle hatten sie herausgefunden, daß man Peter dadurch bei Laune halten konnte, indem man ihn dazu brachte, mit seinen früheren Schandtaten anzugeben.

Während des Essens erzählte er Molly, wie Basil sich als Kandidat bei den Parlamentswahlen hatte aufstellen lassen und wie er und Sonia und Alastair in seinem Wahlkreis üble Dinge über

* Der Witz besteht in der im Englischen gleichen Aussprache von (Maginot-)Line und (Angela) Lyne (A. d. Ü.)

ihn verbreitet hatten. Molly lachte pflichtschuldig, als er erzählte, wie Sonia den Bürgermeister mit einer Kartoffel beworfen hatte.

»Ein paar Zeitungen haben es ganz falsch gesehen und geschrieben, es sei ein Rosinenbrötchen gewesen«, erklärte er.

»Ihr müßt ja eine herrliche Zeit gehabt haben!« sagte Lady Mary schmachtend.

»Alles vorbei und vergessen«, sagte Peter affektiert.

»Wirklich? Das will ich nicht hoffen!«

Peter sah sie mit neuem Interesse an. Sarah und Betty hatten auf diese Geschichte so reagiert, als wäre es eine Räuberpistole gewesen, etwas unendlich Altmodisches und Pittoreskes.

Anschließend gingen sie in das Kino gleich nebenan.

Das Vestibül lag im Dunkeln, nur im Kassenschalter schien ein schwaches blaues Licht. Aus der Dunkelheit rief die Stimme des Türstehers: »Die Plätze zu dreieinhalb Shilling sind ausverkauft! Zu fünf Shilling neun Pence gibt's noch jede Menge Karten! Fünf-und-Neun hier entlang! Bitte den Gang freihalten!«

An der Kasse entstand Unruhe. Eine Frau starrte einfältig auf das blaue Licht und sagte: »Ich will aber keine Karte zu Fünf-und-Neun! Ich will eine Karte zu Drei-und-Sechs!«

»Zu dreieinhalb Shilling ist alles ausverkauft!«

»Aber verstehen Sie denn nicht?! Es geht nicht um den Preis. Bei Fünf-und-Neun sitze ich zu weit hinten. Ich will vorne sitzen, bei den Dreieinhalb-Shilling-Plätzen!«

»Zu dreieinhalb Shilling gibt's keine Plätze mehr. Nur noch zu Fünf-und-Neun«, sagte das Mädchen im blauen Licht.

»Na los, meine Dame, entschließen Sie sich!« rief ein Soldat ungeduldig.

»Sie sieht aus wie Mrs. Cedric Lyne«, sagte Molly.

»Menschenskind«, sagte Peter, »das ist tatsächlich Angela. Was ist denn bloß mit ihr los?«

Sie hatte inzwischen ihr Billett gekauft und entfernte sich von der Kasse. Sie versuchte, in dem Dämmerlicht zu lesen, welcher Film gespielt wurde, und sagte mürrisch: »Ich hab doch gesagt, daß es viel zu weit hinten ist. So weit hinten kann ich nichts sehen. Ich hab doch gesagt, dreieinhalb Shilling!«

Sie hielt ihr Billett dicht vor die Augen und versuchte, es zu lesen. Sie bemerkte die Stufe nicht, stolperte und setzte sich hin. Peter eilte nach vorne.

»Angela, alles in Ordnung? Hast du dir wehgetan?«

»Alles in bester Ordnung«, sagte Angela, in dem Dämmerlicht völlig ruhig dasitzend. »Hab mir nichts getan, vielen Dank!«

»Aber um Gottes willen, steh doch auf!«

Angela warf ihm von der Stufe einen verstohlenen Blick zu.

»Peter«, sagte sie, »hab dich gar nicht erkannt. Bei den Fünf-und-Neunern sitzt man viel zu weit hinten, um irgend jemand zu erkennen. Wie geht's dir denn?«

»Angela, so steh doch auf!«

Er reichte ihr die Hand, um ihr hochzuhelfen. Sie schüttelte sie herzlich. »Wie geht's Margot?« sagte sie fröhlich. »Haben uns in der letzten Zeit gar nicht mehr gesehen. Hab so viel zu tun gehabt. Naja, stimmt nicht ganz. Eigentlich ist es mir gar nicht so gut gegangen.«

Im Dämmerlicht entstand ein Menschenauflauf. Aus der Dunkelheit erklang die Stimme des Türstehers, der in Polizeimanier »Was ist hier los?« rief.

»Los, heb sie schon hoch, du Trottel!« sagte Molly Meadowes.

Peter stellte sich hinter Angela, legte die Arme um sie und hob sie hoch. Sie war nicht schwer.

»Hoppsassa«, rief Angela und wollte sich gleich wieder hinsetzen.

Peter hielt sie fest. Er war dankbar für das Dunkel. Dies hier war eine peinliche Situation für einen Offizier der Gardekavallerie in Uniform.

»Eine Dame ist ohnmächtig geworden«, rief Molly mit klarer, autoritätsgewohnter Stimme. »Bitte treten Sie beiseite!« und zum Türsteher sagte sie: »Rufen Sie bitte mal ein Taxi!«

Angela sagte im Taxi kein Wort.

»Also«, sagte Peter, »ist mir rasend peinlich, dich da mit reingezogen zu haben.«

»Mein Bester«, sagte Molly, »das ist doch lächerlich. Ich finde es furchtbar spannend.«

»Ich weiß gar nicht, was mit ihr los ist«, sagte er.

»Tatsächlich nicht?«

Als sie Grosvenor Square erreichten, stieg Angela aus dem Taxi und blickte sich verwirrt um. »Ich dachte, wir wollten ins Kino gehen«, sagte sie. »War es denn nicht schön?«

»Es war voll.«

»Ich erinnere mich«, sagte Angela und nickte heftig. »Fünf Shilling Neun.« Dann setzte sie sich wieder auf den Bürgersteig.

»Hör mal«, sagte Peter zu Lady Meadowes. »Du fährst mit dem Taxi zum Kino zurück und hinterlegst mein Billett an der Kasse. In einer halben Stunde bin ich wieder bei dir. Ich glaube, es ist besser, ich bringe Angela nach Hause und rufe einen Arzt.«

»Quatsch«, sagte Molly, »ich komme mit hoch.«

Vor ihrer Wohnung kam Angela plötzlich zur Besinnung. Sie fand ihren Schlüssel, öffnete die Tür und ging völlig ruhig hinein. Grainger war noch auf.

»Du hättest nicht dableiben müssen«, sagte Angela. »Ich hab dir doch gesagt, daß ich dich nicht mehr brauchen würde!«

»Ich hab mir Sorgen gemacht. Sie hätten so nicht ausgehen dürfen«, und dann, als sie Peter erblickte: »Oh, guten Abend, Mylord!«

Angela wandte sich um und sah Peter an, als wäre es das erste

Mal. »Hallo, Peter!« sagte sie. »Komm rein!« Sie sah Molly mit verschwommenem Blick an. »Also«, sagte sie, »ich bin sicher, daß ich Sie kenne, aber ich kann mich nicht mehr an Ihren Namen erinnern.«

»Molly Meadowes«, sagte Peter. »Wir haben dich eben nach Hause gebracht. Wir müssen gleich wieder los. Grainger, Mrs. Lyne geht es nicht besonders. Sie sollten einen Arzt rufen.«

»Molly Meadowes! Meine Liebe, ich bin in Granchester gewesen, als du noch klein warst. Wie alt das doch klingt! Du bist sehr hübsch, Molly, und du hast ein wunderschönes Kleid an. Kommt doch rein, ihr beiden!«

Peter warf Molly einen mißbilligenden Blick zu, aber sie betrat die Wohnung.

»Schenk dir was zu trinken ein, Peter«, sagte Angela und nahm in ihrem Sessel neben dem Radio Platz. »Meine Liebe«, sagte sie zu Molly, »ich glaube, Sie haben meine Wohnung noch nicht gesehen. Ich habe sie kurz vor dem Krieg von David Lennox einrichten lassen. David Lennox. Man erzählt sich schlimme Sachen über David Lennox ... naja, kann man ja keinem verdenken ...« Ihre Gedanken schweiften wieder ab. Sie unternahm eine resolute Anstrengung, sich wieder in den Griff zu bekommen. »Das da ist ein Portrait von mir, hat John gemalt, zehn Jahre her, war fast fertig, als ich heiratete. Das da sind meine Bücher ... meine Liebe, ich fürchte, ich bin heute abend ziemlich durcheinander. Sie dürfen mir nicht böse sein«, und mit diesen Worten fiel sie in einen tiefen Schlaf.

Peter sah sich hilflos um. Molly sagte zu Grainger: »Sollten wir sie nicht lieber zu Bett bringen?«

»Wenn sie aufwacht, werde ich da sein. Ich schaff's schon.«

»Bestimmt?«

»Ganz bestimmt!«

»Na schön, Peter, dann laß uns mal wieder zurückfahren ins Kino.«

»Ja«, sagte Peter, »tut mir schrecklich leid, daß ich dich mitgenommen habe.«

»Um nichts in der Welt hätte ich es missen wollen«, sagte Molly.

Peter war von der ganzen Sache noch immer verwirrt.

»Grainger«, sagte er, »ist Mrs. Lyne heute abend aus gewesen? Auf einer Gesellschaft oder so?«

»Nein, nein. Sie ist den ganzen Tag hier gewesen.«

»Allein?«

»Ganz allein.«

»Seltsam. Tja, Molly, dann woll'n wir mal. Gute Nacht, Grainger. Kümmern Sie sich um Mrs. Lyne. Ich glaube, sie sollte mal zum Arzt gehen.«

»Ich kümmere mich schon um sie«, sagte Grainger.

Sie fuhren zusammen im Lift nach unten, schweigend, ein jeder in Gedanken vertieft. Als sie in der Eingangshalle ankamen, sagte Peter: »Das war aber komisch.«

»Ja, sehr komisch.«

»Weißt du«, sagte Peter, »wenn es jemand anders gewesen wäre und nicht Angela, dann würde ich sagen, sie war blau.«

»Darling, sie war voll!«

»Bist du sicher?«

»Sternhagelvoll, mein Lieber!«

»Tjaa, weiß gar nicht, was ich dazu sagen soll. Es sah schon danach aus. Aber *Angela*! ... und ihr Mädchen hat ja auch gesagt, daß sie den ganzen Abend nicht weg war. Ich meine: man betrinkt sich nicht allein.«

Molly schlang plötzlich die Arme um Peters Hals und küßte ihn zärtlich. »Ach du!« sagte sie. »Und jetzt fahren wir zu diesem Kino!«

Es war das erste Mal, daß Peter einen solchen Kuß bekommen hatte. Er war so überrascht, daß er im Taxi keinen Versuch unternahm, weiterzumachen, so überrascht, daß er während des ganzen Films an nichts anderes dachte. Erst die Nationalhymne holte ihn ruckartig in die Realität zurück. Er hing noch immer seinen Gedanken nach, als er Molly zum Souper begleitete. Es war Hysterie, sagte er sich. Das Mädchen war natürlich durcheinander wegen der Szene, die sie erlebt hatten. Jetzt ist ihr die ganze Sache wahrscheinlich furchtbar peinlich. Am besten kein Wort mehr darüber verlieren.

Aber Molly war nicht bereit, die Sache ad acta zu legen.

»Austern«, sagte sie, »nur ein Dutzend. Sonst nichts«, und dann, obwohl der Kellner neben ihr stand: »Warst du überrascht, als ich dich vorhin geküßt habe?«

»Nein«, sagte Peter hastig, »bestimmt nicht. Überhaupt nicht.«

»Überhaupt nicht? Willst du damit sagen, daß du damit gerechnet hast?«

»Ach was, natürlich nicht! Du weißt doch, was ich meine.«

»Keine Ahnung. Ich finde es sehr eingebildet von dir, wenn du sagst, du bist nicht überrascht gewesen. Hast du immer diese Wirkung auf Mädchen, oder ist es bloß die Uniform?«

»Molly, sei nicht blöd. Wenn du's genau wissen willst, ich war tatsächlich überrascht.«

»Und schockiert?«

»Nein, bloß überrascht.«

»Verstehe«, sagte Molly, denn ihr wurde klar, daß es nicht nett war, ihn weiter aufzuziehen. »Ich war auch überrascht. Ich habe die ganze Zeit im Kino darüber nachgedacht.«

»Ich auch«, sagte Peter.

»So mag ich dich«, sagte Molly, als wäre sie eine Photographin, die einen glücklichen Gesichtsausdruck festhält, und als ihr diese Ähnlichkeit selbst bewußt wurde, fügte sie hinzu: »Bleib so!«

»Wirklich, Molly, ich versteh dich heute abend kein bißchen!«

»Mußt du aber, Peter, wirklich! Du warst bestimmt ein faszinierender kleiner Junge.«

»Wenn ich's mir recht überlege, ich glaub schon.«

»Du darfst nie wieder versuchen, den alten Wüstling herauszukehren, Peter! Jedenfalls nicht bei mir! Und tu jetzt nicht, als wüßtest du nicht, worum es geht! Ich mag, wenn du verwirrt bist, Peter, aber nicht, wenn du dich als absolut Schwachsinniger aufführst. Weißt du, heute abend bin ich an dir fast verzweifelt. Die ganze Zeit hast du angegeben, was für ein toller Hecht du gewesen bist. Ich dachte schon, ich müßte die Sache sausen lassen.«

»Welche Sache?«

»Dich heiraten. Mutter will unbedingt, daß ich dich heirate, obwohl ich nicht recht wüßte, warum. Von ihrem Standpunkt aus bist du ja so ungefähr das Letzte. Aber nein, was anderes als dich heiraten käme gar nicht in Frage. Also habe ich versucht, brav zu sein, und habe dich von der guten alten Zeit schwärmen lassen, bis ich fand, daß ich dir mal den Kopf waschen müßte. Ich glaubte, es nicht länger ertragen zu können, und wollte Mutter schon sagen, daß die Sache abgeblasen werden müßte. Aber dann trafen wir Mrs. Lyne, und alles war in Ordnung.«

»Ich fand, es war ungeheuer peinlich.«

»Na klar! Du hast ausgesehen wie ein kleiner Internatsjunge, dessen Vater beim Schulsportfest mit dem falschen Hut erschienen ist. Ein wunderbarer kleiner Junge!«

»Hmm«, sagte Peter, »solange du damit zufrieden bist ...«

»Tja, ich glaube, zufrieden ist das Wort. Ich nehme dich. Und Sarah und Betty werden sich hundsmiserabel fühlen.«

»Wie hast du dich denn für sie entschieden?« fragte Margot, als Peter ihr von seiner Verlobung berichtete.

»Ach, eigentlich kam die Entscheidung gar nicht von mir. Molly hat entschieden.«

»Ja, so ist es meistens. Jetzt muß ich wohl mit Emma Granchester, dieser blöden Kuh, ein paar freundliche Worte wechseln.«

»Eigentlich kenne ich Lady Metroland kaum«, sagte Lady Granchester. »Aber ich denke, ich werde sie jetzt mal zum Lunch einladen müssen. Ich fürchte, sie ist viel zu smart für uns.« Und ›smart‹ war für Lady Granchester durchaus kein Kompliment.

Doch die Mütter trafen sich und beschlossen, daß sofort geheiratet werden sollte.

4

Die Nachricht von Peters Verlobung kam nicht unerwartet, wäre aber, selbst wenn sie eine Überraschung gewesen wäre, längst nicht so interessant gewesen wie die Geschichte von Angelas ungewöhnlichem Verhalten im Kino. Ehe Peter und Molly in jener Nacht auseinandergegangen waren, hatten sie beschlossen, niemand von dem Zwischenfall etwas zu sagen; eine Verzichtserklärung, die von beiden selbstverständlich mit gewissen Einschränkungen anerkannt wurde. Peter unterrichtete Margot, weil er fand, daß sie in dieser Sache etwas unternehmen sollte, Basil, weil er noch immer nicht ganz Bescheid wußte über das Mysterium, und annahm, daß, wenn überhaupt, dann Basil Licht in die Sache bringen könnte, und drei Clubkameraden von ›Bratt's‹, weil er ihnen am nächsten Morgen zufällig über den Weg lief, als sein Kopf noch ganz voll davon war. Molly informierte, aus alter Gewohnheit, ihre beiden Schwestern und Lady Sarah, weil sie, in welcher Angelegenheit sie auch Stillschweigen versprochen haben mochte, immer, sogar im Moment des Versprechens, diese drei zu informieren gedachte. Diese Eingeweihten ihrerseits erzählten es ihren Busenfreundinnen, bis schließlich überall bekannt war, daß die zurückhaltende, zynische, reservierte, makellos gekleidete, außerordentlich distinguierte Mrs. Lyne, die (in einem allgemeinen Sinne) nie ›ausging‹, sondern in einem exklusiven und beneidenswerten Kreis lebte, Mrs. Lyne, deren Konversation die eines überaus intelligenten Mannes war, die sich stets geschickt aus den Klatschspalten und Illustrierten heraushielt, die über fünfzehn Jahre einen hohen und ausgesprochen individuellen Maßstab für all das gesetzt hatte, was in Amerika als innere Ausgeglichenheit bezeichnet wird; diese geradezu sprichwörtliche Dame war, nachdem sie, betrunken, in einem Kino einen Tumult herbeigeführt hatte und von zwei Rausschmeißern an die Luft gesetzt worden war, von Peter in der Gosse aufgelesen worden.

Hätte es sich um Mrs. Stitch gehandelt, dann hätte die Überraschung kaum größer sein können. Es war ja auch wirklich kaum zu glauben, und viele wollten es tatsächlich nicht glauben. Drogen, so räumte man ein, eventuell, aber Alkohol kam überhaupt nicht in Frage. Was Parsnip und Pimpernell für die Intellektuellen, das waren Mrs. Lyne und die Flasche für die Haute-Volée – Gesprächsthema Nummer eins.

Das war es auch noch drei Monate später, bei Peters Trauung. Basil überredete Angela, ihn zu der kleinen Gesellschaft zu begleiten, die Lady Granchester aus diesem Anlaß geben wollte.

Er hatte Angela aufgesucht, als Peter ihm die Neuigkeit überbrachte, freilich nicht sofort, sondern einen Tag später. Als er eintraf, war sie schon aufgestanden und angekleidet, gab aber eine unbestimmbar schlampige Erscheinung ab. Ihr Make-up war wild und ziemlich grell, wie ein später Utrillo.

»Angela, du siehst gräßlich aus!«

»Ja, Darling, ich fühle mich auch gräßlich! Du bist also in der Armee!«

»Nein, im Kriegsministerium.«

Sie begann, heftig und recht wirr über die Franzosen zu reden. Plötzlich sagte sie: »Ich muß dich ganz kurz mal allein lassen« und ging in ihr Schlafzimmer. Eine halbe Minute später kam sie wieder herein mit einem entrückten Lächeln, mit dem nach innen gerichteten, glücklichen Lächeln einer müden alten Nonne – fast. Da war ein Unterschied.

»Angela«, sagte Basil, »wenn du was trinken willst, dann brauchst du dich doch nicht zu verstecken!«

»Ich weiß nicht, was du damit sagen willst.«

Basil war entsetzt. Angela hatte noch nie geschwindelt, jedenfalls nicht ihm gegenüber.

»Jetzt mach aber mal 'n Punkt!« rief er.

Angela begann zu weinen.

»Auch das noch!« sagte Basil.

Er ging in ihr Schlafzimmer und schenkte sich aus der Flasche neben dem Bett einen Whisky ein.

»Peter war neulich abend hier, mit so einem Mädchen. Vermutlich haben sie's allen erzählt.«

»Mir hat er es erzählt. Warum steigst du nicht um auf Rum? Das ist viel besser für dich.«

»Wirklich? Ich glaube, ich habe noch nie Rum getrunken. Ob er mir schmeckt?«

»Ich lasse dir welchen vorbeibringen. Wann hast du mit dieser Trinkerei eigentlich angefangen?«

»Ach, schon vor Wochen.« Diesmal schwindelte Angela nicht.

»Sieht dir überhaupt nicht ähnlich!«

»Finde ich auch, Basil, überhaupt nicht.«

»Du hast dich immer mokiert, wenn ich getrunken habe.«

»Ja, stimmt. Tut mir leid. Aber ich war doch verliebt in dich!«

»War??«

»Ach, ich weiß nicht. Schenk uns nach, Basil!«

»So ist's recht.«

»›War‹ stimmt nicht. Ich liebe dich noch immer, Basil.«

»Natürlich. Trinkst du ihn so?« fragte er respektvoll.

»Genau so.«

»Gut und stark.«

»Gut und stark.«

»Aber ich glaube, Rum wäre besser für uns.«

»Riecht er nicht ziemlich?«

»Was macht das schon!«

»Ich möchte aber nicht riechen.«

»Whisky riecht.«

»Ach, was soll's. Es ist schön, mit dir zu trinken, Basil.«

»Natürlich! Ich finde es wirklich gemein von dir, ohne mich zu trinken, wie du es seit neuestem machst.«

»Ich bin nicht gemein.«

»Früher nicht, aber in der letzten Zeit, stimmt's? Ganz allein zu trinken!«

»Ja, das war gemein.«

»Also, paß auf, das nächste Mal, wenn du dir einen anzwitschern willst, dann sag Bescheid. Ruf mich an, und ich komme vorbei. Dann können wir zusammen trinken.«

»Aber ich will so oft, Basil!«

»Dann komme ich halt oft vorbei. Versprich's mir!«

»Ich verspreche es!«

»Braves Mädchen!«

Der Rum war schlecht, doch im allgemeinen funktionierte das neue Arrangement ganz gut. Angela trank erheblich weniger und Basil erheblich mehr als in den Wochen zuvor, und beide waren im Ergebnis glücklicher.

Margot sprach Basil auf diese Sache hin an: »Was ist denn mit ihr los?«

»Der Krieg gefällt ihr nicht.«

»Tja, niemand gefällt er!«

»Ach wirklich? Versteh ich gar nicht. Jedenfalls, warum sollte sie nicht mal was trinken?«

»Du findest nicht, daß wir sie in ein Heim geben sollten?«

»Du liebe Güte, nein!«

»Aber sie trifft sich ja mit niemandem mehr!«

»Mit mir trifft sie sich.«

»Ja, aber ...«

»Ehrlich, Margot, Angela geht es gut. So eine kleine Pause wie jetzt, das hat sie in all den Jahren doch mal gebraucht. Wenn du willst, sorge ich dafür, daß sie zur Hochzeit kommt, und dann kannst du selbst urteilen.«

Also kam Angela zur Hochzeit. Zum Gottesdienst wären Basil und sie zu spät gekommen, aber sie kamen zu der kleinen Gesellschaft im Hause von Lady Granchester und stahlen allen die Schau. Molly hatte ihren großen Augenblick schon gehabt, hatte ihr Doppelspalier von gekreuzten Kavalleriesäbeln, hatte ihren Schleier aus alter Spitze schon gehabt. Aber im Hause ihrer Mutter richteten sich alle Augen auf Mrs. Lyne. Selbst Lady Anchorage und die Herzogin von Stayle konnten ihr Interesse nicht verhehlen.

»Meine Liebe, *dort ist sie*!«

Dort stand sie, neben Basil, einzigartig gekleidet, in ernster Konversation mit Sonia; sie trug eine Sonnenbrille; ansonsten war nichts Ungewöhnliches an ihr. Ein Diener reichte Champagner. »Gibt es wohl so etwas wie eine Tasse Tee?« sagte sie. »Ohne Milch und Zucker?«

Molly und Peter standen am einen Ende des langgestreckten Salons, Angela am anderen Ende. Man konnte sehen, wie die Gäste, sobald sie an Braut und Bräutigam vorbeidefiliert waren und in die Zielgerade einbogen, beim Anblick von Angela auflebten und einander auf sie aufmerksam machten. Sie war von ihrem eigenen Kreis umgeben und redete wie ein sehr intelligenter Mann. Als die letzten Gäste das Brautpaar begrüßt hatten – es waren vergleichsweise wenige –, schlossen Molly und Peter sich der Gruppe am anderen Ende an.

»Molly, Sie sind das hübscheste Mädchen, das ich je gesehen habe«, sagte Angela. »Ich fürchte, ich war neulich abend ziemlich unerfreulich.«

Ein törichtes Mädchen wäre verlegen gewesen und hätte gesagt: »Ach was, keine Spur!« Molly aber erwiderte: »Unerfreulich nicht. Sie waren so seltsam.«

»Ja«, sagte Angela, »seltsam ist der richtige Ausdruck. Ich bin nämlich nicht immer so!«

»Dürfen Peter und ich Sie mal wieder besuchen kommen? Er hat nur noch eine Woche, und danach sind wir in London.«

»Peter hat sich ja ein wirklich fabelhaftes Mädchen ausgesucht«, sagte Angela zu Basil, mit dem sie jetzt, nach der Gesellschaft, in ihrer Wohnung noch allein war. »Du solltest auch so jemand heiraten!«

»Ich könnte niemand heiraten. Vermutlich nur dich.«

»Das glaube ich auch, Basil!«

Als ihre Gläser wieder gefüllt waren, sagte sie: »Anscheinend komme ich in das Alter, wo Hochzeiten mir Spaß machen. Das Mädchen heute nachmittag hat mir gefallen. Weißt du, wer heute vormittag hier war? Cedric.«

»Komisch!«

»Ich fand es eigentlich richtig rührend. Er wollte sich verabschieden. Morgen reist er ab; wohin, konnte er nicht sagen, ich vermute, es ist Norwegen. Irgendwie habe ich ihn nie als Soldaten empfunden, obwohl er ja früher, bevor wir heirateten, ein Soldat war, kein sehr guter wohl. Armer Cedric, er hat's nicht leicht gehabt.«

»Er hat es gar nicht so schlecht gehabt. Das Herumbasteln an seinen Grotten hat ihm doch Spaß gemacht. Und Nigel hat er doch auch gehabt!«

»Heute morgen brachte er Nigel mit. Er hatte schulfrei bekommen, um sich verabschieden zu können. Als ich Cedric heiratete, kannte ihn eigentlich niemand. Er war ausgesprochen romantisch. Jemandem wie ihm war ich noch nie begegnet. Vaters Freunde waren alle gefühllos und reich – Männer wie Metroland und Copper. Das waren die einzigen, mit denen ich zusammenkam. Und dann lernte ich Cedric kennen, der arm war und sehr, sehr weich und groß und schlank und sehr unglücklich in seinem langweiligen, smarten Regiment, weil er sich nur für russisches Ballett und Barockarchitektur interessierte. Er hatte eine so charmante Art und fand Leute wie meinen Vater und die Offiziere seines Regiments immer lächerlich. Armer Cedric, es war immer so lustig, irgendwelche Sachen für ihn zu finden. Einmal habe ich ihm einen Tintenfisch gekauft, und für das Aquarium ließen wir einen Behälter anfertigen, der mit geschnitzten Delphinen und feinem Blattsilber belegt war.«

»Es hätte nicht ewig gehalten, selbst wenn ich nicht dazugekommen wäre.«

»Nein, es hätte nicht gehalten. Ich glaube, der Besuch heute morgen war eine ziemliche Enttäuschung für ihn. Er hatte sich alles schon im Stil einer großen Tragödie zurechtgelegt, dabei hatte ich so einen Kater, mein Gott, fast die ganze Zeit, die er hier war, mußte ich die Augen geschlossen halten. Er macht sich Sorgen, was aus dem Haus wird, falls es ihn erwischt.«

»Warum sollte es ihn denn erwischen?«

»Tja, warum eigentlich? Vielleicht, weil er immer ein so schlechter Soldat war. Weißt du, als der Krieg ausbrach, habe ich durchaus damit gerechnet, daß es dich treffen würde.«

»Meiner Mutter ging's auch so. Aber ich kümmere mich schon darum. Dabei fällt mir ein, daß ich mal wieder Oberst

Plum besuchen wollte. Er wird schon unruhig sein. Ich fahr gleich los.«

»Wird er denn da sein?«

»Er ist immer da. Ein sehr gewissenhafter Offizier.«

Susie war ebenfalls da; sie wartete auf den Oberst, um zum Dinner ausgeführt zu werden. Beim Anblick des Büros legte Basils gute Laune sich ein wenig. Es sah so aus, als ginge es mit Basils Job im Kriegsministerium den üblichen Gang: Nachdem er ihn einmal hatte, verlor er viel von seinem Reiz. Susie stellte sich als Enttäuschung heraus; trotz fortgesetzter Ermahnungen schien sie Oberst Plum noch immer den Vorzug zu geben.

»Guten Abend, Hübscher!« sagte sie, »Plummy hat schon nach dir gefragt.«

Basil trat durch die Tür mit der Aufschrift EINTRITT VERBOTEN.

»Guten Abend, Herr Oberst.«

»Sie können mich ruhig mit ›Sir‹ anreden!«

»In den besten Regimentern werden Vorgesetzte nicht mit ›Sir‹ angeredet.«

»Sie sind nicht in einem der besten Regimenter, Sie sind auf der Allgemeinen Dienstliste. Was haben Sie denn den ganzen Tag gemacht?«

»Finden Sie nicht, daß es den Ton in dieser Abteilung verbessern würde, wenn ich Sie mit ›Herr Oberst‹ anreden würde, Sir?«

»Nein. Wo sind Sie gewesen und was haben Sie gemacht?«

»Sie glauben, ich bin einen trinken gewesen, oder?«

»Ich weiß es sogar!«

»Sie wissen aber nicht, warum. Sie würden es nicht verstehen, wenn ich es Ihnen sagen würde. Ich habe aus Höflichkeit mitgetrunken. Das können Sie nicht begreifen, was?«

»Nein.«

»Dacht' ich mir schon. Rauhe Schale, Sir! Wenn auf meinem Grabstein ›Er trank aus Ritterlichkeit‹ stünde, dann wäre das ganz einfach die nackte Wahrheit. Aber Sie würden es nicht verstehen. Abgesehen davon glauben Sie, daß ich gefaulenzt habe, stimmt's?«

»Ja.«

»Da irren Sie sich aber. Ich habe eine äußerst interessante Spur verfolgt. Ich hoffe, sehr bald über wertvolle Informationen zu verfügen.«

»Was haben Sie denn bis jetzt?«

»Wollen Sie nicht lieber warten, bis ich Ihnen die Geschichte von A bis Z liefern kann?«

»Nein.«

»Na schön. Ich bin hinter einer sehr gefährlichen Frau her, die sich Green nennt. Unter ihren engsten Freunden ist sie als ›Poppet‹ bekannt. Sie gibt vor, Malerin zu sein, aber man braucht sich nur mal ihre Bilder anzusehen, um zu erkennen, daß das ein Deckmantel für andere Aktivitäten ist. Ihr Atelier dient als Treffpunkt einer kommunistischen Zelle. Sie hat in den Vereinigten Staaten einen Agenten namens Parsnip alias Pimpernell. Er gibt sich als Dichter aus, vielmehr zwei Dichter, aber seine Arbeiten verraten auch ihn. Ein paar Parsnip-Zitate gefällig?«

»Nein.«

»Ich habe Grund zu der Annahme, daß die Green der Kopf einer Untergrundorganisation ist, die junge Männer im wehrpflichtigen Alter außer Landes schmuggelt. Das sind so meine Überlegungen, die ich verfolge. Was halten Sie davon?«

»Käse!«

»Diese Antwort hatte ich befürchtet. Sie sind selbst schuld. Mit ein bißchen mehr Zeit hätte ich Ihnen eine bessere Story geliefert.«

»Jetzt tun Sie mal was Vernünftiges! Hier ist eine Liste mit den Adressen von fünfunddreißig mutmaßlichen Faschisten. Überprüfen Sie das!«

»Jetzt sofort?«

»Jetzt sofort!«

»Soll ich diese Green nicht weiter beschatten?«

»Nicht während der Arbeitszeit.«

»Ich weiß gar nicht, was du an diesem Plum so besonders findest«, sagte Basil, als er wieder im Vorzimmer war. »Es muß einfach Snobismus sein.«

»Von wegen. Es ist Liebe. Der Offizier in der Abteilung Pensionen war ja noch höher gestellt. Da hast du's!«

»Vermutlich wirst du bald bei einem Leutnant angekommen sein. Und übrigens, Gefreiter, Sie können mich ruhig mit ›Sir‹ anreden!«

Susie kicherte: »Du bist wohl betrunken.«

»Betrunken aus Ritterlichkeit«, sagte Basil.

Am selben Abend fuhr Cedric zu seinem Regiment zurück. Sein Einschiffungsurlaub von achtundvierzig Stunden war zu Ende, und obwohl er beschlossen hatte, lieber eine Stunde früher zu fahren als den Sonderzug zu nehmen, konnte er nur mit Mühe ein Abteil finden, in dem keine Kameraden saßen, die denselben Entschluß gefaßt hatten wie er. Sie fuhren nach Nordengland, um dort am nächsten Tag in aller Frühe an Bord des Schiffes zu gehen, das sie direkt zu ihrem Einsatzort bringen sollte.

Der Erste-Klasse-Waggon war voll, acht Mann pro Abteil, und in den Netzen türmte sich das Gepäck. Schwarze trichterförmige Lampenschirme warfen das Licht auf die Schenkel der Reisenden, deren Gesichter man im Dunkel nicht erkennen konnte. In der einen Ecke saß, friedlich schlummernd, ein Marinezahlmeister. Zwei Zivilisten verdarben sich mit der Lektüre ihrer Abendblätter die Augen. Die anderen vier waren Soldaten.

Cedric saß zwischen zwei Soldaten, starrte auf die schemenhaft sich abzeichnenden Gepäckstücke über den Köpfen der Zivilisten, dem bitteren Kern der Ereignisse der letzten beiden Tage nachsinnend.

Weil er fünfunddreißig Jahre alt war und Französisch sprach und mehr der anständige als der smarte Typ war, hatte man ihn zum Nachrichtenoffizier des Bataillons gemacht. Er führte das Kriegstagebuch, und an regnerischen Tagen wurde er von den Kompaniechefs oft gebeten, Vorträge über Kartenlesen, Sicherheit oder über die Schlachtordnung einer deutschen Infanteriedivision zu halten. Das waren Cedrics drei Themen. Waren sie erschöpft, schickte man ihn auf einen Lehrgang über Fragen des Gaskriegs und anschließend auf einen Lehrgang über das Interpretieren von Luftaufnahmen. Im Manöver war er zuständig für das Anbringen der Markierungsnadeln auf der Stabskarte und für das Registrieren der Operationsbefehle.

»Solange wir nicht im Einsatz sind«, sagte sein Kommandeur, »gibt es für Sie eigentlich nicht viel zu tun. Sie könnten ja die Photographen in Aldershot mal anrufen wegen der Regimentsfotos.«

Sie machten ihn zum Verantwortlichen für das Offizierskasino und kamen ihm andauernd mit Beschwerden.

»Der Kümmelschnaps ist schon wieder alle, Cedric!«

»Es muß doch eine simple Methode geben, die Suppe warmzuhalten, Lyne!«

»Wenn die Offiziere die Zeitungen andauernd mit in die Unterkunft nehmen, dann gibt es nur eine Antwort: es müssen mehr Zeitungen bestellt werden.«

»Der Stilton ist schon wieder trocken!«

Das war sein Leben gewesen, doch Nigel wußte nichts davon. Für den achtjährigen Nigel war sein Vater ein Kämpfer und ein Held. Als sie den Einschiffungsurlaub erhielten, rief Cedric in Nigels Schule an, und der Junge holte ihn am Bahnhof ab. Der

Stolz auf den Vater und die Freude über zwei unverhofft schulfreie Tage ließen Nigel die Nacht zu Hause als ein aufregendes Abenteuer erleben. Das Haus bestand aus leeren Krankenzimmern und untätig herumsitzendem Pflegepersonal. Cedric und sein Sohn übernachteten im Wirtschaftsgebäude, in dem Angela vor ihrer Abreise ein paar Zimmer mit Möbeln aus dem Herrschaftstrakt ausgestattet hatte. Nigel war voller Fragen. Warum Cedrics Uniformknöpfe woanders saßen als bei den Vätern und Brüdern der meisten seiner Klassenkameraden. Was der Unterschied zwischen einem Bren und einem Vickers sei. Um wieviel unsere Jagdflugzeuge schneller seien als die der Deutschen. Ob Hitler Anfälle bekomme, wie jemand gesagt hatte, und wenn ja, ob er Schaum vor dem Mund habe und mit den Augen rolle wie damals die Tochter des Wildhüters.

An diesem Abend verabschiedete Cedric sich ausführlich von seinem wasserreichen Garten. Er und Angela hatten sich vor zehn Jahren, als sie sich verlobten, hauptsächlich des Wassers wegen für diesen Ort entschieden. Das Wasser entsprang einer klaren, reichlich sprudelnden Quelle in den Hügeln oberhalb des Hauses und fiel in einer Reihe von natürlichen Kaskaden hinunter, um in den ansehnlichen Fluß einzumünden, der ruhig durch den Park floß. Er und Angela hatten an dieser Stelle gepicknickt und auf das symmetrische, rechteckige Gebäude hinabgeblickt.

»Nicht schlecht«, sagte Angela, »ich werde ihnen fünfzehntausend bieten.«

Cedric hatte es nie verlegen gemacht, mit einer reichen Frau verheiratet zu sein. Er hatte sie zwar, in weitestgehendem Sinne, nicht des Geldes wegen geheiratet, aber er mochte die wertvollen und schönen Dinge, die man mit Geld kaufen konnte, und Angelas großes Vermögen ließ sie in seinen Augen dreimal so kostbar und schön erscheinen.

Daß sie sich überhaupt kennengelernt hatten, war schon erstaunlich. Cedric war jahrelang in seinem Regiment gewesen,

Bedingung seines Vaters für eine regelmäßige Summe, die Cedric kaum entbehren konnte. Entweder das Regiment oder ein öffentliches Amt, aber trotz der Langeweile hatte das Soldatenleben zu Friedenszeiten doch so viel Gepränge, daß Cedrics Phantasie zu tun hatte. Er war ein gebildeter Mann. Er war ein hervorragender Reiter, verabscheute jedoch die Härte der Fuchsjagd. Er war ein ausgezeichneter Schütze, und weil dies das einzige, dünne Band zwischen ihm und seinen Offizierskameraden war und weil es den Leuten gefiel, daß er alles so gekonnt anpackte, wurde er zu Fasanenjagden eingeladen, bei denen er sich, wenn man nicht gerade draußen auf dem Anstand war, immer verloren und einsam fühlte. Angelas Vater besaß eine berühmte Jagd in Norfolk. Er besaß auch, wie Cedric erfuhr, eine Sammlung französischer Impressionisten. In jenem Herbst vor zehn Jahren war Cedric dorthin gefahren und hatte die Gemälde oberflächlich und die Vögel zahm und die Party unsagbar öde gefunden, außer Angela, die ihre Debütantinnenbälle schon hinter sich hatte und sich jetzt abseits hielt und in einer kühlen und geheimnisvollen Zurückgezogenheit lebte, die sich sich selbst geschaffen hatte. Sie hatte sich jeder Attacke auf die Verteidigungsanlagen, die sie gegen eine lärmende Welt errichtet hatte, zunächst widersetzt, dann aber, ganz plötzlich, Cedric akzeptiert als jemand, der in dieser Umgebung genauso fremd war wie sie, der freilich, im Gegensatz zu ihr, jene andere, viel schönere, erreichbare Welt draußen durchaus verstand. Angelas Vater hielt Cedric für einen armen Schlucker, vermachte ihnen ein riesiges Vermögen und ließ sie ihren eigenen Weg gehen.

Und dies war der Weg, den sie gegangen waren. Cedric stand an der Quelle, über der nun ein kleiner Tempel errichtet war. Der Architrav war mit Stalaktiten bedeckt, die Kuppel mit echten Muscheln besetzt, und das klare Wasser plätscherte aus den Füßen eines Meeresgottes. Cedric und Angela hatten diesen Tempel auf ihrer Hochzeitsreise in der Nähe einer verlassenen Villa in den Bergen hinter Neapel gekauft.

In den Hügeln weiter unten lag die Höhle, die Cedric in dem Sommer gekauft hatte, als Angela nicht mit nach Salzburg fahren wollte, in dem Sommer, als sie Basil kennengelernt hatte. Jedes dieser einsamen und demütigenden Jahre nach jenem Sommer hatte sein eigenes Monument.

»Daddy, worauf wartest du?«

»Ich seh mir gerade die Grotten an.«

»Die hast du doch schon tausendmal gesehen. Es ist doch immer dasselbe!«

Immer dasselbe; immerwährende Freude; nicht wie Männer und Frauen mit ihren Gefühlen von Liebe und Haß.

»Daddy, dort ist ein Flugzeug. Ist das eine Hurricane?«

»Nein, Nigel. Eine Spitfire.«

»Woran erkennst du das?«

Dann, einem plötzlichen Einfall folgend, hatte er gesagt: »Nigel, wollen wir nach London fahren und Mami besuchen?«

»Wir könnten uns ja auch *The Lion has Wings* ansehen. Die Jungs sagen, es ist unheimlich gut.«

Also fuhren die beiden mit dem Frühzug nach London. »Wir überraschen sie, ja?« sagte Nigel, doch Cedric rief vorher noch an, in unguter Erinnerung an die Geschichte des pedantischen Ehebrechers – »Meine Liebe, *überrascht* bin *ich, du* bist *erstaunt*!«

»Ich möchte Mrs. Lyne heute besuchen kommen.«

»Ihr geht es heute nicht besonders gut.«

»Das tut mir leid. Ist sie denn in der Lage, Besuch zu empfangen?«

»Ja, ich glaub' schon. Ich werd' mal fragen ... Ja, die gnädige Frau würde sich sehr freuen, Sie und Master Nigel zu sehen.«

Sie hatten sich drei Jahre nicht gesehen, seit sie über ihre Scheidung gesprochen hatten. Cedric verstand genau, wie Angela darüber dachte. Sonderbar, sagte er sich, daß einige Menschen sich davor scheuen, auseinanderzugehen, weil ihnen die Gesellschaft so wichtig ist. Sie wollen nicht, daß andere durch ihre Anwesenheit in Verlegenheit gebracht werden. Sie wollen ihre Eintrittsbilletts für Ascot behalten. Bei Angela entsprang das Zögern indes völlig entgegengesetzten Motiven. Sie konnte nicht ertragen, wenn in ihre Privatsphäre eingebrochen wurde, sie wollte keine Fragen vor Gericht beantworten und auch der Presse keine einzige Information über sich preisgeben. »Und es ist ja keineswegs so, als wolltest du wieder heiraten, Cedric!«

»Findest du nicht, daß ich bei der gegenwärtigen Regelung ziemlich idiotisch dastehe?«

»Cedric, was ist in dich gefahren? Du hast doch sonst nicht solche Ausdrücke verwendet!«

Also hatte er nachgegeben und in jenem Jahr eine Brücke im chinesischen Stil über den Fluß setzen lassen, die direkt aus Batty Langley kam.

In den fünf Minuten, die er wartete, ehe Grainger ihn in Angelas Schlafzimmer führte, betrachtete er angewidert die Grisaillen von David Lennox.

»Sind sie alt, Daddy?«

»Nein, Nigel, sie sind nicht alt.«

»Sie sind unheimlich schwach.«

»Stimmt.« Regency: das war die Epoche von Waterloo und Straßenräubern und Duellen und Sklaverei und Erweckungspredigern und Nelson, dem man bei der Amputation seines Arms kein anderes Betäubungsmittel gab als Rum, und Botany Bay – und das haben sie daraus gemacht!

»Also, die Bilder zu Hause gefallen mir besser, auch wenn sie alt sind. Ist das Mami?«

»Ja.«

»Ist es alt?«

»Älter als du, Nigel.«

Cedric wandte sich von Angelas Portrait ab. Welche Umstände hatte John doch bei den Sitzungen gemacht. Es war Angelas Vater gewesen, der darauf bestanden hatte, sie sollten das Bildnis von John malen lassen.

»Ist es fertig?«

»Ja. Aber es war sehr schwer, den Mann zu bewegen, es fertigzumalen.«

»Es sieht eigentlich nicht fertig aus, stimmt's, Daddy? Ich finde, es ist richtig hingeklatscht.«

Dann öffnete Grainger die Tür. »Komm rein, Cedric«, rief Angela vom Bett aus.

Angela trug eine Sonnenbrille. Die Schminksachen, mit denen sie hastig ihr Gesicht angemalt hatte, lagen vor ihr auf der Steppdecke. Nigel hätte fragen können, ob sie fertig war. Ihr Make-up war hingeklatscht, wie Johns Portrait.

»Ich wußte nicht, daß du krank bist«, sagte Cedric steif.

»Eigentlich bin ich gar nicht krank. Nigel, willst du Mami keinen Kuß geben?«

»Warum hast du so eine Brille auf?«

»Meine Augen sind müde, Schatz.«

»Müde wovon?«

»Meine Güte, Cedric«, rief Angela gereizt, »er ist aber wirklich ein Quälgeist! Geh mit Grainger nach nebenan, Schatz!«

»Na gut«, sagte Nigel. »Beeil dich, Daddy!«

»Ihr beiden scheint zur Zeit ja richtige Kumpels zu sein!«

»Ja, es ist die Uniform.«

»Komisch, daß du wieder in der Armee bist.«

»Heute abend geht's los, ins Ausland.«

»Frankreich.«

»Weiß nicht. Ich darf nicht darüber reden. Deswegen wollte ich dich ja auch besuchen kommen.«

»Um nicht darüber zu reden, daß du nicht nach Frankreich

gehst?« sagte Angela in einem Ton, der etwas von ihrem früheren Spott hatte.

Cedric fing an, über das Haus zu sprechen. Er hoffe, Angela würde es behalten wollen, selbst wenn ihm etwas zustoßen sollte. Er fände, bei dem Jungen zeige sich ein erster Schimmer von Geschmack, später werde er vielleicht froh darüber sein. Angela war unaufmerksam und antwortete geistesabwesend.

»Ich langweile dich wohl!«

»Naja, ich fühle mich heute nicht besonders. Wolltest du etwas Besonderes mit mir besprechen?«

»Nein. Wollte mich nur verabschieden.«

»Daddy«, rief eine Stimme von nebenan, »kommst du?«

»Ach, wenn ich bloß was tun könnte. Ich spüre, daß ich etwas tun müßte. Es ist doch ein guter Anlaß, oder? Das soll keine Biestigkeit sein, Cedric, ich mein' es wirklich so. Es ist lieb von dir, daß du gekommen bist. Wenn ich bloß die Kraft hätte, irgend etwas zu unternehmen.«

»Daddy, komm schon! Wir wollen vor dem Mittagessen noch zu Bassett-Lowke's!«

»Gib acht auf dich!«

»Warum denn?«

»Ach, weiß nicht. Warum müßt ihr andauernd Fragen stellen!«

Und das war das Ende des Besuchs gewesen. Bei Bassett-Lowke's hatte Nigel sich das Modell eines Blenheim-Jagdbombers ausgesucht. »Die Jungs werden aber neidisch sein!« sagte er.

Nach dem Lunch sahen sie sich *The Lion has Wings* an, und dann wurde es auch schon Zeit, Nigel in den Zug zu setzen, der ihn zurück ins Internat bringen würde. »Daddy, es war fabelhaft«, sagte er.

»Wirklich?«

»Die fabelhaftesten zwei Tage, die ich je erlebt habe.«

Nach diesen fabelhaften Tagen saß Cedric also, zu seiner Einheit zurückkehrend, im Halbdunkel, und der Lichtkegel fiel auf das ungelesene Buch auf seinen Knien.

Basil begab sich ins ›Café Royal‹, um »die Green« zu beschatten. Er fand sie umgeben von ihrer Clique und wurde lauwarm begrüßt.

»Du bist also in der Armee«, sagte sie.

»Nein, in der großen uniformierten Bürokratie. Wie geht's den Roten?«

»Ausgezeichnet, danke der Nachfrage. Sie sehen zu, wie stümperhaft diese Imperialisten ihren Krieg führen.«

»Bei vielen kommunistischen Versammlungen gewesen in der letzten Zeit?«

»Warum?«

»Nur so.«

»Du klingst wie ein Spitzel.«

»Das ist ein Eindruck, den ich am allerwenigsten hervorzurufen wünsche«, sagte er, und dann, rasch das Thema wechselnd: »Ambrose mal gesehen in der letzten Zeit?«

»Er sitzt dort drüben, der gottverdammte Faschist.«

Basil sah in die von ihr angegebene Richtung und erkannte Ambrose auf der gegenüberliegenden Galerie an einem Tisch an der Brüstung, neben ihm ein kleiner, mittelalterlicher Mann von unscheinbarem Äußeren.

»Hast du Faschist gesagt?«

»Wußtest du nicht? Er ist jetzt beim Informationsministerium und bringt nächsten Monat eine faschistische Zeitschrift heraus.«

»Das ist ja rasend interessant«, sagte Basil. »Erzähl mir mehr davon.«

Ambrose saß aufrecht und entspannt da, die eine Hand am Stiel seines Glases, die andere lässig auf der Balustrade. Nichts an seiner Kleidung wirkte irgendwie auffällig. Er trug einen dunklen, eleganten Anzug, der in der Taille und an den Manschetten etwas knapp saß, ein Hemd aus glatter, beigefarbener Seide und eine dunkle Fliege mit weißen Punkten. Sein glattes schwarzes Haar war nicht übermäßig lang (er ging zu demselben Friseur wie Alastair und Peter), sein blasses semitisches Gesicht verriet nichts von besonderer Pflege, und doch machte es Mr. Bentley immer etwas verlegen, mit Ambrose in der Öffentlichkeit gesehen zu werden. Wie er dort saß, während des Sprechens kaum gestikulierend, den Kopf kaum bewegend, ab und zu die Stimme hebend bei einem plötzlich betonten ungewöhnlichen Adjektiv oder bei einem vereinzelten Slangfragment, das in Ambroses präziser und literarischer Ausdrucksweise eingebettet war, hin und wieder kichernd, wenn etwas, das er hatte sagen wollen, im Moment des Ausgesprochenwerdens sein Aussehen veränderte und unerwartet komisch wirkte – dieser Ambrose stellte die Zeit zurück, in eine Epoche, die seiner eigenen oder Mr. Bentleys Jugend vorausgegangen war, in die Zeit des Fin de siècle, als Oscars und Aubreys Tische inmitten eines prächtigeren Dekors von rotem Plüsch und goldenen Karyatiden von jungen Verehrern umdrängt worden waren.

Mr. Bentley glättete sein schütteres graues Haar, spielte an seiner Krawatte und blickte sich besorgt um, aus Furcht, beobachtet zu werden.

Das ›Café Royal‹, möglicherweise aufgrund seiner entfernten Assoziationen zu Oscar und Aubrey, war einer der Orte, an denen Ambrose sich herausputzte, seine Federn spreizte und am liebsten gleich losgeflogen wäre. Seinen Verfolgungswahn hatte er zusammen mit Hut und Schirm an der Garderobe abgegeben. Er bot dem Universum die Stirn.

»Der Niedergang Englands, mein lieber Geoffrey«, sagte er, »geht auf den Tag zurück, an dem wir davon abgekommen sind,

Kohle zu verwenden. Nein, ich spreche nicht von den heruntergekommenen Industriegegenden, sondern von den heruntergekommenen *Seelen*, mein Lieber! Früher haben wir in einem Nebel gelebt, in dem wunderbaren, hellen, lohfarbenen Nebel unserer frühen Kindheit. Die goldene Aura des Goldenen Zeitalters. Vergiß nicht, Geoffrey, es gibt Kinder heutzutage, die erwachsen werden, ohne den Londoner Nebel je gesehen zu haben. Wir haben eine Stadt entworfen, die im Nebel gesehen werden sollte. Wir hatten eine neblige Lebensweise und eine reiche, dunkle, erstickende Literatur. Der große Fang in der Kehle der englischen Lyrik, mein Lieber, ist bloß *Nebel* auf den Stimmbändern. Und aus dem Nebel heraus konnten wir die Welt beherrschen. Wir waren eine *Stimme*, wie *seine* Stimme, die am Sinai durch die Wolken lächelte. Primitive Völker haben sich stets einen Gott gesucht, der aus einer Wolke spricht. Dann, mein lieber Geoffrey«, sagte Ambrose, den Finger tadelnd erhoben und Mr. Bentley mit einem schwarzen, anklagenden Blick betrachtend, als sei der arme Verleger für die ganze Sache persönlich verantwortlich, »dann erfindet irgend so ein Unruhegeist die Elektrizität oder die Ölheizung, oder was immer heutzutage verwendet wird. Der Nebel lichtet sich, die Welt sieht uns, wie wir sind, ja schlimmer noch, wir sehen uns, wie wir sind. Das Ganze war ein Faschingsball, mein Lieber, der sich, als die Gäste um Mitternacht ihre Masken ablegen, als eine einzige Ansammlung von Hochstaplern herausstellt. Was für ein Spektakel, mein Lieber!«

Ambrose leerte sein Glas mit einer eleganten Bewegung, ließ seinen Blick arrogant durch das Café wandern und sah, daß Basil sich ihnen näherte.

»Wir sprechen gerade über den Nebel«, sagte Mr. Bentley.

»Sie sind total zerfressen vom Kommunismus«, sagte Basil und führte sich damit als *agent provocateur* ein. »Ein Übel, das schon zwanzig Jahre andauert, kann man nicht dadurch beseitigen, daß man eine Handvoll Abgeordnete ins Gefängnis wirft. Die Hälfte der französischen Intellektuellen betrachtet Deutschland schon als den wahren Verbündeten.«

»Bitte, Basil, fang nicht mit Politik an. Wir haben ja vom *Nebel* und nicht von den *Franzosen* gesprochen!«*

»Ach so, Nebel.« Basil versuchte, ein eigenes Nebelerlebnis zu erzählen, den Segeltörn mit einer Jolle um Bear Island, doch Ambrose war übermütig an diesem Abend und nicht in Stimmung für diese leichten Blätter von Conrad, die in dem starken Wind seiner Worte herumwirbelten.

»Wir müssen zur Gegenwart zurückkehren«, sagte er prophetisch.

»Ach«, sagte Mr. Bentley, »und warum?«

»Jeder sieht entweder nach vorne oder nach hinten. Wer Respekt und guten Geschmack hat, wie du, mein lieber Geoffrey, der blickt zurück auf das Zeitalter der Klassik, wer großzügig ist und gesund lebt und den Geschmack des Teufels hat, wie Poppet Green da drüben, der blickt nach vorne auf ein Marxsches Jerusalem. *Wir* müssen die Gegenwart annehmen.«

Basil hakte nach: »Du würdest also sagen, daß Hitler eine Figur der Gegenwart ist?«

»Ich betrachte ihn als Witzfigur«, sagte Ambrose. »Für den chinesischen Philosophen stand der heldenhafte Kämpfer am untersten Ende der Skala menschlicher Typen, er war Zielscheibe ordinärer Witze. Wir müssen zur chinesischen Philosophie zurückkehren.«

»Es muß eine furchtbar schwere Sprache sein«, sagte Mr. Bentley.

»In Valparaiso kannte ich mal ein Schlitzauge ...«, begann Basil, aber Ambrose war schon nicht mehr zu bremsen.

»Die europäische Wissenschaft hat nie ihre mönchische Na-

* Unübersetzbares Wortspiel: fog: Nebel, frog: verächtlich für Franzose (A. d. Ü.)

tur verloren. Die chinesische Wissenschaft beschäftigt sich mit Fragen des Geschmacks und der Weisheit, nicht mit dem Auswendiglernen von Fakten. Jemand, der bei uns zum Universitätslehrer berufen würde, hat in China die staatliche Prüfung absolviert und wird dann kaiserlicher Verwaltungsbeamter. Ihre Gelehrten waren einsame Männer mit wenigen Büchern und noch weniger Schülern, zufrieden mit einer einzigen Konkubine, einer Föhre und dem Anblick eines Flusses. Die europäische Kultur ist klösterlich geworden. Wir müssen sie zönobitisch machen.«

»Ich habe in der Ogaden-Wüste einmal einen Eremiten kennengelernt ...«

»Invasionen fegten über China hinweg. Das Reich zerfiel in einander befehdende Königreiche. Die Gelehrten führten ihr einfaches und idyllisches Leben ungestört weiter, gelegentlich produzierten sie einen hervorragenden privaten Scherz, den sie auf Blätter schrieben und flußabwärts treiben ließen.«

»Früher habe ich viele chinesische Gedichte gelesen«, sagte Mr. Bentley, »in Übersetzung natürlich. Ich fand sie faszinierend. Ich las von einem Weisen, der, wie Sie sagen, ein einfaches und idyllisches Leben führte. Er hatte ein Häuschen mit Garten und Ausblick. Für jede Stimmung und für jede Klimaphase gab es eine eigene Blume. Den Jasmin roch er, wenn die Zahnschmerzen nachließen, und den Lotus, wenn er mit einem Mönch Tee trank. Es gab eine kleine Lichtung, wo der Vollmond keine Schatten warf. Dort saß seine Konkubine und sang ihm vor, wenn er sich betrank. Jeder Winkel dieses Gärtchens entsprach einer inneren Stimmung von feinster und edelster Art. Es war eine berauschende Lektüre!«

»Ja.«

»Dieser Weise hatte keinen Hund, sondern eine Katze und eine Mutter. Jeden Morgen begrüßte er, kniend, seine Mutter, und im Winter legte er allabendlich Holzkohlestücke unter ihre

Matratze und zog selbst den Bettvorhang vor. Es hörte sich wie eine vollkommene Existenz an.«

»Ja.«

»Und dann«, sagte Mr. Bentley, »fand ich in einem Zugabteil einmal ein Exemplar des *Daily Mirror*, in dem ein Artikel von Godfrey Winn über sein Häuschen und seine Blumen und seine Stimmungen abgedruckt war, und wirklich und wahrhaftig, Ambrose, für mich bestand zwischen diesem jungen Mann und Yuan Tse-tung kein Unterschied!«

Das zu sagen war grausam von Mr. Bentley, aber man mag ihm zugute halten, daß er Ambrose drei Stunden lang zugehört hatte und daß er, nun, da Basil zu ihnen an den Tisch gekommen war, nach Hause und ins Bett wollte.

Die Unterbrechung, durch die Ambrose den Faden verloren hatte, erlaubte Basil die Frage: »Diese Gelehrten, Ambrose – war es ihnen egal, daß ihr Reich überfallen wurde?«

»Und ob, mein Lieber, und ob!«

»Und du willst eine Zeitung herausgeben, die sich für diese Art von Philosophie stark macht?«

Basil lehnte sich zurück und bestellte etwas zu trinken, wie ein Filmverteidiger sich zurücklehnen und siegesgewiß sagen würde: »Ihr Zeuge, Herr Staatsanwalt!«

Es waren noch vier Stunden bis zur Morgendämmerung, als Cedric im Einschiffungshafen ankam. In den Dienststuben am Kai schimmerte hier und da Licht, aber die Anlegestelle selbst und das Schiff lagen in völliger Dunkelheit da. Der Schiffsaufbau, der sich als dunklere Masse gegen einen dunklen Himmel abzeichnete, war schwach zu erkennen. Ein Einschiffungsoffizier (EO) wies Cedric an, sein Gepäck auf dem Kai zu lassen. Ein Kommando würde sich schon darum kümmern. Er stellte seinen Tornister dort ab und stieg mit seinem Koffer die Gangway hoch. Am oberen Ende dirigierte ihn eine unsichtbare Gestalt zu den vorderen Erste-Klasse-Kabinen. Im Salon stieß er auf seinen Bataillonskommandeur.

»Hallo, Lyne! Sie sind ja schon wieder da. Glück gehabt. Billy Allgood hat sich während seines Urlaubs das Schlüsselbein gebrochen und wird nicht mit uns kommen. Das beste wird sein, Sie beaufsichtigen die Einschiffung. Es gibt furchtbar viel zu tun. Ein paar verdammte Highlanders haben das falsche Schiff erwischt und haben sich überall auf dem Truppendeck breitgemacht. Schon was gegessen?«

»Ich hab in London vor der Abfahrt ein paar Austern gegessen.«

»Sehr vernünftig. Ich hab versucht, etwas Warmes zu organisieren. Hab gesagt, daß wir alle hungrig an Bord kommen würden, aber hier läuft der Betrieb noch ganz wie zu Friedenszeiten. Das da ist alles, was ich auftreiben konnte.«

Er wies auf ein großes, silbrig glänzendes Tablett, auf dem eine Serviette lag und darauf wieder rautenförmig geschnittene Toastbrotscheiben, die mit Sardinen, Käse und Zunge in Aspik belegt waren. Dieses Tablett war in der ersten Klasse immer um zehn Uhr abends gereicht worden.

»Kommen Sie wieder her, wenn Sie Ihre Kabine gefunden haben.«

Cedric fand seine Kabine, in tadelloser Ordnung, mit drei verschieden großen Handtüchern und der Photographie eines schnauzbärtigen Mannes, der vorführte, wie die Schwimmweste in der vorschriftsmäßigen Weise angelegt wurde. Er stellte seinen Koffer ab und ging wieder zurück zum Kommandeur.

»Unsere Leute werden in anderthalb Stunden an Bord gehen. Ich weiß nicht, was diese Highlanders eigentlich treiben. Stellen Sie's fest und scheuchen Sie sie von Bord!«

»Jawohl!«

Cedric stürzte sich wieder in die Dunkelheit und fand den EO. Gemeinsam studierten sie, im Schein einer abgeblendeten Taschenlampe, die Einschiffungsbefehle. Kein Zweifel, die Highlanders befanden sich auf dem falschen Schiff. Dies hier war die ›Duchess of Cumberland‹. Ihr Schiff war die ›Duchess of Clarence‹. »Aber die ›Clarence‹ ist gar nicht hier«, sagte der EO. »Irgend jemand hat ihnen bestimmt befohlen, an Bord der ›Cumberland‹ zu gehen!«

»Aber wer?«

»Ich war's nicht, mein Bester«, sagte der EO.

Cedric ging an Bord und hielt nach dem Kommandeur der Highlanders Ausschau und fand ihn schließlich in seiner Kabine, in voller Montur schlafend.

»Dies sind meine Befehle«, sagte der Highlanders-Oberst und fischte ein Bündel getippter Papiere aus der Hosentasche, die durch ständiges Nachschauen schon zerrissen und fleckig waren. »›Duchess of Cumberland‹. Einschiffung 23.00 Uhr, 1097 Mann in voller Kampfausrüstung. Eindeutiger geht's nicht!«

»Unsere Leute kommen aber in einer Stunde an Bord!«

»Da kann ich Ihnen nicht helfen, tut mir leid. Das sind meine Befehle!«

Er war nicht willens, sich mit einem Leutnant über diese Frage weiter auseinanderzusetzen. Cedric holte seinen Kommandeur. Die beiden Obersten besprachen sich unter vier Augen und vereinbarten, daß die Truppendecks achtern geräumt werden sollten. Cedric sollte den diensthabenden Offizier der Highlanders wecken gehen. Er fand den U.V.D. Zusammen begaben sie sich zu den hinteren Mannschaftsdecks.

Von der Decke schien schwaches Licht – Glühbirnen, kürzlich übermalt mit blauer Farbe, die von den Soldaten noch nicht abgekratzt war –, Ausrüstung und Marschgepäck lagen haufenweise über das Deck verstreut, MG-Kisten, Munition und sargförmige Behälter, die die Panzerabwehrkanonen enthielten.

»Sollte das nicht lieber in der Waffenkammer verstaut werden?« fragte Cedric.

»Nur wenn Sie wollen, daß es geklaut wird.«

Inmitten dieses Durcheinanders lag ein halbes Bataillon, in Decken eingehüllt. Nur wenige Männer hatten in dieser ersten Nacht ihre Hängematten aufgehängt. Die anderen lagen herum und ergänzten das allgemeine Chaos.

»Heute nacht kriegen wir sie nie weg!«

»Wir müssen es probieren!«

Ganz allmählich setzte sich die träge Masse in Bewegung. Unter ständigem Fluchen fingen die Leute an, ihre Siebensachen einzusammeln, und Arbeitskommandos begannen, die Ausrüstung abzutransportieren. Diese mußte über Leitern zum Hauptdeck hochgehievt, dann durch die Dunkelheit nach vorne bis zu den vorderen Luken geschafft werden.

Plötzlich rief eine Stimme vom oberen Ende der Leiter her: »Ist Lyne dort unten?«

»Ja.«

»Ich habe Befehl, meine Kompanie auf dieses Mannschaftsdeck zu bringen.«

»Sie sollen warten!«

»Sie gehen jetzt aber an Bord!«

»Verdammtnochmal, dann halten Sie sie eben auf!«

»Ist dies denn nicht D-Deck?«

»Doch.«

»Hierher sollen wir ja. Wer zum Teufel sind denn diese Leute?«

Cedric kletterte die Leiter hoch und ging zur Gangway vor. Ein Zug schwerbeladener Männer seines Regiments kam heraufgetrottet. »Alle Mann kehrt«, rief Cedric.

»Verdammt, wer sind Sie?« rief eine Stimme aus dem Dunkel.

»Lyne. Lassen Sie Ihre Leute wieder an Land gehen, sie können noch nicht an Bord.«

»Müssen sie aber. Ist Ihnen klar, daß die Hälfte von ihnen seit heute mittag nichts mehr gegessen hat?«

»Vor dem Frühstück gibt es hier sowieso nichts zu essen.«

»Mist, verfluchter! Der Transportoffizier am Euston-Bahnhof sagte, er wolle anrufen und Bescheid sagen, daß bei unserer Ankunft eine warme Mahlzeit bereitsteht. Wo ist denn der Oberst?«

Der Zug der Soldaten auf der Gangway machte kehrt und stieg langsam wieder hinunter. Als der letzte von ihnen den Kai wieder erreicht hatte, unsichtbar im Dunkel verschwunden, kam ihr Offizier an Bord.

»Sie haben ja ein tolles Durcheinander hier!« rief er.

An Deck wimmelte es von Soldaten des anderen Regiments, die ihre Ausrüstung wegschafften.

»Da raucht wer!« rief ein Schiffsoffizier von oben. »Mach sofort die Zigarette aus!«

Plötzlich flammten auf dem Kai Streichhölzer auf. »Macht sofort die Zigaretten aus, da unten!«

»Den ganzen Tag auf Achse, ohne was zu fressen, am Kai wirste rumgescheucht, und dann sagt so 'n Heini, du darfst nich rauchen! Hab langsam die Schnauze voll von diesen Arschlöchern!«

Eine dunkle Gestalt lief an Cedric vorbei, verzweifelt vor sich hin murmelnd: »Namensliste in dreifacher Ausfertigung. Namensliste in dreifacher Ausfertigung! Warum können diese Saftsäcke einem nicht vorher sagen, daß sie die Namenslisten in dreifacher Ausfertigung haben wollen!«

In einer weiteren dunklen Gestalt erkannte Cedric den EO.

»Also, die Leute sollen doch ihre Ausrüstung auseinandernehmen und vor der Einschiffung in grüne Seesäcke packen!«

»Aha.«

»Bislang ist ja wohl noch nichts passiert!«

»Mmmm.«

»Der ganze Ladeplan gerät durcheinander, wenn sie es nicht machen.«

»Aha.«

Eine Ordonnanz tauchte auf. »Mr. Lyne, der Kommandeur wünscht Sie zu sprechen!«

»Hören Sie mal, Lyne, sind diese gottverdammten Schotten noch immer nicht von Bord? Ich habe doch vor zwei Stunden angeordnet, daß das Mannschaftsdeck geräumt werden soll! Ich dachte, Sie wollten sich darum kümmern.«

»Tut mir leid, Sir! Aber jetzt kommt Bewegung in die Bude!«

»Das will ich auch hoffen. Übrigens, die Hälfte unserer Leute hat den ganzen Tag nichts gegessen. Gehen Sie mal zum Proviantmeister und sehen Sie zu, ob Sie was auftreiben können. Und erkundigen Sie sich auf der Brücke nach der genauen Ablegezeit. Und kümmern Sie sich darum, daß jeder weiß, wo was ist, wenn die Leute an Bord gehen! Wir wollen doch nicht, daß was verloren geht. Vielleicht sind wir schon vor Ende der Woche im Einsatz. Mir ist zu Ohren gekommen, daß diese Highlanders schon auf der Anreise eine Menge Zeug verloren haben. Wir wollen vermeiden, daß sie ihre fehlenden Bestände auf unsere Kosten ergänzen.«

»Jawohl, Sir!«

Als er auf das Deck hinaustrat, huschte die gespensterhafte Gestalt im Dunkel an ihm vorbei, vor sich hin murmelnd in einem Tonfall, der von einer anderen und noch schlimmeren Welt zu künden schien: »Namenslisten in dreifacher Ausfertigung! Namenslisten in dreifacher Ausfertigung!«

Um sieben Uhr sagte der Oberst: »Gottogott, jemand soll Lyne mal ablösen! Die Sache scheint ihn ja völlig geschafft zu haben!«

Cedric ging zu seiner Kabine. Er war unsagbar müde. All die Ereignisse und Empfindungen der letzten achtundvierzig Stunden waren überlagert von einem einzigen Wunsch – zu schlafen. Er legte Gürtel und Schuhe ab und legte sich auf seine Koje. Nach einer Viertelsekunde war er eingeschlafen, nach fünf Minuten weckte ihn ein Steward und stellte ein Tablett mit Tee, einem Apfel, einer dünnen Scheibe Graubrot und Butter neben ihn. So fing der Tag auf diesem Schiff immer an, ob es sich auf einer Fahrt zur Mitternachtssonne befand oder auf einer Karibik-Kreuzfahrt. Eine Stunde später lief draußen ein zweiter Steward vorbei, mit einem Hämmerchen einen Gong schlagend. Das war der zweite Tagesabschnitt auf diesem Schiff. Er lief, anmutig seinen Gong schlagend, durch die Erste-Klasse-Unterkunft, zwischen Tornistern und Seesäcken sich vorsichtig einen Weg bahnend. Unrasierte, schlechtgelaunte Offiziere, die die ganze Nacht nicht geschlafen hatten, warfen ihm finstere Blicke zu. Neun Monate zuvor war das Schiff im Mittelmeer gewesen, und hundert ältere Damen hatten sich über seine Musik gefreut. Ihm selber war es völlig egal.

Nach dem Frühstück rief der Oberst alle Offiziere in den Rauchsalon. »Wir müssen alles aus dem Schiff herausholen! Es muß taktisch beladen werden. Wir werden sowieso nicht vor heute abend ablegen. Ich hab gerade mit dem Kapitän gesprochen, er sagt, er hat noch nicht aufgetankt. Wir haben auch zuviel Ladung, und er besteht darauf, daß zweihundert Mann an Land gesetzt werden. Heute vormittag kommt weiterhin ein Feldlazarett an Bord, für das wir Platz schaffen müssen. Untergebracht werden müssen darüberhinaus Feldjäger, ein Truppenmagazin, zwei Zahlmeister, vier Militärgeistliche, ein Veterinärarzt, ein Pressefotograf, ein Marinelandungstrupp, eine Marineflakeinheit, eine Luftunterstützungsverbindungseinheit, was immer das ist, und eine Pioniereinheit. Niemand darf von Bord! Jede Art von Kontakt zum Land ist verboten. Die Wachkompanie wird Posten abstellen zur Überwachung der Briefkästen und Telefonzellen auf dem Kai. Das ist alles, meine Herren!«

Jeder sagte: »Lyne hat uns die Einschiffung versaut.«

5

Als Mr. Bentley, in der ersten Woge patriotischer Begeisterung, aus dem Verlag ausschied, um eine Aufgabe im Informationsministerium zu übernehmen, wurde zwischen ihm und seinem Geschäftspartner vereinbart, daß er sein Büro behalten sollte und daß er, wann immer es ihm möglich wäre, seinen verlegerischen Interessen nachzugehen, dort erscheinen sollte. Mr. Rampole, der Seniorpartner, sollte sich um die alltäglichen Geschäfte kümmern.

Die Firma Rampole und Bentley war weder groß noch sehr wohlhabend. Sie verdankte ihre Existenz in erster Linie dem Umstand, daß beide Partner über beträchtliche Einkommen verfügten, die aus anderen Quellen stammten. Mr. Bentley war Verleger, weil er schon als Kind gern gelesen hatte. Bücher waren Kostbarkeiten für ihn, je mehr er besaß, desto fröhlicher war er. Die nähere Bekanntschaft mit Autoren hatte seine Sympathien für sie jedoch nicht gesteigert. Als Typus fand er sie habsüchtig, egoistisch, neidisch und undankbar, aber er hatte stets die Hoffnung, daß eine dieser unangenehmen Figuren sich eines Tages als messianisches Genie herausstellen würde. Und er mochte die Bücher an sich. Es gefiel ihm, im Verlagsschaufenster das Dutzend bunter Umschläge zu sehen, die Neuerscheinungen der jeweiligen Saison. Und es gefiel ihm, sich bei diesem Anblick irgendwie auch als Schriftsteller fühlen zu können. Nicht so der alte Rampole. Mr. Bentley fragte sich oft, warum sein Seniorpartner überhaupt Verleger geworden war und warum er, einmal enttäuscht, weitergemacht hatte. Der alte Rampole beklagte die Verbreitung von Büchern. »Ausgeschlossen«, sagte er immer, wenn Mr. Bentley mit einem neuen Autor ankam, »niemand liest Erstlingsromane!«

Ein-, zweimal im Jahr stellte Rampole selbst einen neuen Autor vor, dessen Scheitern er stets mit wohlfundierten

Argumenten prophezeite. »Furchtbare Sache«, hieß es etwa, »habe im Club den alten Soundso getroffen. Hat mich gelöchert. Ist gerade aus Malaya zurück und hat seine Memoiren geschrieben. Wir werden sie herausbringen müssen. Können uns da jetzt nicht mehr herausreden. Der einzige Trost, es wird sein einziges Buch bleiben!«

In dieser Hinsicht war er Mr. Bentley überlegen, worauf er auch immer wieder gerne hinwies. Im Gegensatz zu den jungen Freunden von Mr. Bentley meldeten sich seine Autoren nie wieder mit irgendwelchen Wünschen.

Der *Elfenbeinturm* war eine Idee, die dem alten Rampole natürlich nicht behagte. »Eine erfolgreiche Literaturzeitschrift kenne ich nicht«, sagte er.

Er brachte Ambrose widerwillig einen gewissen Respekt entgegen, weil er einer der wenigen Hausautoren war, die unbestreitbar Geld einbrachten. Bei anderen Schriftstellern gab es immer Diskussionen, wobei Mr. Bentley derart geschickt mit Vorschüssen und Betriebskosten und Lagerbeständen herumjonglieren konnte, daß offensichtliche Mißerfolge, gemäß seiner Beweisführung, ausgesprochene Renner zu sein schienen. Von Ambroses Büchern waren allerdings fünfzehntausend Exemplare verkauft worden. Er fand den Burschen nicht sympathisch, mußte ihm aber ein gewisses schriftstellerisches Talent zubilligen. Es schockierte ihn, daß Ambrose, um ein derartiges Projekt vorzuschlagen, seinen eigenen Interessen gegenüber offenbar blind sein mußte.

»Hat er denn Geld?« fragte er Mr. Bentley vertraulich.

»Wohl nicht sehr viel.«

»Was stellt er sich dann vor? Was *will* er denn eigentlich?«

Zu Ambrose sagte er: »Aber eine Literaturzeitschrift? Ausgerechnet jetzt?«

»Jetzt ist genau die richtige Zeit«, sagte Ambrose. »Begreifen Sie denn nicht?«

»Nein. Die Kosten sind hoch und klettern immer höher. Papier gibt's auch nicht. Wer will diese Zeitschrift denn überhaupt lesen? Es ist keine Frauenzeitschrift. Es ist, soweit ich sehe, keine Männerzeitschrift. Es ist nicht einmal aktuell. Wer wird schon darin inserieren wollen?!«

»An Inserate hatte ich gar nicht gedacht. Ich hatte mir so etwas Ähnliches wie das alte *Yellow Book* vorgestellt.«

»Also, das war ja ein Reinfall«, sagte der alte Rampole triumphierend, »am Ende.«

Aber dann gab er doch seine Einwilligung. Allen Vorschlägen, mit denen Mr. Bentley kam, gab er letztlich seine Einwilligung. Das war das Geheimnis ihrer langjährigen Geschäftspartnerschaft. Seine Einwände hatte er ja kundgetan. Niemand würde ihm Vorwürfe machen können. Es war allein Mr. Bentleys Sache. Oft hatte er sich Mr. Bentleys Projekten aus Gewohnheit widersetzt, Veröffentlichungen jedweder Art mit ganz allgemeinen Begründungen als nicht wünschenswert abgelehnt. Was den *Elfenbeinturm* anging, so bewegte Mr. Rampole sich auf festem Boden, und er wußte das. Es befriedigte ihn regelrecht, seinen Partner bei einer derart unverzeihlichen Dummheit zu erwischen. Und so wurde aus Mr. Bentleys Büro, dem prachtvollsten jenes schönen alten Gebäudes, in dem sich die Verlagsräume befanden, die Redaktionsstube von Ambroses Zeitschrift.

In dieser Phase gab es noch nicht viel zu redigieren.

»Einen Einwand ahne ich schon«, sagte Mr. Bentley, über die Korrekturfahnen gebeugt, »die ganze Nummer scheint ja von dir geschrieben worden zu sein.«

»Niemand wird es erraten«, sagte Ambrose. »Wenn du willst, können wir ja Pseudonyme verwenden.« Ambrose war schon immer eine Art Spezialist für Manifeste gewesen. Eines hatte er als Schüler geschrieben. Auf der Universität hatte er ein Dutzend geschrieben. Einmal, gegen Ende der zwanziger Jahre, hatten er und seine Freunde Hat und Malpractice sogar die Einladung zu einer Party in Form eines Manifests abgefaßt. Einer der vielen Gründe, warum er mit dem Kommunismus nichts zu tun haben wollte, war der, daß dessen Manifest von jemand anders geschrieben worden war, ein für allemal. Da Ambrose sich von allen möglichen Feinden umgeben wähnte, fand er es hin und wieder recht erheiternd, seinen Angriffswillen laut hinauszuposaunen. Die erste Nummer des *Elfenbeinturm* entsprach der von ihr zur Schau getragenen Gelassenheit und Distanziertheit nicht so ganz, da Ambrose einen Kampf gegen jede nur denkbare Windmühle führte.

Im Artikel *Die jungen Dichter, oder Elfenbeinturm gegen Wolkenkratzer* umriß Ambrose ein für allemal seine Haltung in der großen Parsnip-Pimpernell-Debatte. *Eremit oder Chordirigent* war eine ausgearbeitete Version seines Vortrags im ›Café Royal‹ (»Die Kultur muß zönobitisch sein und nicht klösterlich.«). An diejenigen, welche die Ansicht vertraten, daß die Literatur von Nutzen für die Gesellschaft sei, teilte er unprovoziert heftige Schläge aus. Mr. J. B. Priestley mußte sich in diesem Artikel etliche persönliche Beschimpfungen gefallen lassen. Es folgte *Der Bakelitturm,* eine Attacke gegen David Lennox und die dekorative Schule der modernen Malerei. Danach *Majore und Mandarine,* in dem Ambrose genau darlegte, mit welcher Verachtung und Abscheu man den Militärs begegnen müsse, wobei zu den Militärs alle energischen und kämpferischen Politiker (namentlich erwähnt) gezählt wurden.

»Das ist ja alles sehr polemisch«, sagte Mr. Bentley traurig. »Als du mir das erste Mal davon erzählt hast, dachte ich, es sollte eine rein künstlerische Zeitschrift werden.«

»Wir müssen den Leuten zeigen, wo wir stehen«, sagte Ambrose. »Die Kunst kommt später – und überhaupt, *Monument für einen Spartaner* gibt es ja auch noch.«

»Ja«, sagte Mr. Bentley. »Richtig.«

»Fünfzig Seiten, mein Lieber, alles reine Kunst!«

Ambrose legte dabei etwas Spaßiges in seine Stimme, gab ihr den Tonfall eines Verkäufers, als wollte er sagen: »Alles reine Seide!« Er tat, als wäre es ein Scherz, doch tief in seinem Herzen glaubte er (und er wußte, daß Mr. Bentley ihn so verstanden hatte), daß er die pure Wahrheit sprach. Es war wirklich alles reine Kunst.

Er hatte das Buch vor zwei Jahren geschrieben, nach seiner Rückkehr aus München, nachdem er von Hans Abschied genommen hatte. Es war Hans' Geschichte. Inzwischen waren zwei Jahre vergangen, und er konnte sie noch immer nicht ohne Tränen lesen. Sie zu veröffentlichen war ein symbolischer Akt der Befreiung von einer seelischen Last, die er zu lange mit sich herumgeschleppt hatte.

Monument für einen Spartaner beschrieb Hans, wie Ambrose ihn geliebt hatte, in allen Stimmungen. Hans, der unreife, kleinbürgerliche Provinzbursche, der in der Düsternis einer teutonischen Jugend herumirrt und sich vorantastet, seine Prüfungen nicht besteht, der sich, der Welt überdrüssig, im Wald das Leben nehmen will, autoritätshörig, unfähig, sich mit der Ordnung des Universums zu versöhnen; Hans – herzlich, sentimental, ungestüm-sinnlich, schuldbewußt, vor allem: schuldbewußt, von den Tabus des Waldes verfolgt; Hans – gläubig, den Unsinn der Nazi-Bonzen naiv und großherzig annehmend, ehrerbietig gegen jene lächerlichen Lehrer, die in den Zeltlagern leidenschaftliche Reden halten, empört über das Unrecht, das der Mensch den Menschen zufügt, empört über die Machenschaften der Juden und die Einkreisung seines Vaterlands, über die Blockade und die Demilitarisierung; Hans – der seine Kameraden liebt, der in tief empfundener Stammesloyalität die Möglichkeit sieht, sich von der Schuld persönlicher Liebe zu befreien; Hans – der mit seinen Kameraden in der Hitlerjugend Lieder singt, mit ihnen Bäume fällt, Straßen baut, noch immer seinen alten Freund liebt und verwirrt feststellt, daß er die alte Liebe mit der neuen nicht vereinbaren kann: Hans – der etwas älter wird, sich den Braunhemden anschließt, eingehüllt in eine Art dunkler Ritterlichkeit, benebelt von einer Dämmerung, aus der die Demagogen und Parteibonzen strahlend wie Wagnersche Helden hervortraten; Hans – der seinem alten Freund die Treue hält, wie ein Holzfällerbub im Märchen, der plötzlich sieht, daß der Wald voller Gestalten aus einer anderen Welt ist, sich die Augen reibt und am Abend in seine Hütte, zu seinem Kamin zurückkehrt. In Ambroses Geschichte strahlten die Wagnerianer genauso, wie sie in Hans' Augen gestrahlt hatten. Unnachsichtig versagte er sich jede Andeutung von Satire. Die lärmenden, exzentrischen, bornierten Parteitypen waren durchweg Helden und Philosophen. Ambrose hatte all das mit viel Takt und Genauigkeit beschrieben, zu einer Zeit, da sein Herz schon vom tragischen Ende verzehrt wurde. Hans' SA-Kameraden entdecken, daß sein Freund Jude ist. Über diesen Freund haben sie sich ohnehin schon geärgert, weil ihr vulgäres Denken ihnen gesagt hatte, daß er etwas Persönliches, Individuelles darstellte in einer Welt, in der nur der Mob und die Meute das Recht hatten zu leben. Also fallen der Mob und die Meute über Hans' Freundschaft her. Mit gespielter Gnade ersparen sie Hans die Konsequenzen seiner Entdeckung. Für ihn hätte dies freilich ein Wendepunkt in seiner späten Entwicklung sein können – festzustellen, daß seine eigenen, persönlichen Überzeugungen mit den künstlichen Überzeugungen, die ihm eingetrichtert wurden von den Betrügern und Aufschneidern, die er als Führer betrachtete, kollidierten. Aber die Meute und der Mob ließen Hans keine Zeit mehr, sich seine harte Strafe selbst auszudenken. Das zumindest wurde ihm durch den plötzlichen und grausamen Ansturm erspart, es blieb Ambrose überlassen, der mit dem Zug nach England zurückfuhr.

Es war eine Geschichte, die ein populärer Schriftsteller auf eine Länge von 150000 Wörtern ausgedehnt hätte. Ambrose ließ nichts aus. Alles war da, taktvoll und genau, auf fünfzig Seiten im *Elfenbeinturm.*

»Offen gesagt, Geoffrey, ich finde, es ist ein großes Kunstwerk.«

»Ja, Ambrose, ich weiß. Ich teile ja deine Ansicht. Ich wünschte nur, wir würden es ohne diese strittigen Sachen veröffentlichen.«

»Wieso strittig, Geoffrey? Wir wollen Einverständnis, nicht Auseinandersetzung. Wir zeigen unsere Empfehlungsschreiben und Passierscheine. Das ist alles!«

»Dem alten Rampole wird's nicht gefallen.«

»Wir brauchen's dem alten Rampole ja nicht zu zeigen«, sagte Ambrose.

»Ich bin einer ganz phantastischen Sache auf der Spur, Herr Oberst!«

»Reden Sie mich in diesem Büro gefälligst mit ›Sir‹ an!«

»Wollen Sie nicht lieber mit ›Boss‹ angeredet werden?«

»Sie reden mich mit ›Sir‹ an oder Sie ziehen diese Uniform da aus.«

»Komisch«, sagte Basil, »ich würde mich viel lieber mit ›Boss‹ anreden lassen. Übrigens nennt Susie mich so. Darf ich Ihnen aber von meiner Entdeckung berichten, Sir?«

Als Basil ihm Bericht erstattet hatte, meinte Oberst Plum: »Das ist ja soweit alles ganz schön. Wir können natürlich nichts unternehmen. Dieser Silk ist ein bekannter Schriftsteller, er arbeitet im Informationsministerium.«

»Er ist ein außerordentlich gefährlicher Typ. Ich kenne ihn gut. Er hat vor dem Krieg in München gelebt – ist aus dem Braunen Haus nie rausgekommen.«

»Schon möglich, aber wir sind hier nicht in Spanien. Wir können nicht irgend jemand festnehmen, bloß weil er in einer privaten Unterhaltung im Café irgendwelche Sachen gesagt hat.

Ich bin sicher, daß wir damit noch zu tun haben werden, aber in der gegenwärtigen Phase unseres Kampfes für die Freiheit liegt sowas einfach nicht drin!«

»Aber diese Zeitschrift, die er herausbringen will!«

»Tja, das ist was anderes. Rampole und Bentley ist aber ein absolut achtbarer, kleiner Verlag. Solange ich nichts in der Hand habe, kann ich keinen Haussuchungsbefehl beantragen. Wir haben zwar recht weitgehende Befugnisse, aber wir müssen in ihrer Anwendung vorsichtig sein. Wir behalten diese Zeitschrift im Auge, und sobald es gefährlich aussieht, schreiten wir ein. Und jetzt an die Arbeit! Hier ist eine anonyme Anzeige gegen einen Admiral a. D. in South Kensington. Natürlich steht nichts drin. Sehen Sie mal nach, was bei der Polizei über ihn bekannt ist!«

»Überprüfen wir denn keine Nachtclubs? Ich bin sicher, daß es dort von feindlichen Agenten wimmelt.«

Susie sagte: »Ich prüfe. Du nicht!«

Ein ruhiger Tag im Informationsministerium. Die dynamischeren Korrespondenten neutraler Länder hatten England zumeist schon verlassen, da sie die Achsenmächte als geeigneteren Grund für die Schlagzeilenjagd betrachteten. Das Ministerium konnte ungestört weiterarbeiten. Am Nachmittag wurde im Projektionsraum ein Film gezeigt. Er handelte von der Otterjagd und diente dazu, neutrale Länder von der Schönheit des englischen Landlebens zu überzeugen. Die Mitarbeiter der Abteilung Religion waren allesamt begeisterte Kinogänger. Basil fand ihr Zimmer leer vor. Auf Ambroses Schreibtisch lagen zwei Sätze Korrekturfahnen der neuen Zeitschrift. Einen davon steckte er sich ein. Auch ein Reisepaß lag dort. Basil nahm ihn interessiert in die Hand, einen irischen hatte er noch nie gesehen. Der Paß war ausgestellt auf einen Pater Flanagan, S. J., Professor an der Universität Dublin. Das Photo zeigte ein leichenblasses Gesicht unbestimmten Alters. Pater Flanagan arbeitete nebenher als Korrespondent einer irischen Zeitung. Er wollte während seines Urlaubs die Maginot-Linie besuchen und hatte, nach mancherlei Enttäuschung, zur Abteilung Religion des Informationsministeriums gefunden, deren römisch-katholischer Leiter zugesagt hatte, ihm ein Visum zu besorgen. Basil steckte ihn ein, ein zweiter Paß war oft ganz nützlich. Dann schlenderte er hinaus.

Er nahm die Korrekturfahnen mit nach Hause und las bis zum Abend, die eine oder andere Stelle als Material für sein Memorandum anstreichend. Der Stil war durchweg homogen, aber die Namen der Autoren waren unterschiedlich. Ambrose hatte sich, was Namen anging, ziemlich gehen lassen – ›Huckleberry Squib‹, ›Bartholomew Grass‹, ›Tom Barebones-Abraham‹. Lediglich *Monument für einen Spartaner* war mit Ambroses Namen gezeichnet. Später am Abend machte Basil sich auf die Suche nach Ambrose – im ›Café Royal‹, wo er sicher war, ihn anzutreffen.

»Ich habe deine Zeitschrift gelesen«, sagte er.

»Also du warst es! Ich dachte schon, einer dieser unangenehmen Jesuiten hätte es gestohlen. Ständig flattern sie rein und raus, wie Dohlen. Geoffrey Bentley war schon ganz aufgeregt deswegen. Er will nicht, daß der alte Rampole ein Exemplar sieht, bevor es auf dem Markt ist.«

»Warum sollten die Jesuiten dem alten Rampole deine Zeitschrift zeigen?«

»Ich trau ihnen jeden Unfug zu! Und wie findest du sie?«

»Naja«, sagte Basil, »ich finde, du hättest ruhig ein bißchen dicker auftragen können. Du mußt die Leute doch schockieren! Nur so kommt man mit einer neuen Zeitschrift an. Heutzutage kannst du die Leute natürlich nicht mehr mit Sex schockieren. Das meine ich auch nicht. Aber wie wär's denn mit einem kleinen Lobgedicht auf Himmler – sowas in der Art?«

»Ich glaube, das wäre keine so gute Idee. Und meines Wissens hat niemand ein solches Gedicht geschrieben.«

»Ich könnte bestimmt eins für dich auftreiben!«

»Nein«, sagte Ambrose. »Und wie fandest du *Monument für einen Spartaner*?«

»Der ganze erste Teil ist hervorragend. Ich vermute ja, man hat dir nahegelegt, die Geschichte so enden zu lassen.«

»Wer ist ›man‹?«

»Das Informationsministerium.«

»Die haben damit nichts zu tun.«

»Ach nein? Na, du wirst's ja am besten wissen. Ich kann nur sagen, wie es auf einen Außenstehenden wirkt. Mein Eindruck war: ein erstklassiges Kunstwerk! Niemand anders als du konnte es geschrieben haben. Und dann verkommt es plötzlich zu bloßer Propaganda. Selbstverständlich ausgezeichnete Propaganda. Ich wünschte, die Hälfte von dem Zeugs, das dein Ministerium herausgibt, wäre ebenso gut – aber Propaganda. Eine Horrorgeschichte in der Art, wie sie von amerikanischen Journalisten am laufenden Band produziert werden. Weißt du, Ambrose, es ist ein bißchen knallig. Aber im Krieg müssen wir natürlich alle Opfer bringen. Du sollst nicht denken, daß ich dich deswegen nicht schätze. Aber als Literatur, Ambrose, ist es entsetzlich!«

»Ja? Findest du?« sagte Ambrose erschrocken.

»Springt doch ins Auge, mein Lieber! Deiner Karriere hier in der Abteilung wird es allerdings dienlich sein.«

»Basil«, sagte Ambrose ernst, »wenn ich wüßte, daß es so ankommt, dann sollte ich es lieber in den Papierkorb werfen.«

»Ach was! Die ersten fünfundvierzig Seiten sind großartig! Warum läßt du's nicht dabei bewenden – Hans, noch immer voller Illusionen, nimmt am Überfall auf Polen teil.«

»Vielleicht.«

»Und du könntest auch noch Himmler reinbringen, ganz am Schluß, in einer Art Apotheose des Faschismus.«

»Nein.«

»Bitte, es muß ja nicht Himmler sein. Zeige Hans im ersten Siegestaumel und laß die Geschichte so enden.«

»Ich werd's mir überlegen ... Glaubst du wirklich, intelligente Leser werden denken, ich schreibe Propaganda?«

»Mein Lieber, es bleibt ihnen gar nichts anderes übrig!«

Eine Woche später war Basil, einfach dadurch, daß er sich im Verlag Rampole und Bentley danach erkundigt hatte, in den Besitz eines Vorausexemplars der neuen Zeitschrift gelangt. Ungeduldig schlug er die letzte Seite auf und stellte fest, daß *Monument für einen Spartaner* jetzt genau so endete, wie er vorgeschlagen hatte. Er las sie noch einmal mit großem Genuß. Für jeden, der Ambroses Biographie nicht kannte, war es eindeutig – ein triumphaler Lobgesang auf die Hitlerjugend. Es hätte von Dr. Ley persönlich stammen können. Basil steckte das Manuskript ein und fuhr ins Kriegsministerium. Bevor er Oberst Plums Büro betrat, strich er mit Rotstift all die Passagen in *Monument für einen Spartaner* und den vorausgegangenen Artikeln an, die die britische Armee und das Kriegskabinett besonders lächerlich machten und den Künstler zu gewaltlosem Widerstand aufforderten. Dann legte er das Heft auf Oberst Plums Schreibtisch.

»Sie haben mir doch versprochen, Sir, Sie verschaffen mir eine Ernennung zum Hauptmann der Marineinfanterie, wenn ich einen Faschisten schnappe!«

»Das war ein übertragener Ausdruck.«

»Wofür?«

»Daß Sie was leisten sollten, um Ihre Anwesenheit hier in meinem Büro zu rechtfertigen. Was haben Sie denn da?«

»Schriftliche Beweise. Eine fünfte Kolonne.«

»Na schön, legen Sie's hin. Ich werd's mir mal ansehen, wenn ich Zeit habe.«

Es war nicht Oberst Plums Sache, vor Untergebenen Begeisterung zu zeigen; doch kaum war Basil gegangen, fing er an, mit großer Aufmerksamkeit zu lesen. Dann rief er Basil zu sich.

»Ich glaube, Sie haben hier was ganz Interessantes«, sagte er. »Ich werde es zu Scotland Yard hinüberbringen. Wer sind Squib, Grass und Barebones-Abraham?«

»Finden Sie nicht, daß es sich nach Pseudonymen anhört?«

»Quatsch! Wer ein Alias braucht, nennt sich Smith oder Brown.«

»Wie Sie meinen, Sir. Ich werde jedenfalls dafür sorgen, daß sie vor Gericht gebracht werden.«

»Es wird kein Gericht geben. Diese Bande werden wir ohne Gerichtsverfahren einlochen!«

»Soll ich mit Ihnen zu Scotland Yard gehen?«

»Nein.«

»Wenn das alles ist, werde ich ihn nicht mit Barebones-Abraham bekanntmachen«, sagte Basil, als der Oberst gegangen war.

»Haben wir jetzt endlich eine Fünfte Kolonne geschnappt?« rief Susie.

»Wieso ›wir‹? Ich war's.«

»Werden sie erschossen?«

»Nicht alle vermutlich.«

»Eigentlich 'ne Schande«, sagte Susie. »Sie werden wohl wenig beeindruckt sein.«

In seiner Begeisterung über das Aufstellen der Falle hatte Basil nicht an die Konsequenzen gedacht. Als Oberst Plum zwei Stunden später zurückkam, schien es, als habe Basil keinerlei Einfluß mehr auf die Sache. »Bei Scotland Yard sind alle ganz aus dem Häuschen«, sagte der Oberst. »Machen uns tolle Komplimente. Alles ist bereit. Wir haben für Autor, Verleger und Drucker einen Haftbefehl nach den Sonderbestimmungen erwirkt, aber ich glaube, daß wir die Drucker nicht groß in die Mangel nehmen müssen. Morgen früh wird dieser Silk im Informationsministerium verhaftet, zur gleichen Zeit werden wir den Verlag Rampole & Bentley durchsuchen und sämtliche Exemplare der Zeitschrift und die gesamte Korrespondenz beschlagnahmen. Für die Dauer der Ermittlungen werden alle Büroangestellten in Haft genommen. Was wir jetzt unbedingt brauchen, ist eine Beschreibung von Grass, Squib und Barebones-Abraham. Sie können sich ja mal darum kümmern. Ich gehe jetzt zu einer Besprechung mit dem Innenminister.«

Vieles an diesem Vortrag fand Basil im ersten Moment gar nicht erfreulich, doch als er sich die Sache durch den Kopf gehen ließ, mißfiel sie ihm immer mehr. Erstens schien Oberst Plum den Ruhm und den Spaß für sich allein zu beanspruchen. Basil fand, daß er den Innenminister aufsuchen sollte, daß er mit Scotland Yard die morgige Aktion hätte planen sollen, daß er die tollen Komplimente hätte bekommen sollen, von denen Oberst Plum gesprochen hatte. Den Verrat an seinem alten Freund hatte er nicht dafür geplant. Oberst Plum drängte sich allzu sehr in den Vordergrund.

Zweitens war das Gefühl, auf der Seite des Gesetzes zu stehen, für Basil neu und keineswegs angenehm. Früher hatte er bei dem Wort Razzia immer an Flucht über Dächer und durch Hinterhöfe gedacht; daß so tolerant und gelassen über diese Dinge gesprochen wurde, beschämte ihn.

Drittens war er ein wenig besorgt, was Ambrose wohl sagen würde. Auch wenn man ihm das Recht auf ein öffentliches Gerichtsverfahren abspräche, irgendeine Form von Untersuchung würde es doch wohl geben, bei der er seine eigene Version der Dinge würde schildern können. Basil fand, daß sein Anteil an der Endredaktion von *Monument für einen Spartaner* lieber eine gute Story bleiben sollte, die er im richtigen Augenblick den richtigen Leuten erzählen würde, und nicht zum Gegenstand einer offiziellen und quasi öffentlichen Untersuchung gemacht werden sollte.

Und viertens brachte er Ambrose, aufgrund ihrer langjährigen Verbindung, ein erstaunliches Maß an Mitgefühl entgegen. Im Zweifelsfall wünschte er ihm eher Gutes als Schlechtes.

Das waren, der Wichtigkeit nach in dieser Reihenfolge, die Überlegungen, die in Basils Kopf hin und her gingen.

Die Wohnung von Ambrose lag in Bloomsbury, in der Nähe des Informationsministeriums, in einem großen Mietshaus ganz oben unter dem Dach, wo die Marmorstufen schon längst in Dielen übergegangen waren. Ambrose bewohnte die ehemaligen Schlafzimmer des Dienstpersonals, eine Mansardenwohnung, deren Name den asketischen Neigungen, die ihn im Jahre der Weltwirtschaftskrise überkommen hatten, entgegenkam. Ansonsten machte die Wohnung aber durchaus keinen ärmlichen Eindruck. Ambrose hatte den Hang seiner Landsleute zu Behaglichkeit und erlesenen Besitztümern. Da fanden sich teure ausländische Bücher über Architektur, ein tiefer Sessel stand dort, eine straußeneiförmige Plastik von Brancusi, ein Grammophon mit einem gewaltigen Trichter und eine Kollektion von Schallplatten – wegen dieser und zahlloser anderer Dinge hatte er das Wohnzimmer liebgewonnen. Das Badezimmer verfügte zwar nur über einen Gasboiler, der bestenfalls ein kümmerliches Rinnsal warmen Wassers von sich gab und schlimmstenfalls in einer Wolke giftiger Dämpfe explodierte, aber derartige Apparate sind überall auf der Welt das Markenzeichen des besseren Intellektuellen. Ambroses Schlafgemach entschädigte für die Gefahren und Unannehmlichkeiten des Badezimmers. Versorgt wurde er in dieser Wohnung von einer mütterlichen Alten, die ihn zuweilen wegen seines Junggesellendaseins aufzog.

In jener Nacht begab Basil sich sehr spät zu dieser Wohnung. Es waren rein künstlerische Gründe, weshalb er seine Ankunft auf einen so späten Zeitpunkt gelegt hatte. Oberst Plum mochte ihm versagen, die Erregung von Scotland Yard und Innenministerium mitzuerleben, doch hier würde alles für melodramatische Ereignisse sprechen. Basil mußte eine Weile klopfen und klingeln, ehe er gehört wurde. Dann erschien Ambrose im Morgenmantel an der Tür.

»Oh Gott!« sagte er, »du bist bestimmt betrunken.« Keiner von Basils Freunden in London, die eine feste Wohnung hatten, konnte vor seinen gelegentlich nächtlichen Besuchen sicher sein.

»Laß mich rein! Wir haben keine Zeit zu verlieren.« Basil flüsterte. »Die Polizei wird jeden Augenblick hier sein.«

Ein etwas schlaftrunkener Ambrose ließ ihn eintreten. Es gibt Menschen, für die das Wort »Polizei« nichts Erschreckendes hat. Ambrose gehörte nicht zu ihnen. Sein Leben lang war er ein Außenseiter gewesen, und an die Tage in München, als Freunde von ihm mitten in der Nacht plötzlich verschwanden, ohne eine Adresse zu hinterlassen, erinnerte er sich noch deutlich.

»Ich habe dir das hier mitgebracht«, sagte Basil, »und das und das.« Er gab Ambrose einen Priesterkragen, ein schwarzes Priesterhemd, das mit einer Doppelreihe schwarzer Knöpfe besetzt war, sowie einen irischen Reisepaß. »Du bist Pater Flanagan, auf der Heimreise zur Universität Dublin. Wenn du erst einmal in Irland bist, wirst du in Sicherheit sein.«

»Aber um diese Zeit gibt es doch bestimmt keinen Zug mehr!«

»Morgen früh um acht fährt einer. Du kannst im Wartesaal von Euston solange waren, bis er bereitgestellt wird. Hast du ein Brevier?«

»Natürlich nicht.»

»Dann lies eine Rennzeitschrift. Einen schwarzen Anzug wirst du ja wohl haben!«

Es war bezeichnend für Basils subtile Bestimmtheit wie für Ambroses eingefleischtes Schuldbewußtsein, daß er schon als

Priester angezogen war, ehe er sagte: »Aber was habe ich denn getan? Warum ist man hinter mir her?«

»Deine Zeitschrift! Sie soll verboten werden. Jeder, der mit ihr zu tun hat, soll verhaftet werden.«

Ambrose stellte keine weiteren Fragen. Er akzeptierte die Tatsache so, wie ein Bettler akzeptiert, ständig davongejagt zu werden. Es war ein unveräußerlicher Bestandteil seines Daseins. Das Vorrecht des Künstlers.

»Wie hast du davon erfahren?«

»Im Kriegsministerium.«

»Was soll ich bloß machen?« rief Ambrose hilflos. »Die Wohnung und die Möbel und die Bücher und Mrs. Carver.«

»Paß mal auf. Wenn du willst, ziehe ich hierher und kümmere mich solange um die Wohnung, bis es für dich nicht mehr gefährlich ist, zurückzukehren.«

»Willst du das wirklich tun, Basil?« sagte Ambrose gerührt. »Das ist sehr liebenswürdig von dir.«

Den Umstand, daß er bei seiner Mutter wohnte, hatte Basil schon seit einiger Zeit als ungerechtfertigte Benachteiligung bei seinen Bemühungen um Susie empfunden. An diese Lösung hatte er ja noch gar nicht gedacht. Sie war ihm durch die Vorsehung eingegeben worden, mit rascher und beispielhafter Gerechtigkeit, wie sie im Leben allzu selten vorkommt. Seine Menschenfreundlichkeit wurde, wenn nicht über seine Verdienste, so doch über seine Erwartungen hinaus belohnt.

»Der Boiler ist leider eine ziemliche Krücke«, sagte Ambrose entschuldigend.

Es war nicht weit zur Euston Station, und in einer Viertelstunde war alles gepackt.

»Aber Basil, ein paar Sachen muß ich schon mitnehmen!«

»Du bist ein irischer Priester. Was sollen die Zöllner denn sagen, wenn sie einen Koffer voller Charvet-Krawatten und Seidenpyjamas öffnen?«

Ambrose wurde ein Koffer zugestanden.

»Ich werde mich um all das hier kümmern«, sagte Basil, den Blick über die teure Unterwäsche schweifen lassend, die in orientalischer Üppigkeit in den zahlreichen Schubladen und Schränken des Schlafzimmers herumlag. »Übrigens, zum Bahnhof mußt du laufen!«

»Warum denn das?«

»Das Taxi wird möglicherweise beobachtet. Keine Risiken!«

Der Koffer hatte hinreichend klein ausgesehen, als Basil ihn, unter den viel zu eleganten Behältnissen in Ambroses Kammer, als den für einen Priester geeignetsten ausgewählt hatte. Er wirkte riesig, als sie durch die dunklen Straßen von Bloomsbury in nördlicher Richtung entlanggingen. Schließlich erreichten sie die klassischen Säulen der Bahnhofshalle. Dieser Ort strahlt ja selbst in guten Zeiten nichts Heiteres aus, sondern löst noch im fröhlichsten Reisenden ein Frösteln aus. Nun, zu Kriegszeiten, an einem kalten Frühlingstag vor Sonnenaufgang, schien er der Eingang zu einem Mausoleum zu sein.

»Wir werden uns hier trennen«, sagte Basil. »Bleib im Hintergrund, solange der Zug noch nicht da ist. Wenn dich jemand anspricht, bete den Rosenkranz.«

»Ich hab aber keinen Rosenkranz!«

»Dann meditiere. Versetz dich in Ekstase! Aber mach deinen Mund nicht auf, sonst bist du geliefert!«

»Ich werde dir schreiben, wenn ich in Irland angekommen bin.«

»Lieber nicht!« sagte Basil fröhlich.

Er machte auf dem Absatz kehrt und war sofort in der Dunkelheit verschwunden. Ambrose betrat den Bahnhof. Einige Soldaten schliefen, umgeben von ihrem Gepäck, auf Bänken. Ambrose fand eine Ecke, in der es noch dunkler war als in der allgemeinen Düsternis. Hier, auf einer Kiste sitzend, die, dem Geruch nach zu urteilen, offenbar Fisch enthielt, wartete er auf die Morgendämmerung, den schwarzen Hut in die Stirn gezogen, den schwarzen Mantel um die Knie gelegt, die melancholischen, schwarzen Augen geöffnet, in die Schwärze starrend. Aus der Fischkiste unter ihm sickerte Wasser, und auf dem Boden bildete sich eine kleine Lache, wie von Tränen.

Mr. Rampole war nicht, wie viele seiner Clubfreunde annahmen, Junggeselle, sondern seit langen Jahren Witwer. Er bewohnte ein kleines, aber gediegenes Haus in Hampstead und hielt dort eine unverheiratete Tochter in Knechtschaft. An diesem schicksalsschweren Morgen verabschiedete sich seine Tochter – wie sie es in zahllosen Jahren immer getan hatte – von ihm um genau 8.45 Uhr an der Haustür. Mr. Rampole hielt auf dem gepflasterten Gehweg inne, um ein paar Bemerkungen über die Knospen zu machen, die überall in dem Gärtchen aufbrachen.

Schau dir diese Knospen an, alter Rampole, du wirst nicht erleben, wenn sie in voller Blüte stehen.

»Ich bin um sechs zurück!« rief er.

Vermessener Rampole, wer weiß schon, was der Tag bringen wird! Nicht seine Tochter, die, ungerührt über den Abschied, wieder ins Eßzimmer ging, um noch eine zweite Scheibe Toast zu verzehren, nicht Rampole, der raschen Schrittes zum U-Bahnhof Hampstead ging.

An der Sperre zeigte er seine Monatskarte.

»Übermorgen werd ich sie verlängern lassen müssen«, sagte er gutgelaunt und machte in sein großes weißes Taschentuch einen Knoten, um es nicht zu vergessen.

Dieser Knoten ist unnötig, alter Rampole; du wirst nie mehr in Hampstead in die U-Bahn steigen.

Er schlug seine Morgenzeitung auf, wie er es immer getan hatte, an fünf Tagen die Woche, unzählige Jahre hindurch. Er wandte sich erst den Todesanzeigen zu, dann den Leserbriefen und widerwillig dann den Tagesnachrichten.

Nie wieder, alter Rampole, nie wieder.

Die Razzia im Informationsministerium war, wie so viele ähnliche Unternehmungen, ein Fehlschlag. Zunächst hatten die Kriminalbeamten in Zivil die allergrößten Schwierigkeiten, vom Pförtner überhaupt eingelassen zu werden.

»Werden Sie von Mr. Silk erwartet?«

»Hoffentlich nicht.«

»Dann können Sie auch nicht zu ihm!«

Als sie schließlich identifiziert waren und passieren durften, sorgten sie für einige Aufregung in der Abteilung Religion, wo sie nur den freisinnigen Geistlichen antrafen, dem sie, übereifrig, sogleich Handschellen anlegen wollten. Es wurde ihnen erklärt, daß Ambrose an diesem Tag unentschuldigt nicht zum Dienst erschienen war. Zwei Polizisten sollten dableiben und auf ihn warten. Den ganzen Tag saßen sie, trübsinnig dreinschauend, in der Abteilung Religion. Die Detektive begaben sich zu Mr. Bentleys Dienstzimmer, wo sie mit großer Offenheit und Freundlichkeit begrüßt wurden.

Mr. Bentley beantwortete alle ihre Fragen so, wie es sich für einen ehrlichen Bürger schickte. Ja, er kenne Ambrose Silk, als Kollegen im Ministerium und, von früher, als einen ihrer Autoren im Verlag Rampole. Nein, heutzutage habe er so gut wie nichts mehr mit dem Verlag zu tun, er sei viel zu beschäftigt mit all dem (eine erklärende Gebärde umfaßte das Waschbecken mit dem tropfenden Hahn, die Nollekens-Plastiken und das Blatt voller Arabesken neben dem Telefon). Die Verantwortung für den Verlag liege jetzt allein bei Mr. Rampole. Ja, ihm sei so, als habe er von einer Zeitschrift gehört, die Silk herausbringen wolle. *Elfenbeinturm?* Ob das der Titel sei? Gut möglich. Nein, er besitze kein Exemplar. Ob sie schon ausverkauft sei? Mr. Bentley hatte den Eindruck gewonnen, daß sie noch nicht fertig zur Auslieferung sei. Die Autoren? Hucklebury-Squib, Bartholomew Grass, Tom Barebones-Abraham? Mr. Bentley glaube die

Namen schon einmal gehört zu haben, möglicherweise sei er ihnen früher einmal in Schriftstellerkreisen begegnet. Er glaubte, daß Barebones-Abraham von recht kleiner Statur sei, korpulent, mit Glatze – doch, Mr. Bentley war sich ganz sicher, eine Glatze wie ein Ei. Er stottere und ziehe das linke Bein ein wenig nach. Hucklebury-Squib sei ein junger Mann, hochgewachsen, leicht zu erkennen, da er bei einem außergewöhnlichen Unfall als einfacher Matrose das linke Ohrläppchen verloren habe. Ein Schneidezahn fehle ihm auch, und er trage goldene Ohrringe.

Die Detektive stenographierten alle diese Einzelheiten mit. Das war die Sorte Zeuge, von der sie schwärmten – ausführlich, präzise, auskunftsfreudig.

Als die Rede auf Bartholomew Grass kam, erlahmte Mr. Bentleys Phantasie. Er habe den Mann nie gesehen. Er könne sich gut vorstellen, daß es sich um das Pseudonym einer Frau handle.

»Vielen Dank, Mr. Bentley«, sagte der Chefdetektiv. »Ich denke, wir brauchen Sie nicht länger in Anspruch zu nehmen. Falls wir noch etwas von Ihnen wissen wollen, Sie sind ja vermutlich immer hier zu erreichen!«

»Jederzeit«, flötete Mr. Bentley. »Diesen kleinen Tisch hier nenne ich manchmal spaßeshalber mein Joch. Ich schinde mich hier ab. Wir leben in schweren Zeiten, Herr Kommissar!«

Ein Polizeiaufgebot fuhr zu Ambroses Wohnung, wo sie nicht mehr fanden als ein Stück von der Phantasie seines Wohnungshüters.

»Unser Mann ist ausgeflogen«, sagten sie, als sie ihren Vorgesetzten Bericht erstatteten.

Oberst Plum, der Kommissar und Basil wurden am Spätnachmittag jenes Tages in das Büro des Direktors der Abteilung Innere Sicherheit gerufen.

»Ich kann Ihnen«, sagte er, »zu der Art und Weise, wie dieser

Fall gehandhabt wurde, nicht gratulieren. Ihnen, Herr Kommissar, oder Ihnen, Seal, mache ich dabei gar keinen Vorwurf«, sagte er, Oberst Plum voller Abscheu fixierend. »Wir sind einer außerordentlich gefährlichen Bande auf der Spur gewesen, und vier von den Fünfen haben Sie sich durch die Lappen gehen lassen. Bestimmt sitzen sie in diesem Augenblick in einem deutschen U-Boot und lachen sich kaputt über uns!«

»Aber wir haben doch Rampole, Sir«, sagte Oberst Plum. »Ich tendiere zu der Annahme, daß er der Rädelsführer ist.«

»Und ich tendiere zu der Annahme, daß er ein Armleuchter ist!«

»Er hat sich die ganze Zeit überaus feindselig und trotzig verhalten. Er weigert sich, Angaben über seine Komplizen zu machen.«

»Einem unserer Leute hat er ein Telefonbuch an den Kopf geworfen«, sagte der Kommissar, »und er bediente sich der folgenden Ausdrücke für sie: ›Dussel‹, ›Wichtigtuer‹ ...«

»Ja, ja, der Bericht liegt mir vor. Rampole ist offenbar ein gewalttätiger und ganz und gar unverständiger Typ. Es wird ihm nicht schaden, wenn er für den Rest des Krieges aus dem Verkehr gezogen wird. Aber er ist nicht der Rädelsführer. Dieser Barebones-Abraham ist der Mann, den ich haben will, und Sie haben ihn nicht aufspüren können!«

»Wir haben seine Beschreibung!«

»Als ob das noch viel nützt, wo er schon auf halbem Wege nach Deutschland ist! Nein, die ganze Sache ist miserabel durchgeführt worden. Der Innenminister ist gar nicht erfreut. Irgend jemand hat geredet, und ich werde herausfinden, wer!«

Als die peinlich lange Besprechung zu Ende war, wurde Basil gebeten, noch zu bleiben.

»Seal«, sagte der Direktor, »ich höre, daß Sie dieser Bande als erster auf die Spur gekommen sind. Haben Sie eine Ahnung, wie sie gewarnt wurden?«

»Sie bringen mich da in eine mißliche Lage, Sir!«

»Aber, aber, mein Junge! Jetzt ist nicht die Zeit für kleinliche Loyalität! Es geht um die Zukunft Ihres Vaterlandes!«

»Tja, ich habe schon seit längerem den Eindruck, Sir, daß es in unserer Abteilung zu viel weiblichen Einfluß gibt. Haben Sie sich Oberst Plums Sekretärin mal angesehen?«

»Unzuverlässig, wie?«

»Könnte man sagen, Sir.«

»Feindlicher Agent, wie?«

»Nein, nein, Sir. Sie sollten sie sich mal ansehen!«

Der Direktor ließ Susie kommen. Als sie wieder draußen war, sagte er: »Nein, keine feindliche Agentin.«

»Durchaus nicht, Sir, aber ein leichtfertiges, schwatzhaftes Mädchen. Oberst Plums vertraulicher Umgang ...«

»Ja, ich verstehe. Sie hatten völlig recht, mich zu informieren!«

»Läßt mich rufen und starrt mich bloß so an! Was hat er denn gewollt?« fragte Susie.

»Ich glaube, ich habe dir zu einer Beförderung verholfen!«

»Ooh, du bist süß!«

»Ich ziehe gerade in eine neue Wohnung!«

»Hast du ein Glück«, sagte Susie.

»Ich wünschte, du würdest mir bei der Einrichtung helfen. Ich habe von solchen Dingen keine Ahnung.«

»Ach nein?« rief Susie mit einem Tonfall, den sie im Kino gelernt hatte. »Und was wird Oberst Plum dazu sagen?«

»Oberst Plum wird nichts mehr zu sagen haben. Du steigst auf, weit über ADDIS hinaus!«

»Oooh!«

Am nächsten Morgen erhielt Susie eine offizielle Mitteilung, daß sie in das Büro des Direktors versetzt würde.

»Hast du ein Glück!« sagte Basil.

Sie hatte alles an Ambroses Einrichtung bewundert, abgesehen von der Brancusi-Skulptur, die denn auch aus dem Blickfeld geräumt und in die Rumpelkammer geschafft worden war.

Im Gefängnis von Brixton konnte Mr. Rampole sich zahlreicher Privilegien erfreuen, die einem normalen Kriminellen nicht zugestanden wurden. Er hatte einen Tisch und einen halbwegs bequemen Stuhl in seiner Zelle. Er durfte die Häftlingskost auf eigene Rechnung ergänzen. Er durfte rauchen. Allmorgendlich wurde ihm die *Times* gebracht, und zum ersten Mal in seinem Leben baute er sich eine kleine Bibliothek auf. Mr. Bentley kam von Zeit zu Zeit mit Papieren, die seine Unterschrift erforderten. Sein Leben war in jeder Hinsicht angenehmer als es, unter vergleichbaren Umständen, in jedem anderen Land gewesen wäre.

Mr. Rampole war freilich nicht zufrieden. Die Zelle nebenan bewohnte ein unangenehmer junger Mann, der ihm beim Spaziergang im Hof »Heil Mosley!« zurief und ihn nachts mit Klopfzeichen zu ermutigen versuchte. Er vermißte ferner seinen Club und sein Haus in Hampstead. Ungeachtet einer Fülle von Vergünstigungen blickte er dem Sommer ohne Begeisterung entgegen.

In einem sanften, grünen Tal, wo sich ein Bach durch frisch gemähte, saftige Wiesen dahinzog und das Gras über den Saum des Baches wuchs und sich mit den Wasserpflanzen vermischte; wo zwischen Grasflecken und eingestürzten Mauern eine Straße verlief und das Gras in Moos überging, das sich in die Höhe zog und über die herabgefallenen Steine ausbreitete, seitwärts über den Straßenschotter und die tiefen Fahrrinnen; wo die Ruinen einer Polizeikaserne, erbaut zur Bewachung der Straße, niedergebrannt während der Unruhen, einst weiß, dann schwarz gewesen waren und jetzt mit dem Gras und dem Moos und den Wasserpflanzen ein einheitliches Grün bildeten; wo von den Hütten der Rauch verbrannten Torfs herabzog und sich mit dem Nebel verband, der aus dem feuchten, grünen Boden aufstieg; wo die Spuren von Eseln und Schweinen, Gänsen und Kälbern und Pferden sich unbekümmert mit den Spuren barfüßiger Kinder vermengten; wo in den verräucherten Hütten weiche und ärgerliche Stimmen sich erhoben und fielen und verschmolzen mit der Musik des Baches und dem Trotten und Schieben und Schmatzen der Tiere auf der Weide; wo Nebel und Rauch sich nie lichteten und die Sonne nie direkt schien und es in unendlich vielen Abstufungen von Schatten langsam Abend wurde; wo der Priester wegen der schlechten Straße und wegen seines weiten Heimwegs talaufwärts nur selten hinkam und von einem Monatsende bis zum nächsten nie jemand anders hinkam als der Priester – dort stand ein Gasthaus, das in vergangener Zeit von Anglern frequentiert worden war. Hier hatten sie in den Sommernächten, wenn ihre Sachen wieder eingepackt waren, noch lange bei Whisky und Tabakspfeife zusammengesessen – Akademiker aus Dublin und pensionierte Offiziere aus England. Jetzt angelte niemand mehr im Bach, und die paar Forellen, die übriggeblieben waren, wurden mit raffinierten und ungesetzlichen Methoden herausgeholt, ohne Rücksicht auf Fangsaison oder Besitzrechte. Niemand blieb über Nacht. Ab und zu ein paar Wanderer, ein- oder zweimal ein Trupp Motorradfahrer, die zum Abendessen blieben, zögerten, die Lage besprachen und sich dann, mit Worten des Bedauerns, auf den Weg ins nächste Dorf machten. Hierher kam Ambrose, eingezwängt in einem Beiwagen, vom Bahnhof her, der in sechs Meilen Entfernung hinter dem Berg lag.

Er hatte seine Priesterverkleidung abgelegt, doch irgend etwas an seiner melancholischen Erscheinung und seiner sorgfältigen Aussprache bewirkte, daß der Wirt, der noch nie zuvor mit einem jüdischen Intellektuellen zu tun gehabt hatte, ihm das Etikett »verwöhnter Priester« verpaßte. Ein redseliger Bursche auf dem Schiff hatte ihm von diesem Gasthaus erzählt, das einem weitläufigen Verwandten seiner Frau gehöre, und obwohl er selbst noch nie dort gewesen sei, lasse er keine Gelegenheit aus, für ihn ein wenig Propaganda zu machen.

Hier bezog Ambrose Quartier, in dem einzigen Gästezimmer, dessen Fenster nicht zerbrochen waren. Hier wollte er ein Buch schreiben, um die Bruchstücke seines Künstlerdaseins wieder zusammenzufügen. Er breitete Schreibpapier auf dem Eßtisch aus, und die weiche, feuchte Luft senkte sich darauf und durchtränkte es, so daß sich am dritten Tag, als er sich an die Arbeit setzte, die Tinte ausbreitete und die Schriftzüge ineinanderliefen und anstelle eines Satzes etwas übrigblieb, was wie ein indigofarbener Pinselstrich aussah. Ambrose legte den Federhalter beiseite, und da der Fußboden schief war, rollte er vom Tisch, die Dielen entlang unter den Mahagonischrank und kam neben Serviettenringen und kleinen Münzen und Korken und dem Staub eines halben Jahrhunderts zu liegen. Und Ambrose ging hinaus in den Nebel und die Dämmerung, auf dem weichen, grünen Torf lautlos dahinschreitend.

In London wurde Susie von Basil zur Arbeit angehalten. Sie wollte abends zu oft und zu elegant ausgeführt werden. Er trug ihr auf, sich mit Nadel und Seide und Schere die Monogramme in Ambroses seidener Unterwäsche vorzunehmen und die ›A‹s durch ein ›B‹ zu ersetzen.

6

Wie Pferde in einer Reitschule, in einer Reihe bis zur Führungsmarke, Wendung, im Kreis bis zur Führungsmarke an der gegenüberliegenden Wand, abermals Wendung, wieder in einer Reihe, ordentlich und gleichmäßig und graziös, so bewegten sich die Flugzeuge im gleißenden Sonnenlicht. Die Motoren sangen im Morgenhimmel, die kleinen schwarzen Bomben fielen heraus, sich in der Luft drehend, blieben hinter den Maschinen zurück, barsten in lautlosen Fontänen von Erde und Steinen, die schon wieder zusammenfielen, als der Knall der Explosionen die Berge erschütterte, wo Cedric Lyne saß und mit seinem Fernglas die Aufschlagstelle zu erkennen versuchte.

In dieser Gegend war kein Zeichen von Frühling zu sehen. Das Land lag überall erfroren und tot da, tiefer Schnee bedeckte die Berge, dünnes Eis die Täler; die Knospen der Weißdornhekken waren hart und klein und schwarz.

»Ich glaube, sie haben die A-Kompanie gefunden, Herr Oberst«, sagte Cedric.

Der Bataillonsstab befand sich in einer Höhle seitlich an einem Berghang, einer flachen Höhle unter einem großen Felsen, der die vielen kleinen Steine aufhielt, die im Laufe der Zeit von oben heruntergefallen waren und sich um ihn herum angesammelt hatten. Der Oberst, der Adjutant und Cedric hatten ausreichend Platz, um sich setzen zu können. Sie waren nachts angekommen und hatten beobachtet, wie die Morgendämmerung über den Bergen hereinbrach. Die Straße direkt unter ihnen führte weiter landeinwärts, die gegenüberliegenden Höhen in Kurven und Tunnels erklimmend. Das Land zu ihren Füßen, zwischen ihnen und dem Steilhang gegenüber, lag erfroren und flach da. Dort hielt sich die Reservekompanie verborgen. Die Stabsabteilung bildete einen kleinen Schutzring um die Höhle. In zwanzig Metern Entfernung, unter einem anderen Felsen, lagen zwei Funker mit einem tragbaren Funkgerät.

»Anna, Bier, Charlie, Don ... Hier spricht Koko, hören Sie mich, Lulu? Antworten Sie! Koko an Lulu. Ende.«

Sie waren die ganze letzte Nacht marschiert. Als sie bei der Höhle angekommen waren, hatte Cedric erst geschwitzt, dann, als in der Kälte der Morgendämmerung Halt gemacht wurde, hatte er geschwitzt und gefroren. Jetzt, da die Sonne auf sie herabschien, war ihm warm, er war trocken und ein wenig schläfrig. Der Feind war irgendwo jenseits der Berge. Er wurde für den Spätnachmittag erwartet.

»So werden sie's machen«, sagte der Oberst. »Sie werden im letzten Tageslicht angreifen, um einen Gegenangriff zu vermeiden. Naja, hier an diesem Frontabschnitt können wir sie bis in alle Ewigkeit aufhalten. Wenn ich mir nur unseres linken Flügels etwas sicherer wäre!«

»Die Loamshires ziehen sich dort zurück! Sie sollten jetzt in Stellung sein«, sagte der Adjutant.

»Ich weiß. Aber wo sind sie? Sie hätten sich melden sollen!«

»Diese ganze Luftaktivität bedeutet, daß sie hier entlang kommen werden«, sagte der Adjutant.

»Hoffen wir's.«

Die Hohe Schule beendete ihre Übung, formierte sich pfeilartig und verschwand dröhnend hinter den Bergen. Augenblicklich tauchte am Himmel ein Aufklärungsflieger auf, der hin- und herstrich und den Boden absuchte wie eine alte Frau, die ein verlorenes Geldstück finden will.

»Sagt diesen Idioten, sie sollen in Deckung bleiben!« rief der Oberst.

Als das Flugzeug wieder verschwunden war, zündete er sich eine Pfeife an und stellte sich an den Höhlenausgang, besorgt nach links blickend.

»Können Sie irgendwas entdecken, was nach den Loamshires aussieht?«

»Nichts, Herr Oberst.«

»Möglicherweise sind sie gestern abend vom Feind erwischt worden. Das befürchte ich schon. Können Sie die Brigade nicht reinbekommen?« fragte er den Funker.

»Die Brigade meldet sich nicht, Herr Oberst. Wir bleiben dran. Koko an Lulu, antworten Sie, Koko an Lulu ... Ende.«

»Ich hätte Lust, die D-Kompanie auf den Flügel zu schicken.«

»Das ist aber außerhalb unserer Grenze!«

»Na und?!«

»Wir hätten keine Reserve mehr, wenn sie direkt die Straße entlangkommen!«

»Ich weiß, das ist ja mein Kummer.«

Eine Ordonnanz kam mit einer Meldung. Der Oberst las sie und gab sie zwecks Registrierung an Cedric weiter. »Die C-Kompanie ist in Stellung gegangen. Mehr haben unsere vorgeschobenen Abteilungen nicht berichtet. Wir wollen mal rübergehen und uns die Sache ansehen.«

Cedric und der Oberst gingen voraus, der Adjutant blieb in der Höhle zurück. Sie besuchten den Kompaniegefechtsstab und stellten ein paar Routinefragen. Es war ein simpler Verteidigungsplan, drei Kompanien vorne, eine hinten als Reserve. Das Terrain war für Verteidigungszwecke gut geeignet. Sofern der Feind keine Panzer hatte – und alle Berichte gingen davon aus –, konnte die Straße solange gehalten werden, wie Munition und Verpflegungsrationen zur Verfügung standen.

»Schon mal die Wassersituation erkundet?«

»Jawohl, Herr Oberst! Es gibt eine gute Quelle auf der anderen Seite von diesen Felsen. Wir füllen unsere Feldflaschen jetzt per Stafette auf.«

»Ausgezeichnet!«

Die A-Kompanie war bombardiert worden, doch außer ein paar Schnittwunden, die von Felssplittern herrührten, hatte es keine Verluste gegeben. Die Leute hatten sich, unbeeindruckt von diesem Vorfall, rasch daran gemacht, in einiger Entfernung von ihrer Stellung fingierte Gräben auszuheben, die das Feuer auf sich lenken sollte, wenn die Flugzeuge wiederkämen. Der Oberst kehrte frohgemut von seiner Inspektion zurück. Das Regiment war auf Zack. Wenn die Flügel hielten, konnte ihnen nichts passieren.

»Sir, wir haben Lulu jetzt dran!« rief der Funker.

Der Oberst meldete dem Brigadehauptquartier, daß er Stellung bezogen habe; Luftaktivität; keine Verluste; keine Anzeichen von feindlichen Truppen. »Ich habe keine Verbindung zum linken Flügel ... Ja, ich weiß, daß das außerhalb der Brigadegrenze liegt. Die Loamshires sollten dort sein, ich weiß. Aber *sind* sie es denn? Unsere ... Ja, aber dieser Flügel hängt völlig in der Luft, wenn sie nicht dazukommen!«

Es war jetzt Mittag. Im Bataillonsstab gab es einen kleinen Imbiß – Kekse und Schokolade, der Adjutant hatte eine Flasche Whisky dabei. Niemand hatte Hunger, aber sie tranken ihre Feldflaschen leer und schickten die Ordonnanzen los, sie an der von der B-Kompanie entdeckten Quelle wieder aufzufüllen. Als die Leute wieder zurückkamen, sagte der Oberst: »Mit dem linken Flügel bin ich nicht zufrieden. Lyne, machen Sie sich mal auf den Weg und sehen Sie nach, wo diese verdammten Loamshires sind.«

Bis zum Eingang des nächsten Passes, wo die Loamshires in Verteidigungsstellung liegen sollten, waren es zwei Meilen auf einem Bergpfad. Cedric ließ seinen Burschen im Bataillonsstab zurück. Das verstieß gegen die Vorschriften, aber er empfand die von ihm abhängigen Soldaten als eine lästige Bürde, die ihn während der ganzen Operation behindert und seine Stimmung gedrückt hatte. Wie er so ganz allein dahinging, verspürte er Heiterkeit bei dem Gefühl, *ein* Mann zu sein, ein Paar Beine, ein Paar Augen, ein Gehirn, betraut zu sein mit einer einzigen, klaren Aufgabe; der Einzelne kann ungehindert an jeden Ort der Welt gehen; vervielfache ihn, mache ihn zum Teil einer Menge, dann wird ihm mit jedem Kameraden, der hinzukommt, etwas Wertvolles genommen; er ist immer weniger ein ganzer Mann. Das war die verrückte Arithmetik des Krieges. Ein Aufklärer tauchte über ihm auf. Cedric verließ den Pfad, ging aber nicht in Deckung, warf sich nicht flach zu Boden und überlegte nicht, wie er es getan hätte, wenn er im Gefechtsstab geblieben wäre, ob es wohl einen Bordschützen gäbe. Bei den modernen Kriegswaffen wurde das einzelne Leben nicht mehr gezählt. Eine MG-Salve lohnte sich erst bei einer Abteilung, und eine Bombe lohnte sich erst bei einem Zug oder einem Lastwagen. Niemand hatte etwas gegen den Einzelnen; solange er allein war, war er frei und geschützt. Die Gruppe, das bedeutete Gefahr. Getrennt stehen wir, vereint fallen wir, dachte Cedric, dem Feind beschwingt entgegengehend, all die Frustrationen des Gruppendaseins von seinen Stiefeln schüttelnd. Er wußte es nicht, aber er dachte genau daselbe, was Ambrose gedacht hatte, als er verkündete, die Zivilisation müsse aufhören, klösterlich zu sein und wieder zönobitisch werden.

Er gelangte zu der Stelle, wo die Loamshires hätten sein sollen. Dort war kein Zeichen von ihnen zu sehen. Es war überhaupt kein Zeichen irgendwelchen Lebens zu sehen, nur Felsen und Eis und, drüben auf den Bergen, Schnee. Das Tal lief direkt auf die Berge zu, parallel zu der Hauptstraße, von der er abgebogen war. Vielleicht sind sie etwas oberhalb in Stellung gegangen, dachte er, dort, wo die Straße enger wird, und so stieg er den steinigen Weg hinan, den Bergen entgegen.

Und dort fand er sie; zwanzig Mann unter dem Kommando eines Leutnants. Sie hatten ihre MGs so aufgebaut, daß sie den Weg an seiner schmalsten Stelle im Schußfeld hatten, und lagen dort und warteten, was der Abend bringen würde. Es war ein abgerissener und erschöpfter Haufen.

»Tut mir leid, daß ich Ihnen keine Meldung gesendet habe«, sagte der Leutant. »Wir waren alle hier. Ich wußte nicht genau, wo Sie sind, und habe jeden Mann hier gebraucht.«

»Was ist denn passiert?«

»Es war ziemlich verrückt«, sagte der Leutnant in der klassischen Phraseologie seines Handwerks, in der alles Unglück der Menschheit enthalten ist. »Gestern haben sie uns den ganzen

Tag aus der Luft angegriffen, und wir mußten andauernd in Deckung gehen. Zwischen den Angriffen haben wir ein, zwei Meilen geschafft, aber es war mühselig. Dann, kurz vor Sonnenuntergang, kamen sie in Panzerspähwagen direkt auf uns zu. Ich hab es noch geschafft, diese Gruppe wegzuführen. Ein paar Mann streifen vielleicht noch herum, aber ich bezweifle es eigentlich. Gott sei Dank haben die Jerries dann beschlossen, Feierabend zu machen und sich aufs Ohr zu hauen. Wir sind die ganze Nacht und den ganzen Tag marschiert. Wir sind erst vor einer Stunde angekommen.«

»Können Sie sie hier denn aufhalten?«

»Was würden Sie sagen?«

»Nein.«

»Genau. Wir können sie nicht aufhalten. Eine halbe Stunde vielleicht. Womöglich glauben sie, daß wir die Vorausabteilung eines Bataillons sind, und warten mit ihrem Angriff bis morgen. Alles hängt davon ab, wann sie eintreffen. Besteht überhaupt die Möglichkeit, daß wir Verstärkung bekommen?«

»Ja, ich mache mich gleich auf den Rückweg.«

»Eine kleine Pause wäre nicht schlecht«, rief der Leutnant.

Den größten Teil des Weges legte Cedric im Laufschritt zurück. Der Oberst hörte sich seinen Bericht grimmig an.

»Panzerspähwagen oder Panzer?«

»Panzerspähwagen.«

»Hmm, dann gibt's eine Chance. Sagen Sie der D-Kompanie Bescheid, sie soll sich in Marsch setzen«, sagte er zu dem Adjutanten. Dann gab er dem Brigadehauptquartier über Funk durch, was er gehört hatte und was er zu tun gedachte. Es dauerte eine halbe Stunde, bis die D-Kompanie aufbrach. Von der Höhle aus konnte man sie den Weg entlangmarschieren sehen, auf dem Cedric so ausgelassen dahingegangen war. Man konnte sehen, wie die Marschkolonne in einer Meile Entfernung haltmachte, sich auflöste und Gefechtsformation bezog.

»Wir kommen zu spät«, sagte der Oberst, »da sind die Panzerspähwagen!«

Sie hatten die Loamshires überrannt und rückten nun fächerförmig in der flachen Ebene vor. Cedric zählte zwanzig von ihnen. Dahinter ein endloser Strom von Lastwagen voller Soldaten. Als der erste Schuß fiel, hielten die Lastwagen an, die Infanteristen saßen unter Feuerschutz der Panzerspähwagen ab, schwärmten in aufgelöster Ordnung aus und begannen ihren Vormarsch mit lehrbuchhafter Präzision. Mit den Panzerspähwagen tauchte ein Bomberverband auf, der in geringer Höhe den Weg entlangflog. Bald explodierten überall Bomben.

Der Oberst ordnete den sofortigen Rückzug der vorgeschobenen Kompanien an.

Cedric stand in der Höhle. Seltsam, dachte er, daß er sich in seinem Leben soviel mit Höhlen beschäftigte.

»Lyne«, sagte der Oberst, »laufen Sie mal rüber zur A-Kompanie und erklären Sie denen, was los ist. Wenn die jetzt von rückwärts dazukommen, dann weichen die Panzerspähwagen vielleicht aus und geben den anderen Kompanien eine Chance, da herauszukommen.«

Cedric bewegte sich auf das kleine Schlachtfeld zu. Alles kam ihm noch immer recht unwirklich vor.

Die Bomber hatten kein besonderes Ziel im Visier. Sie pflasterten den Boden vor den Panzerspähwagen, zwischen dem Bataillonsstab und dem Taleingang, wo sich die A-Kompanie eingegraben hatte. Der Lärm war ohrenbetäubend und nahm kein Ende. Noch immer empfand Cedric ihn als unwirklich, als zu einer verrückten Welt gehörig, in der er ein Eindringling war. Der Lärm hatte nichts mit ihm zu tun. Eine Bombe kam herangepfiffen, offenbar von irgendwo genau über seinem Kopf. Er warf sich flach hin. Sie explodierte in fünfzig Metern Entfernung und überschüttete ihn mit einem Schauer von kleinen Steinen.

»Dachten wohl, sie haben ihn erwischt«, sagte der Oberst. »Er ist wieder aufgestanden.«

»Ihm ist nichts passiert«, sagte der Adjutant.

Die Panzerspähwagen hatten die D-Kompanie unter Beschuß genommen. Die Infanterie schwärmte in breiter Linie von Berghang zu Berghang aus und rückte immer höher vor. Noch gaben sie keine Schüsse ab, sondern liefen nebeneinander, mit einer Armlänge Abstand, hinter den Panzerspähwagen her. Hinter ihnen formierte sich eine zweite Welle. Cedric mußte da hindurch. Er war noch immer außerhalb effektiver Schußweite, doch die Kugeln pfiffen ihm zwischen den Felsen um den Kopf.

»Er wird's nicht schaffen«, sagte der Oberst.

Ich bin bestimmt richtig tapfer, dachte Cedric. Wie komisch. Eigentlich bin ich kein bißchen tapfer. Die ganze Geschichte ist bloß so furchtbar lächerlich.

Die A-Kompanie hatte sich schon in Bewegung gesetzt. Sobald sie das Feuer hörte, tat sie, ohne auf Befehle zu warten, genau das, woran auch der Oberst gedacht hatte – sie schob sich am gegenüberliegenden Berghang zwischen den Felsblöcken entlang und ging an einem Punkt in Stellung, von wo aus sie dem ausweichenden Feind ausweichen konnte. Es spielte jetzt keine Rolle mehr, ob Cedric zu ihnen durchkam. Er schaffte es nicht. Als er noch eine Viertelmeile entfernt war, erwischte ihn eine Kugel. Er war sofort tot.

EPILOG

Sommer

Der Sommer kam und mit ihm die rasche Folge geschichtlicher Ereignisse, die alle Welt in Schrecken setzte und ihr jede Gutgläubigkeit nahm; allen, nur Sir Joseph nicht, hinter dessen höfischer und massiger Figur sich ein Hauch von Leichtigkeit des Herzens verbarg, eine versteckte, unerschütterliche Leichtfertigkeit, die ihn befähigte, auf den mächtigen Wogen der Geschichte, die aus kräftigeren Naturen Kleinholz machte, munter herumzutanzen. Unter der neuen Regierung wurde er in einen Bereich des öffentlichen Lebens versetzt, in dem er niemand ernstlich schaden konnte, und er akzeptierte diese Veränderung als wohlverdiente Beförderung. In den dunklen Stunden des deutschen Sieges hatte er stets eine lustige Anekdote parat; er glaubte und wiederholte alles, was er hörte; er erzählte, sich auf allerhöchste Quellen berufend, daß die deutsche Infanterie aus Jugendlichen bestehe, die vor der Schlacht mit gefährlichen Drogen aufgeputscht würden; »wer nicht von Maschinengewehren niedergemäht wird, stirbt innerhalb einer Woche«, sagte er. Er erzählte, und zwar so lebendig, als sei er selbst mit dabeigewesen, vom Himmel über Holland, schwarz vor lauter fallschirmspringenden Nonnen, von Marktfrauen, die über ihre Marktstände hinweg britische Offiziere mit Maschinenpistolen einzeln abknallten, von Kellnern, die auf Hoteldächern erwischt wurden, wie sie die Zimmer von Generälen mit Kreuzen markierten, wie bei einer Ansichtskarte aus dem Urlaub. Als die Verantwortlichen schon längst die Hoffnung aufgegeben hatten, glaubte er noch immer, daß die französische Front intakt war. »Es gibt da so eine kleine Ausbuchtung«, erklärte er, »die müssen wir nur ausquetschen«, und veranschaulichte die Aktion mit Daumen und Zeigefinger. Täglich behauptete er, der Feind habe alle seine Vorräte aufgebraucht und werde ins Verderben gelockt. Schließlich, als sogar Sir Joseph klar war, daß England binnen weniger Tage die gesamte Ausrüstung seiner regulären Armee und seinen einzigen Verbündeten verloren hatte, daß der Feind weniger als fünfundzwanzig Meilen vor der eigenen Küste stand, daß es im Land nur noch wenige vollausgerüstete Bataillone erfahrener Soldaten gab, daß England im Mittelmeer gegen einen zahlenmäßig überlegenen Feind kämpfte, daß die englischen Städte wehrlos einer Luftwaffe ausgeliefert waren, die ihre Angriffe von Stützpunkten aus flog, die näher lagen als die äußersten Gestade der eigenen Inseln, daß den Schiffsverbindungen nach Übersee von einem Dutzend neuer Stützpunkte Gefahr drohte – da sagte Sir Joseph: »Bei Lichte betrachtet ist das doch ein großartiger und greifbarer Erfolg. Die Deutschen wollten unsere Armee vernichten und sind dabei gescheitert; wir haben der Welt unsere Unbesiegbarkeit demonstriert. Mit dem Abgang der Franzosen ist überdies das letzte Hindernis für eine Annäherung an Italien aus dem Wege geräumt worden. Ich habe noch nie Prophezeiungen abgegeben, doch ich bin sicher, die Italiener werden noch vor Ende des Jahres einen separaten und dauerhaften Friedensvertrag mit uns abgeschlossen haben. Die Deutschen haben ihre Kräfte aufgebraucht. Sie werden ihre Verluste nie und nimmer ersetzen können. Sie haben die Blüte ihrer Armee verschwendet. Sie haben ihre Grenzen ohne Sinn und Verstand ausgedehnt und sich in den Besitz eines Territoriums gebracht, das sie unmöglich behaupten können. Der Krieg ist in eine neue und ruhmvollere Phase eingetreten.«

Und mit diesem letzten Satz kam Sir Joseph, vielleicht zum ersten Mal in seinem langen und wortreichen Leben, der Wirklichkeit nahe. Er hatte ein großes Wort gesprochen.

Eine neue und ruhmvollere Phase: Alastairs Bataillon fand sich über Nacht von einer Einheit, die erst kürzlich ihre Grundausbildung begonnen hatte, zu einer einsatzbereiten Truppe verwandelt. 1098 Kisten mit Gefechtsausrüstung trafen ein, eine ungeheure Fülle der verschiedensten Stahlwaren, darunter, zu Alastairs Stolz, auch sein Granatwerfer, der eine keineswegs ungetrübte Quelle des Stolzes war. Sein Nachteil bestand darin, daß, wenn jetzt marschiert wurde, Alastairs Taschen mit Bomben gefüllt und unnatürlich schwere und lange Stahlrohre auf dem Rücken zu tragen waren. Seine Kameraden lachten sich kaputt über ihn.

Stündlich wurde nach Fallschirmjägern Ausschau gehalten. Die diensthabende Kompanie schlief in Uniform und bezog bei Sonnenaufgang und -untergang Posten. Soldaten, die das Lager verließen, trugen geladene Gewehre, Stahlhelme und Gasmasken. Wochenendausgang wurde plötzlich gestrichen. Hauptmann Mayfield begann ein kritisches Interesse an den Abfallkübeln zu entwickeln. Falls Lebensmittel vergeudet würden, sagte er, müßten die Rationen gekürzt werden. Der Kommandeur sagte: »So etwas wie Dienststunden gibt es heutzutage nicht«, und um zu zeigen, was er darunter verstand, ordnete er eine Serie von spätnachmittäglichen Appellen an. Eine Dienstanweisung wurde bekanntgegeben, die einen furchtbaren Effekt auf Mr. Smallwood hatte. Wenn der Zug jetzt erschöpft von der Übung im Feld zurückkam, ordnete Mr. Smallwood zwanzig Minuten Waffendrill an, bevor er wegtreten ließ. Das war jene »zusätzliche kleine Anstrengung«, die in der Dienstanweisung gefordert wurde. Die Soldaten nannten es »verdammte Schinderei«.

Dann, urplötzlich, erhielt das Bataillon den Befehl, sich mit unbekanntem Ziel in Marsch zu setzen. Jeder glaubte, es ginge um einen Einsatz im Ausland, und eine große Begeisterung erfaßte das Lager. Alastair traf sich mit Sonia vor der Wachstube.

»Kann heute abend nicht raus. Es geht los. Wohin, weiß ich nicht. Vermutlich an die Front.« Er gab ihr Anweisungen, wohin sie während seiner Abwesenheit gehen und was sie tun sollte. Sie wußten inzwischen, daß sie ein Kind bekommen würde.

Es war eigens angeordnet worden, daß niemand zur Verabschiedung des Bataillons am Bahnhof erscheinen dürfe. Überhaupt sollte niemand von dem Aufbruch wissen. Zwecks absoluter Geheimhaltung fand der Abmarsch nachts statt, doch durch das Stiefelgetrampel und den Lärm der Lastwagen, die zwischen Lager und Bahnhof hin- und herfuhren, um die Ausrüstung zu transportieren, wurde die ganze Umgebung geweckt.

Soldaten in Militärzügen gelingt es immer wieder, besonders abgerissen auszusehen. Das Lager verlassen sie in feierlich-eleganter Verfassung. Sie treten auf dem Bahnsteig an, als befänden sie sich auf dem Kasernenhof. Sie werden den Waggons zugeteilt, und schon setzt ein Prozeß von Verwandlung und Verfall ein. Die Mäntel werden ausgezogen, entsetzliche Freßpakete tauchen auf, dichte Rauchschwaden verdunkeln die Fenster, und binnen weniger Minuten ist der Fußboden übersät mit Zigarettenkippen, Brotkrümeln, Wurstresten und Papierschnipseln. Die schlafenden Körper nehmen den Ausdruck extremer Disziplinlosigkeit an. Einige sehen wie Leichname aus, die man schon längst hätte begraben müssen, andere wie die Überlebenden einer Orgie. Alastair hielt sich den größten Teil der Nacht im Gang auf; ihm war, als habe er sich zum ersten Mal von seinem alten Leben gelöst.

Vor Anbruch der Morgendämmerung hatte sich über Buschfunk, jene seltsame Methode, mit der Neuigkeiten unter den Mannschaften weitergereicht werden, überall herumgesprochen, daß sie nicht an die Front, sondern zur »Sch...-Küstenverteidigung« versetzt würden.

Der Zug bewegte sich, wie bei allen Militärzügen üblich, in ständigem Wechsel von langem Warten und plötzlichem Dahinpreschen voran. Schließlich erreichten sie am Vormittag ihr Ziel und marschierten durch ein Küstenstädtchen mit frühviktorianischen, stuckverzierten Pensionen, einem Musikpavillon und einem blaugekachelten, einen Meter tiefen Schwimmbad, das die Kinder von romantischen Strandabenteuern abhalten sollte. (Hier gab es keine Muscheln oder Seesterne, keine Quallen, die man schmelzen, keine geschliffenen Kieselsteine, die man sammeln konnte, keine Flaschen, die womöglich Botschaften in Seenot geratener Matrosen enthielten, keine unerwartet hohen Wellen, die einen plötzlich umrissen. An diesem Schwimmbekken konnten die Kindermädchen in größter Seelenruhe sitzen.) Zwei Meilen weiter außerhalb, jenseits der Stadtrandsiedlung mit ihren Villen und umgebauten Eisenbahnwaggons, hatte man auf einem Gelände, wo sich früher ein erfolgloser Ferienclub befunden hatte, ein Lager für sie errichtet.

Am selben Abend telefonierte Alastair mit Sonia und bat sie, herzukommen. Am nächsten Tag war sie auch schon da und quartierte sich im Hotel ein. Es war ein einfaches, sauberes Hotel; dort ging Alastair abends hin, wenn er dienstfrei hatte. Sie versuchten, zur Stimmung von Winter und Frühjahr zurückzufinden, zur Atmosphäre jener Tage in Surrey, als Alastairs Soldatenleben noch eine neue und aufregende Abwechslung in ihren häuslichen Alltag gebracht hatte. Aber alles war anders geworden. Der Krieg war in eine neue und ruhmvollere Phase eingetreten. Zwischen Alastair und der Vergangenheit stand die Nacht im Zug, in der er gedacht hatte, er würde an die Front versetzt werden.

Dem Bataillon oblag die Verteidigung eines sieben Meilen langen, verlockenden Küstenabschnitts, und die Männer gingen mit großem Hallo daran, die örtlichen Sehenswürdigkeiten zu demolieren. Sie säumten den Sand mit Stacheldraht und rissen die Treppe ein, die von der Promenade hinunter zum Strand führte; sie hoben im Stadtpark Geschützstellungen aus, deckten die Fenster von Privathäusern mit Sandsäcken ab und errichteten, unterstützt von ein paar Pionieren aus der Nachbarschaft, Straßensperren und MG-Nester. Sie stoppten und durchsuchten jedes Auto, das durch die Gegend kam, und gingen den Insassen mit der Aufforderung, sich auszuweisen, auf die Nerven. Eine Woche lang saß Mr. Smallwood allnächtlich mit geladenem Revolver oben am Golfplatz, um das Lichtsignal auszukundschaften, das man dort gesehen haben wollte. Hauptmann Mayfield entdeckte, daß die Telegrafenmasten mittels Messingnägeln numeriert waren, und vermutete dahinter das Werk einer Fünften Kolonne. Als eines Abends von der See her Nebelschwaden aufkamen, meldete Alastairs Unteroffizier vom Dienst eine feindliche Nebelwand, und schon wurde von Posten zu Posten, meilenweit, die Nachricht von einer Invasion weitergegeben.

»Ich habe das Gefühl, daß es dir in der Armee nicht mehr gefällt«, sagte Sonia nach drei Wochen Küstenverteidigung.

»Das ist es nicht. Ich finde, daß ich etwas Nützlicheres tun könnte.«

»Aber Schatz, du hast mir doch gesagt, daß dein Granatwerfer eine der Hauptstützen der Verteidigung ist!«

»Das stimmt«, sagte Alastair loyal.

»Ja und?« Dann sagte Alastair: »Sonia, was meinst du, wäre es blöd, wenn ich mich als Freiwilliger für einen Sondereinsatz melden würde?«

»Was Gefährliches?«

»Ich glaub eigentlich nicht. Aber sehr aufregend. Es werden spezielle Einsatzkommandos aufgestellt, die nach Frankreich gebracht werden, an den Deutschen vorbeikriechen und ihnen im Dunkeln die Kehle aufschlitzen sollen.« Er war im Begriff, eine neue Seite in seinem Leben aufzuschlagen, und ebenso erregt wie damals, vor mehr als zwanzig Jahren, als er mit einer gebundenen Ausgabe von *Chums* vor dem Kamin lag und eine neue Fortsetzung aufschlug.

»Es ist ja nicht gerade die beste Zeit, um eine Frau zu verlassen«, sagte Sonia, »aber ich merke schon, du willst es!«

»Sie haben dort Spezialmesser und Maschinenpistolen und Schlagringe und tragen Kletterstiefel.«

»Wie toll!«

»Peter Pastmaster hat mir davon erzählt. Jemand in seinem Regiment stellt einen Trupp zusammen. Peter hat einen Mann in seinem Zug, der mitmacht. Er sagt, er kann mich zu einem seiner Abschnittskommandeure machen. Offenbar können sie mir ein Offizierspatent verschaffen. Sie tragen Strickleitern um die Taille und haben Feilen in den Jackensaum eingenäht, um sich notfalls damit befreien zu können. Würde es dir viel ausmachen, wenn ich mich melde?«

»Nein, Schatz. Ich könnte dich von der Strickleiter nicht abhalten. Von der Strickleiter nicht. Ich hab schon verstanden.«

Angela hatte die Möglichkeit, daß Cedric sterben könnte, nie in Betracht gezogen. Sie erhielt die Mitteilung in einem offiziellen Telegramm und sprach tagelang mit niemand darüber, auch nicht mit Basil. Als sie das Thema erwähnte, sprach sie eher von der Mitte ihrer Gedankenkette her als vom Anfang oder vom Ende.

»Ich wußte, daß wir einen Tod brauchen«, sagte sie. »Ich hätte aber nie gedacht, daß er es wäre.«

»Willst du mich heiraten?« fragte Basil.

»Ja. Keiner von uns könnte ja einen anderen heiraten.«

»Richtig.«

»Du wärst gerne reich, stimmt's?«

»Wird denn irgend jemand nach diesem Krieg reich sein?«

»Wenn, dann ich. Aber wenn es keine Reichen gibt, dann ist es wohl egal, ob man arm ist.«

»Ich weiß nicht, ob ich reich sein will«, sagte Basil nach einer

Pause. »Ich bin nicht habgierig, weißt du. Ich finde es einfach lustiger, Geld zu kriegen, als es zu besitzen.«

»Wie auch immer. Das ist nicht wichtig. Entscheidend ist, daß uns nichts mehr auseinanderbringen kann.«

»Nur der Tod soll uns einen. Du hast immer gedacht, daß *ich* sterben würde, nicht wahr?«

»Ja.«

»Es war der Hund, der gestorben ist ... Jedenfalls ist dies nicht die Zeit, um ans Heiraten zu denken. Sieh dir Peter an! Er ist gerade mal sechs Wochen verheiratet, und schon schließt er sich einer Bande von Desperados an. Welchen Sinn hat es, in einer solchen Situation zu heiraten? Ich weiß nicht, was an der Ehe sein soll, wenn nicht die Vorfreude auf ein sorgenfreies Alter.«

»Im Krieg gibt's nur eins: nicht vorausplanen. Es ist so, wie wenn man bei Verdunkelung mit einer abgeblendeten Taschenlampe herumläuft. Man kann immer nur den Schritt sehen, den man gerade macht.«

»Ich werde ein furchtbarer Ehemann sein.«

»Ja, Darling, als ob ich das nicht wüßte! Aber heutzutage kann man nicht erwarten, daß alles vollkommen ist, weißt du. Wenn früher eine einzige Sache nicht stimmte, dann hat sie alles kaputtgemacht. Ab heute ist es anders, für immer: wenn auch nur eine Sache stimmt, dann ist alles gut!«

»Das klingt wie der arme Ambrose in seiner chinesischen Stimmung!«

Der arme Ambrose war weiter westlich gezogen. Nur der weite, geplagte Atlantik lag zwischen ihm und Parsnip. Er hatte sich in einem kleinen Fischerort einquartiert, und die mächtigen Wogen donnerten an die Felsen unter seinen Fenstern. Die Tage vergingen, und er war ganz und gar untätig. Von der Niederlage Frankreichs war an diesem abgelegenen Küstenstrich nichts zu spüren.

Dies ist die Heimat von Swift, Burke, Sheridan, Wellington, Wilde und T. E. Lawrence, dachte er. Das ist das Volk, das einst einer imperialen Nation zu Lebendigkeit verhalf, dessen Genius in zwei ungeheuren Jahrhunderten von Kultur und Erfolg aufleuchtete, und das nun gelassen in seine eigenen Nebel zurückwich, der Welt der Tat und der Leistung den Rücken kehrend. Glückliche Insulaner, dachte Ambrose, glückliche, langweilige Träumer, die die goldene Spitze und die Kerzen gesehen haben und von der Festtafel aufgestanden sind, ehe die Morgendämmerung ein schmutziges Tischtuch und einen betrunkenen Clown sichtbar werden ließ!

Aber er wußte, daß es nicht für ihn bestimmt war. Der verborgene nomadische Zug in seinem Blut, das alte Erbe des ewigen Herumziehens und Nachdenkens ließ ihm keine Ruhe. Statt atlantischer Brandung sah er Kamele, die ihre Köpfe ärgerlich gegen den heller werdenden Himmel neigten, während die Pilgerkarawane aufwachte, einer weiteren Tagesetappe entgegen.

Der alte Rampole saß in seiner gemütlichen Zelle und drehte sein Buch so, daß das letzte, immer schwächere Abendlicht darauffiel. In einem Alter, da die meisten Männer bestrebt sind, an ihren gewohnten Vergnügungen festzuhalten, und nicht, sich neue zu suchen, genauer gesagt: im Alter von zweiundsechzig Jahren, hatte er plötzlich zu den Freuden der Unterhaltungsliteratur gefunden.

Auf der Autorenliste seines Verlags stand der Name einer Frau, deren Mr. Bentley sich ein wenig schämte. Sie veröffentlichte unter dem Namen Ruth Mountdragon, einem Pseudonym, hinter dem sich eine gewisse Mrs. Parker versteckte. Siebzehn Jahre hindurch hatte Mrs. Parker alljährlich einen Roman geschrieben, in dem es um die Erlebnisse immer einer anderen Familie ging, d. h., diese Familien unterschieden sich deutlich in bezug auf den Namen, schon etwas weniger in der personellen

Zusammensetzung und den äußeren Umständen, geistig glichen sie sich jedoch wie ein Ei dem anderen. Sie besaßen allesamt ›Charme‹. Einmal war es die Familie eines Obersten, der mit drei Töchtern in ärmlichen Verhältnissen auf einer Hühnerfarm lebte, ein andermal eine begüterte Familie auf Adria-Kreuzfahrt, dann wieder ein jungvermählter Arzt in Hampstead; sämtliche Permutationen und Kombinationen des Lebensstils der oberen Mittelschicht waren siebzehn Jahre lang methodisch ausprobiert worden. Unverändert geblieben war der Charme. Mrs. Parkers Publikum war nicht riesig, aber solide. Es stand, was sein Literaturverständnis anging, etwa in der Mitte zwischen denjenigen, die das eine Buch mögen und das andere nicht mögen, und denjenigen, die einfach gerne lasen, aber eher zur letztgenannten Gruppe tendierend. Mr. Rampole wußte, daß sie zu den Autoren gehörte, die nicht ausgesprochen schädlich für sein Portemonnaie waren, so daß er, als seine neue Lebensweise und die daraus resultierende Neigung zum Grübeln ihn zum Lesen von Romanen brachten, mit ihren Werken anfing. Er wurde in eine fremde Welt von überaus freundlichen, liebenswerten Menschen versetzt, von denen er zu Recht angenommen hatte, daß sie nicht existierten. Mit jeder neuen Seite wurde der alte Verleger von immer tieferer Befriedigung erfüllt. Er hatte schon zehn Bücher gelesen und freute sich bereits darauf, sie ein zweites Mal zu lesen, als er zum Ende des siebzehnten gelangte. Mr. Bentley wurde sogar beauftragt, Mrs. Parker zu bitten, ihn zu einem späteren, noch unbestimmten Zeitpunkt zu besuchen. Auch der Gefängnisgeistliche war ein Bewunderer von Mrs. Parker. Das Ansehen des alten Rampole stieg sehr dadurch, daß er ihren wahren Namen verriet. Er sagte dem Pfarrer zu, daß er mit ihr einmal sprechen dürfe. Er konnte sich nicht erinnern, jemals glücklicher gewesen zu sein.

Pastmaster und der lächerlich jugendliche Oberst der neuen Truppe stellten im ›Bratt's‹ eine Liste von Kandidaten zusammen.

»Der Krieg scheint ja überwiegend aus Herumhängen zu bestehen. Dann sollten wir wenigstens mit unseren Freunden herumhängen!«

»Ich habe einen Brief von jemand bekommen, der behauptet, ein Freund von Ihnen zu sein. Basil Seal.«

»Will er denn mitmachen?«

»Ja. Ist er zuverlässig?«

»Absolut«, sagte Peter. »Eine harte Nuß.«

»Schön. Ich merke ihn neben Alastair Trumpington als zweiten Leutnant vor.«

»Um Gottes willen, bloß nicht! Merken Sie ihn lieber als Verbindungsoffizier vor!«

»Tja, ich weiß alles über dich«, sagte Angela.

»Aber etwas weißt du nicht«, sagte Basil. »Wenn du wirklich wieder Witwe sein willst, dann sollten wir ganz schnell heiraten. Ich glaube, ich habe dir nicht davon erzählt. Ich mache bei einer neuen Sache mit.«

»Was ist es denn, Basil?«

»Streng geheim.«

»Aber warum?«

»Tja, weißt du, im Kriegsministerium hat sich in der letzten Zeit einiges verändert. Ich weiß nicht warum, aber Oberst Plum ist von mir anscheinend nicht mehr so angetan wie früher. Ich glaube, er ist neidisch, weil ich die Geschichte mit dem *Elfenbeinturm* aufgerollt habe. Seitdem haben wir eigentlich nie ein freundliches Wort gewechselt. Und dieses Unternehmen war ja schön und gut im Winter, als es noch keinen echten Krieg gab. Heute reicht so etwas nicht mehr. Für einen Mann gibt es jetzt nur eine wirkliche Aufgabe, nämlich Deutsche abzuknallen. Ich denke, es wird mir irgendwie Spaß machen.«

»Basil ist nicht mehr im Kriegsministerium«, sagte Lady Seal.

»Ja«, sagte Sir Joseph, und sein Mut sank. Da war sie wieder, die alte Geschichte. Von überall mochten außerordentlich ermutigende Nachrichten kommen – und weiß Gott, er fand sie ermutigend; wir mochten eine großartige neue Geheimwaffe haben – und weiß Gott, er glaubte es; er selbst mochte eine höchst vertrauensvolle und erhabene Stelle bekleiden – weiß Gott, noch am selben Nachmittag würde er einen Vortrag über die Freizeitgestaltung im Weiblichen Armeehilfscorps halten – und doch ließ Basil ihn nicht los, ein grimmiges *Memento Mori*, das ihn bis zur Fassungslosigkeit anstarrte. »Ja«, sagte er, »ja.«

»Er hat sich zu einer besonderen Eliteeinheit gemeldet, die gerade aufgestellt wird. Sie werden großartige Dinge vollbringen.«

»Er ist tatsächlich schon dabei?«

»Oh ja!«

»Es gibt nichts, wobei ich ihm helfen könnte?«

»Lieber Jo, immer so freundlich! Nein. Basil hat alles selbst organisiert. Ich glaube, daß seine ausgezeichnete Beurteilung durch das Kriegsministerium ihm geholfen hat. Nicht jeder ist schließlich bereit, sich in irgendeiner langweiligen Amtsstube abzurackern, wenn die anderen eine Arbeit nur dann machen, wenn sie aufregend ist – die blöde Tochter von Emma zum Beispiel, die zur Feuerwehr gegangen ist. Nein, er hat seine Pflicht dort getan, wo er gebraucht wurde. Und nun bekommt er seine Belohnung. Ich bin nicht ganz sicher, was sie machen werden, aber ich weiß, daß es was Tolles ist und daß es den Krieg entscheidend beeinflussen könnte.«

Der graue Moment war vorbei. Sir Joseph, der die ganze Zeit gelächelt hatte, lächelte jetzt vor lauter Glück.

»Dort draußen weht jetzt ein neuer Geist«, sagte er. »Ich sehe ihn auf jeder Seite.«

Und, weiß Gott, er hatte völlig recht.

Inhalt

ERSTES KAPITEL
Herbst 9

ZWEITES KAPITEL
Winter 87

DRITTES KAPITEL
Frühling 161

EPILOG
Sommer 251

Englische Literatur im Diogenes Verlag

● Margery Allingham

Die Handschuhe des Franzosen. Kriminalgeschichten. Deutsch von Peter Naujack Zeichnungen von Georges Eckert detebe 20929

● Eric Ambler

Die Maske des Dimitrios. Roman. Deutsch von Mary Brand und Walter Hertenstein detebe 20137
Der Fall Deltschev. Roman. Deutsch von Mary Brand und Walter Hertenstein detebe 20178
Eine Art von Zorn. Roman. Deutsch von Susanne Feigl und Walter Hertenstein detebe 20179
Schirmers Erbschaft. Roman. Deutsch von Harry Reuß-Löwenstein, Th. A. Knust und Rudolf Barmettler. detebe 20180
Die Angst reist mit. Roman. Deutsch von Walter Hertenstein. detebe 20181
Der Levantiner. Roman. Deutsch von Tom Knoth. detebe 20223
Waffenschmuggel. Roman. Deutsch von Tom Knoth. detebe 20364
Topkapi. Roman. Deutsch von Elsbeth Herlin. detebe 20536
Schmutzige Geschichte. Roman. Deutsch von Günter Eichel. detebe 20537
Das Intercom-Komplott. Roman. Deutsch von Dietrich Stössel. detebe 20538
Besuch bei Nacht. Roman. Deutsch von Wulf Teichmann. detebe 20539
Der dunkle Grenzbezirk. Roman. Deutsch von Walter Hertenstein und Ute Haffmans detebe 20602
Ungewöhnliche Gefahr. Roman. Deutsch von Walter Hertenstein und Werner Morlang. detebe 20603
Anlaß zur Unruhe. Roman. Deutsch von Franz Cavigelli. detebe 20604
Nachruf auf einen Spion. Roman. Deutsch von Peter Fischer. detebe 20605
Doktor Frigo. Roman. Deutsch von Tom Knoth. detebe 20606
Bitte keine Rosen mehr. Roman. Deutsch von Tom Knoth. detebe 20887
Mit der Zeit. Roman. Deutsch von Hans Hermann. detebe 21054
Als Ergänzungsband liegt vor:
Über Eric Ambler. Zeugnisse von Alfred Hitchcock bis Helmut Heißenbüttel. Chronik und Bibliographie. Herausgegeben von Gerd Haffmans. detebe 20607

● James Boswell

Dr. Samuel Johnson. Leben und Meinungen. Mit dem Tagebuch einer Reise nach den Hebriden. Herausgegeben und übersetzt von Fritz Güttinger. detebe 20786

● John Buchan

Die neununddreißig Stufen. Roman. Deutsch von Marta Hackel. Mit Zeichnungen von Edward Gorey. detebe 20210
Grünmantel. Roman. Deutsch von Marta Hackel. Mit Zeichnungen von Topor detebe 20771
Mr. Standfast oder Im Westen was Neues. Roman. Deutsch von Marta Hackel. Mit Zeichnungen von Topor. detebe 20772
Die drei Geiseln. Roman. Deutsch von Marta Hackel. Mit Zeichnungen von Tatjana Hauptmann. detebe 20773
Basilissa. Roman. Deutsch von Otto Bayer detebe 21249

● G. K. Chesterton

Pater Brown und Das blaue Kreuz. Erzählungen. detebe 20731
Pater Brown und Der Fehler in der Maschine Erzählungen. detebe 20732
Pater Brown und Das schlimmste Verbrechen der Welt. Erzählungen. detebe 20733
Eine Trilogie der besten Pater-Brown-Geschichten. Deutsch von Heinrich Fischer, Dora Sophie Kellner, Alfred P. Zeller u.a.

● Erskine Childers

Das Rätsel der Sandbank. Ein Bericht des Geheimdienstes. Roman. Deutsch von Hubert Deymann. Mit vier Karten detebe 20211

● Agatha Christie

Die besten Geschichten von Agatha Christie Deutsch von Maria Meinert, Marfa Berger und Ingrid Jacob. Diogenes Evergreens
Villa Nachtigall. Geschichten. Deutsch von Peter Naujack und Günter Eichel detebe 20825
Der Fall der enttäuschten Hausfrau Geschichten. Deutsch von Günter Eichel detebe 20826

● Wilkie Collins

Ein schauerliches fremdes Bett. Gruselgeschichten. Deutsch von Elizabeth Gilbert und Peter Naujack. Zeichnungen von Bob van den Born. detebe 20589

● Joseph Conrad

Lord Jim. Deutsch von Fritz Lorch
detebe 20128
Der Geheimagent. Roman. Deutsch von G. Danehl. detebe 20212
Herz der Finsternis. Erzählung. Deutsch von Fritz Lorch. detebe 20363

● Guy Cullingford

Post mortem. Roman. Deutsch von Helmut Degner und Peter Naujack. detebe 20369

● Walter de la Mare

Sankt Valentinstag. Erzählungen. Deutsch von Elizabeth Gilbert. detebe 21197
Die Orgie – eine Idylle. Erzählungen
Deutsch von Elizabeth Gilbert. detebe 21236

● Charles Dickens

David Copperfield. Roman. Deutsch von Gustav Meyrink. Mit einem Nachwort von W. Somerset Maugham. detebe 21034
Oliver Twist. Roman. Deutsch von Gustav Meyrink. detebe 21035
Nikolas Nickleby. Roman. Deutsch von Gustav Meyrink. detebe 20998
Bleakhaus. Roman. Deutsch von Gustav Meyrink. detebe 21166
Drei Weihnachtsgeschichten. Deutsch von Gustav Meyrink. detebe 21241
Ein Weihnachtslied in Prosa. Erzählung. Deutsch von Richard Zoozmann. Mit 16 Zeichnungen von Tatjana Hauptmann
Diogenes Evergreens

● Arthur Conan Doyle

Sherlock Holmes Geschichten. Deutsch von Margarete Nedem. detebe 21211

● Lord Dunsany

Smetters erzählt Mordgeschichten. Fünf Kriminalgrotesken. Deutsch von Elisabeth Schnack. Mit Zeichnungen von Paul Flora
detebe 20597
Jorkens borgt sich einen Whisky. Zehn Clubgeschichten. Deutsch von Elisabeth Schnack. Mit Zeichnungen von Paul Flora
detebe 20598

● Ford Madox Ford

Die allertraurigste Geschichte. Roman
Deutsch von Fritz Lorch und Helene Henze
detebe 20532

● Celia Fremlin

Klimax. Roman. Deutsch von Dietrich Stössel. detebe 20916

● Eric Geen

Tolstoi lebt in 12N B9. Roman. Übersetzung und Nachwort von Alexander Schmitz
detebe 20221

● Rider Haggard

Sie. Roman. Deutsch von Helmut Degner
detebe 20236
König Salomons Schatzkammern. Roman. Deutsch von V. H. Schmied. detebe 20920

● Cyril Hare

Mörderglück. Geschichten. Auswahl und Einleitung von Michael Gilbert. Deutsch von Elizabeth Gilbert. detebe 20196

● W. F. Harvey

Die Bestie mit den fünf Fingern. Gruselgeschichten. Deutsch von Günter Eichel und Peter Naujack. Mit Zeichnungen von Peter Neugebauer. detebe 20599

● Harry Hearson & J. C. Trewin

Euer Gnaden haben geschossen? Eine Geschichte aus Merry Old England. Deutsch von Hildegard Dießel. Mit Zeichnungen von Ronald Searle und einem Nachwort von Max Frisch. detebe 20240

● E. W. Hornung

Raffles – Der Dieb in der Nacht. Geschichten. Mit einem Vorwort von George Orwell. Deutsch von Claudia Schmölders
detebe 20237

● James Joyce

Das James Joyce Lesebuch. Auswahl aus ›Dubliner‹, ›Porträt des Künstlers‹ und ›Ulysses‹. Deutsch von Dieter E. Zimmer, Klaus Reichert und Hans Wollschläger; dazu Aufzeichnungen von Georges Borach über Joyce und ein Nachwort von Fritz Senn
detebe 20486

● Gerald Kersh

Mann ohne Gesicht. Phantastische Geschichten. Deutsch von Peter Naujack
detebe 20366

● D. H. Lawrence

Der preußische Offizier. Sämtliche Erzählungen 1. detebe 20184

England, mein England. Sämtliche Erzählungen II. detebe 20185
Die Frau, die davonritt. Sämtliche Erzählungen III. detebe 20186
Der Mann, der Inseln liebte. Sämtliche Erzählungen IV. detebe 20187
Der Fremdenlegionär. Autobiographisches und frühe Erzählungen. Fragmente. Sämtliche Erzählungen V. detebe 20188
Der Fuchs. Sämtliche Kurzromane I. detebe 20189
Der Hengst St. Mawr. Sämtliche Kurzromane II. detebe 20190
Liebe im Heu. Sämtliche Kurzromane III detebe 20191
Übersetzungen von Martin Beheim-Schwarzbach, Georg Goyert, Marta Hackel, Karl Lerbs, Elisabeth Schnack und Gerda von Uslar. Im Anhang des letzten Bandes Nachweis der Erstdrucke, Anmerkungen und Literaturhinweise
Liebe, Sex und Emanzipation. Essays. Deutsch von Elisabeth Schnack. detebe 20955
John Thomas & Lady Jane. Roman. Deutsch von Susanna Rademacher. detebe 20299
Briefe. Auswahl von Richard Aldington. Vorwort von Aldous Huxley. Übersetzung und Nachwort von Elisabeth Schnack detebe 20954

● Sheridan Le Fanu

Carmilla, der weibliche Vampir. Eine Vampirgeschichte. Deutsch von Helmut Degner. Mit Zeichnungen von Edward Ardizzone detebe 20596
Der ehrenwerte Herr Richter Harbottle. Unheimliche Geschichten. Deutsch von Helmut Degner und Elisabeth Schnack. Illustrationen von Edward Ardizzone. detebe 20619

● Doris Lessing

Hunger. Erzählung. Deutsch von Lore Krüger. detebe 20255
Der Zauber ist nicht verkäuflich. Afrikanische Geschichten. Deutsch von Marta Hackel, Lore Krüger und Elisabeth Schnack detebe 20886

● Marie Belloc Lowndes

Jack the Ripper oder Der Untermieter Roman. Deutsch von Wulf Teichmann detebe 20130

● Ian McEwan

Der Trost von Fremden. Roman. Deutsch von Michael Walter. Leinen
Der Zementgarten. Roman. Deutsch von Christian Enzensberger. detebe 20648
Erste Liebe – letzte Riten. Acht Geschichten. Deutsch von Harry Rowohlt. detebe 20964
Zwischen den Laken. Erzählungen. Deutsch von Michael Walter, Wulf Teichmann und Christian Enzensberger. detebe 21084
oder müssen wir sterben? Ein Oratorium Deutsch von Christian Enzensberger detebe 21212

● Bernard Mac Laverty

Lamb – der Ausgeflogene. Roman. Deutsch von Hanna Neves. Leinen
Cal. Roman. Deutsch von Nikolaus Stingl. Leinen

● W. Somerset Maugham

Honolulu. Gesammelte Erzählungen I detebe 20331
Das glückliche Paar. Gesammelte Erzählungen II. detebe 20332
Vor der Party. Gesammelte Erzählungen III detebe 20333
Die Macht der Umstände. Gesammelte Erzählungen IV. detebe 20334
Lord Mountdrago. Gesammelte Erzählungen V. detebe 20335
Fußspuren im Dschungel. Gesammelte Erzählungen VI. detebe 20336
Ashenden oder Der britische Geheimagent. Gesammelte Erzählungen VII detebe 20337
Entlegene Welten. Gesammelte Erzählungen VIII. detebe 20338
Winter-Kreuzfahrt. Gesammelte Erzählungen IX. detebe 20339
Fata Morgana. Gesammelte Erzählungen X detebe 20340
Übersetzungen von Felix Gasbarra, Marta Hackel, Ilse Krämer, Helene Meyer, Claudia und Wolfgang Mertz, Eva Schönfeld, Wulf Teichmann, Friedrich Torberg, Kurt Wagenseil, Mimi Zoff u.a.
Rosie und die Künstler. Roman. Deutsch von Hans Kauders und Claudia Schmölders detebe 20086
Silbermond und Kupfermünze. Roman Deutsch von Susanne Feigl. detebe 20087
Auf Messers Schneide. Roman. Deutsch von N. O. Scarpi. detebe 20088
Theater. Roman. Deutsch von Renate Seiller und Ute Haffmans. detebe 20163
Damals und heute. Roman. Deutsch von Hans Flesch und Ann Mottier detebe 20164

Der Magier. Roman. Deutsch von Melanie Steinmetz und Ute Haffmans
detebe 20165
Oben in der Villa. Roman. Deutsch von William G. Frank und Ann Mottier
detebe 20166
Mrs. Craddock. Roman. Deutsch von Elisabeth Schnack. detebe 20167
Der Menschen Hörigkeit. Roman. Deutsch von Mimi Zoff und Susanne Feigl
detebe 20298
Südsee-Romanze. Roman. Deutsch von Mimi Zoff. detebe 21003

● Brian Moore

Die große viktorianische Sammlung. Roman. Deutsch von Alexander Schmitz. Leinen
Katholiken. Roman. Deutsch von Elisabeth Schnack. detebe 20546

● Thomas Morus

Utopia. Aus dem Lateinischen von Alfred Hartmann. detebe 20420

● Edna O'Brien

Das Liebesobjekt. Erzählungen. Deutsch von Elisabeth Schnack. Leinen
Das Mädchen mit den grünen Augen. Roman. Deutsch von Margaret Carroux
detebe 20879
Plötzlich im schönsten Frieden. Roman Deutsch von Margaret Carroux
detebe 21017

● Sean O'Casey

Purpurstaub. Eine abwegige Komödie. Deutsch von Helmut Baierl und Georg Simmgen. detebe 20002
Dubliner Trilogie: Der Schatten eines Rebellen / Juno und der Pfau / Der Pflug und die Sterne. Deutsch von Volker Canaris, Dieter Hildebrandt, Adolf Dresen und Maik Hamburger. detebe 20034
Ich klopfe an. Autobiographie I. Deutsch von Georg Goyert. Mit einem Vorwort von Kaspar Spinner. detebe 20394
Bilder in der Vorhalle. Autobiographie II. Deutsch von Georg Goyert. detebe 20761
Trommeln unter den Fenstern. Autobiographie III. Deutsch von Werner Beyer
detebe 20762
Irland, leb wohl! Autobiographie IV. Deutsch von Werner Beyer. detebe 20763
Rose und Krone. Autobiographie V. Deutsch von Werner Beyer. detebe 20764
Dämmerung und Abendstern. Autobiographie VI. Deutsch von Werner Beyer
detebe 20765
Das Sean O'Casey Lesebuch. Eine Auswahl aus den Stücken, der Autobiographie und den Essays. Mit einem Vorwort von Heinrich Böll und einem Nachwort von Klaus Völker. Herausgegeben mit Anmerkungen, einer Chronik und Daten zur irischen Geschichte von Urs Widmer. detebe 21126

● Frank O'Connor

Werkausgabe der Erzählungen, alle deutsch von Elisabeth Schnack
Und freitags Fisch. Erzählungen I
detebe 20170
Mein Ödipus-Komplex. Erzählungen II
detebe 20352
Don Juans Versuchung. Erzählungen III
detebe 20353
Eine unmögliche Ehe. Erzählungen IV
detebe 20354
Eine selbständige Frau. Erzählungen V
detebe 20355
Brautnacht. Erzählungen VI. detebe 20356
Einziges Kind. Biographie I. Deutsch von Elisabeth Schnack. detebe 21021
Meines Vaters Sohn. Biographie II. Deutsch von Elisabeth Schnack. detebe 21022

● Sean O'Faolain

Sünder und Sänger. Ausgewählte Erzählungen I. Deutsch von Elisabeth Schnack
detebe 20231
Trinker und Träumer. Ausgewählte Erzählungen II. Deutsch von Elisabeth Schnack
detebe 20741
Lügner und Liebhaber. Ausgewählte Erzählungen III. Übersetzt und mit einem Lebensbild von Elisabeth Schnack
detebe 20742

● Liam O'Flaherty

Zornige grüne Insel. Roman. Deutsch von Hubert Roch. Diogenes Evergreens
Ich ging nach Rußland. Ein politischer Reisebericht. Deutsch von Heinrich Hauser
detebe 20016
Armut und Reichtum. Ausgewählte Erzählungen. Deutsch von Elisabeth Schnack
detebe 20232
Der Denunziant. Roman. Deutsch von Heinrich Hauser. detebe 21191
Tiergeschichten. Gesammelt und übersetzt von Elisabeth Schnack. detebe 21253

● George Orwell

Die besten Geschichten von George Orwell
Ausgewählt von Christian Strich
Diogenes Evergreens

Erledigt in Paris und London. Sozialreportage. Deutsch von Alexander Schmitz
detebe 20533
Tage in Burma. Roman. Deutsch von Susanna Rademacher. detebe 20308
Eine Pfarrerstochter. Roman. Deutsch von Hanna Neves. detebe 21088
Die Wonnen der Aspidistra. Roman. Deutsch von Nikolaus Stingl. detebe 21086
Der Weg nach Wigan Pier. Sozialreportage. Deutsch von Manfred Papst. detebe 21000
Mein Katalonien. Bericht über den Spanischen Bürgerkrieg. Deutsch von Wolfgang Rieger. detebe 20214
Auftauchen, um Luft zu holen. Roman
Deutsch von Helmut M. Braem
detebe 20804
Farm der Tiere. Ein Märchen. Neu übersetzt von Michael Walter. Mit einem neuentdeckten Nachwort des Autors ›Die Pressefreiheit‹. Diogenes Evergreens
Auch als detebe 20118
1984. Roman. Deutsch von Kurt Wagenseil. detebe 21087
Im Innern des Wals. Ausgewählte Essays I. Deutsch von Felix Gasbarra und Peter Naujack. detebe 20213
Rache ist sauer. Ausgewählte Essays II. Deutsch von Felix Gasbarra und Claudia Schmölders. detebe 20250
Das George Orwell Lesebuch. Herausgegeben und mit einem Nachwort von Fritz Senn. Deutsch von Tina Richter. detebe 20788
Denken mit Orwell. Sätze für Zeitgenossen, zusammengestellt von Fritz Senn. Deutsch von Felix Gasbarra und Tina Richter. Mit 8 Zeichnungen von Tomi Ungerer
Kleine Diogenes Evergreens
Über Orwell. Herausgegeben von Manfred Papst. Deutsch von Matthias Fienbork
detebe 21225

● William Plomer

Turbott Wolfe. Roman. Deutsch von Peter Naujack. detebe 20254

● Saki

Die offene Tür. Ausgewählte Erzählungen. Auswahl und Nachwort von Thomas Bodmer. Deutsch von Günter Eichel. Zeichnungen von Edward Gorey. detebe 20115

● Olive Schreiner

Geschichte einer afrikanischen Farm. Roman. Deutsch von Elisabeth Schnack
detebe 20885

● William Shakespeare

Sonette. Deutsch und englisch. Nachdichtung und Nachwort von Karl Kraus
detebe 20381
Dramatische Werke in 10 Bänden in der Übersetzung von Schlegel/Tieck. Illustrationen von Heinrich Füßli:
Romeo und Julia / Hamlet / Othello
detebe 20631
König Lear / Macbeth / Timon von Athen
detebe 20632
Julius Cäsar / Antonius und Cleopatra
Coriolanus. detebe 20633
Verlorne Liebesmüh / Die Komödie der Irrungen / Die beiden Veroneser / Der Widerspenstigen Zähmung. detebe 20634
Ein Sommernachtstraum / Der Kaufmann von Venedig / Viel Lärm um nichts / Wie es euch gefällt / Die lustigen Weiber von Windsor. detebe 20635
Ende gut, alles gut / Was ihr wollt / Troilus und Cressida / Maß für Maß
detebe 20636
Cymbeline / Das Wintermärchen / Der Sturm. detebe 20637
Heinrich der Sechste / Richard der Dritte
detebe 20638
Richard der Zweite / König Johann / Heinrich der Vierte. detebe 20639
Heinrich der Fünfte / Heinrich der Achte / Titus Andronicus. detebe 20640

● Alan Sillitoe

Der Mann der Geschichten erzählte . Roman. Deutsch von Hanna Neves. Leinen
Die Flamme des Lebens. Roman. Deutsch von Hanna Neves. Leinen
Der Tod des William Posters. Roman
Deutsch von Peter Naujack. detebe 20952
Der brennende Baum. Roman. Deutsch von Peter Naujack. detebe 20953
Der Sohn des Witwers. Roman. Deutsch von Peter Naujack
Samstagnacht und Sonntagmorgen. Roman. Deutsch von Gerda von Uslar
detebe 20230
Ein Start ins Leben. Roman. Deutsch von Günter Eichel und Anna von Cramer-Klett
detebe 20545
Die Einsamkeit des Langstreckenläufers. Erzählungen I. Deutsch von Günther Klotz
detebe 20413
Fußball. Erzählungen II. Deutsch von Hedwig Jolenberg und Günther Klotz
detebe 20414
Die Lumpensammlerstochter. Erzählungen III. Deutsch von Wulf Teichmann
detebe 20415

Mimikry. Erzählungen IV. Deutsch von Wulf Teichmann und Anna von Cramer-Klett detebe 20416
Männer, Frauen und Kinder. Erzählungen V. Deutsch von Wulf Teichmann. detebe 20417

● Muriel Spark

Memento Mori. Roman. Deutsch von Peter Naujack. detebe 20892
Junggesellen. Roman. Deutsch von Elisabeth Schnack. detebe 20893
Portobello Road. Erzählungen. Deutsch von Peter Naujack und Elisabeth Schnack detebe 20894
Die Blütezeit der Miss Jean Brodie. Roman Deutsch von Peter Naujack. detebe 21055
Die Ballade von Peckham Rye. Roman Deutsch von Elisabeth Schnack detebe 20119
Robinson. Roman. Deutsch von Elizabeth Gilbert. detebe 21090
Die Töster. Roman. Deutsch von Peter Naujack. detebe 21089
Vorsätzlich Herumlungern. Roman. Deutsch von Hanna Neves. detebe 21195

● Laurence Sterne

Tristram Shandy. Roman. Deutsch von Rudolf Kassner. Anmerkungen von Walther Martin. detebe 20950

● Robert L. Stevenson

Werke in 12 Bänden in der Edition und Übersetzung von Curt und Marguerite Thesing:
Die Schatzinsel. Roman. detebe 20701
Der Junker von Ballantrae. Roman detebe 20703
Die Entführung. Roman. detebe 20704
Catriona. Roman. detebe 20705
Die Herren von Hermiston. Roman detebe 20702
Der Pavillon auf den Dünen / Der seltsame Fall von Dr. Jekyll und Mr. Hyde. Zwei Novellen. detebe 20706
Der Selbstmörderklub / Der Diamant des Rajahs. Zwei Geschichtensammlungen detebe 20707
Die tollen Männer und andere Geschichten detebe 20708
Der Flaschenteufel und andere Geschichten detebe 20709
Der Leichenräuber und andere Geschichten detebe 20710
In der Südsee. Ein Reiseabenteuer in zwei Bänden. detebe 20711 + 20712

● Bram Stoker

Draculas Gast. Gruselgeschichten. Deutsch von Erich Fivian und H. Haas. Zeichnungen von Peter Neugebauer. detebe 20135

● Julian Symons

Auf den Zahn gefühlt. Fünfzehn Detektivgeschichten. Deutsch von Thomas Schlück detebe 20601
Ein Pekinese aus Gips. Kriminalgeschichten. Deutsch von Günter Eichel. Zeichnungen von Josef Weihard. detebe 20740

● Evelyn Waugh

Auf der schiefen Ebene. Roman. Deutsch von Ulrike Simon. detebe 21173
Der Knüller. Roman. Deutsch von Elisabeth Schnack. detebe 21176
Lust und Laster. Roman. Deutsch von Ulrike Simon. detebe 21174
Tod in Hollywood. Roman. Deutsch von Peter Gan. detebe 21175

● H. G. Wells

Der Krieg der Welten. Roman. Deutsch von G. A. Crüwell und Claudia Schmölders detebe 20171
Die Zeitmaschine. Roman. Deutsch von Peter Naujack. detebe 20172

● Oscar Wilde

Der Sozialismus und die Seele des Menschen. Ein Essay. Deutsch von Gustav Landauer und Hedwig Lachmann. Frontispiz von Walter Crane. detebe 20003
Sämtliche Erzählungen. Mit Zeichnungen von Aubrey Beardsley. Herausgegeben und mit einem Nachwort von Gerd Haffmans. detebe 20985

● P. G. Wodehouse

Promenadenmischung. Lustige Geschichten I Deutsch von Günter Eichel. detebe 21056
Der Pennymillionär. Lustige Geschichten II Deutsch von Günter Eichel. detebe 21226

● Gespenster

Englische Gespenstergeschichten von Daniel Defoe bis Elizabeth Bowen. Herausgegeben von Mary Hottinger. Mit 13 Zeichnungen von Paul Flora. Diogenes Evergreens Auch als detebe 20497

● Mehr Gespenster

Die besten Gespenstergeschichten aus England, Schottland und Irland. Herausgegeben von Mary Hottinger. Diogenes Evergreens Auch als detebe 21027

● Wahre Morde

Die berühmtesten Kriminalfälle und -prozesse aus England. Herausgegeben von Mary Hottinger. Deutsch von Peter Naujack
detebe 20587

● Liebesgeschichten aus England

von Joseph Conrad bis Muriel Spark
Herausgegeben von William Matheson
detebe 21204

● Liebesgeschichten aus Irland

Von G. B. Shaw bis Frank O'Connor. Herausgegeben und übersetzt von Elisabeth Schnack. detebe 20629

● Das Diogenes Lesebuch englischer Erzähler

Geschichten von Stevenson bis Sillitoe. Mit einem einleitenden Essay von Somerset Maugham, Zeittafel, bio-bibliographischen Notizen und Literaturhinweisen. Herausgegeben von Gerd Haffmans
detebe 20272

● Das Diogenes Lesebuch irischer Erzähler

Geschichten von Oscar Wilde bis Edna O'Brien. Mit einleitenden Essays von Frank O'Connor und James Joyce, Zeittafel, bio-bibliographischen Notizen und Literaturhinweisen. Herausgegeben von Gerd Haffmans
detebe 20273